东　西／主编

广西当代作家丛书（第五辑）

■ 房永明　著

灯芯草

广西人民出版社

图书在版编目（CIP）数据

广西当代作家丛书.第五辑.灯芯草/东西主编;房永明著. ——南宁：广西人民出版社，2023.9
ISBN 978-7-219-11585-5

Ⅰ．①广… Ⅱ．①东… ②房… Ⅲ．①中国文学—当代文学—作品综合集—广西 ②中篇小说—小说集—中国—当代 ③短篇小说—小说集—中国—当代 Ⅳ．① I218.67 ② I247.7

中国国家版本馆 CIP 数据核字（2023）第 116116 号

GUANGXI DANGDAI ZUOJIA CONGSHU（DI-WU JI） DENGXINCAO

广西当代作家丛书（第五辑） 灯芯草

东 西 主编

房永明 著

出 版 人 韦鸿学
策 划 罗敏超
统 筹 覃萃萍
责任编辑 庞 睿
责任校对 覃丽婷
封面设计 翁襄嫒

出版发行 广西人民出版社
社 址 广西南宁市桂春路6号
邮 编 530021
印 刷 广西民族印刷包装集团有限公司
开 本 787mm×1092mm 1/16
印 张 17
字 数 211千字
版 次 2023年9月 第1版
印 次 2023年9月 第1次印刷
书 号 ISBN 978-7-219-11585-5
定 价 48.00元

总　序

　　从2012年党的十八大召开到2022年党的二十大召开，这段历史，在党的二十大报告中，被称为"新时代十年的伟大变革"。这十年，以习近平同志为核心的党中央团结带领全党全国各族人民，迎来中国共产党成立一百周年，中国特色社会主义进入新时代，完成脱贫攻坚、全面建成小康社会的历史任务，实现第一个百年奋斗目标。历史性的胜利，彪炳史册。

　　这十年，也是中国文学界牢记习近平总书记嘱托，坚持以人民为中心的创作导向，从"高原"持续向"高峰"攀登的十年，是"文学桂军"锐意进取，不断夯实基础、壮大实力、提升影响的十年。

　　2001年至2012年，广西作家协会在自治区党委宣传部的大力支持下，精心组织，陆续编辑出版了"广西当代作家丛书"一至四辑共80卷本，80位广西当代有成就、有影响的作家入选该丛书，成为中华人民共和国成立以来广西文学界规模最大的文化积累工程，此举备受国内文坛瞩目。可谓功在当代，利在千秋。

　　从2012年至今，刚好十年过去。"文学桂军"在小说、报告文学、诗歌、散文、儿童文学等体裁创作上，又涌现出一批具有全国影响力的代表性作家，少数民族作家队伍的创作实力在全国处于领先地位。国运昌盛，文运必兴。编辑出版"广西当代作家丛书（第五辑）"，推出新一代广西作家，成为文学界共同的期待。

十年来，得益于自治区党委、政府的关心支持，得益于自治区党委宣传部的正确领导和大力扶持，"文学桂军"呈现出良好生态和健康发展势头，一批作家频频在全国重要文学刊物亮相，一批有分量的作品在全国各知名出版社出版。陶丽群获第十一届全国少数民族文学创作骏马奖，红日、李约热、莫景春获第十二届全国少数民族文学创作骏马奖，朱山坡、李约热分别获第七、第八届鲁迅文学奖提名，东西的长篇小说进入第十届茅盾文学奖前20名。十年来，据不完全统计，广西作家出版长篇小说、中短篇小说、散文、诗歌、儿童文学、报告文学等专集选集共600多部。一批作品获广西文艺创作铜鼓奖，《人民文学》《小说选刊》《民族文学》等刊物年度优秀作品奖，以及《小说月报》百花奖、花城文学奖杰出作家奖、郁达夫小说奖、茅盾新人奖、《雨花》文学奖、华语青年作家奖、《钟山》文学奖、《儿童文学》金近奖、"小十月文学奖"佳作奖、华文青年诗歌奖、三毛散文奖、冰心散文奖等，入选各类文学排行榜。"文学桂军"已然成为家喻户晓、有全国影响力的响亮品牌。

为进一步繁荣广西文学事业，全面展示党的十八大以来广西文学创作的丰硕成果及新时代广西作家的精神风貌，广西作家协会决定组织出版"广西当代作家丛书（第五辑）"。

该丛书的入选作者须具备三个条件：一是作者须为广西作

家协会会员，中国作家协会会员优先；二是近年来创作成绩突出，曾经获得全国性文学奖或自治区级文学奖；三是个人创作成绩显著，作品在全国重要刊物发表。在广泛征求意见基础上，经各团体会员推荐、广西作家协会主席团会议酝酿讨论，实行无记名投票推选，共评出入选作家20名。田耳、田湘、王勇英等作家，由于作品版权原因，遗憾无法纳入本次选编。一批作家近十年创作成果丰硕，由于已经入选前四辑丛书，本次不再选入。

习近平总书记曾多次指出，文运同国运相牵，文脉同国脉相连。文化兴则国家兴，文化强则民族强。当代中国，江山壮丽，人民豪迈，前程远大。时代为我国文艺繁荣发展提供了前所未有的广阔舞台。"文章合为时而著，歌诗合为事而作。"衡量一个时代的文艺成就最终要看作品。推动文艺繁荣发展，最根本的是要创作生产出无愧于我们这个伟大民族、伟大时代的优秀作品。没有优秀作品，其他事情搞得再热闹、再花哨，那也只是表面文章，是不能真正深入人民精神世界的，是不能触及人的灵魂、引起人民思想共鸣的。习近平总书记关于文艺工作的重要论述，已经成为广大文艺家的自觉遵循，内化于心，外化于行。收入本辑丛书的作品，内容丰富、题材广泛、风格多样，在记录伟大时代、反映现实生活、讴歌人民创造等方面，用心、用情、用力，很好地体现了以人民为中心的创作导向，集中展示了祖国南疆新时代蓬勃多姿的文学景象。

习近平总书记在党的二十大报告中指出，推进文化自信自强，铸就社会主义文化新辉煌。全面建设社会主义现代化国家，必须坚持中国特色社会主义文化发展道路，增强文化自信。坚持以人民为中心的创作导向，推出更多增强人民精神力量的优秀作品，培育造就大批德艺双馨的文学艺术家和规模宏大的文化文艺人才队伍。这为新时代新征程的文化建设和文艺创作指出了正确方向，提供了根本遵循。

当前，全党全国各族人民正在深入学习宣传贯彻党的二十大精神，满怀信心向第二个百年奋斗目标迈进。编辑出版"广西当代作家丛书（第五辑）"，可谓正当其时，也是贯彻落实《中共中央关于繁荣发展社会主义文艺的意见》和《中共广西壮族自治区委员会关于繁荣发展社会主义文艺的实施意见》，用文学助力建设新时代中国特色社会主义壮美广西的最新成果。

伟大时代必将激励、孕育伟大的作家和作品。希望广西作家和文学工作者，坚定文化自信，做到文化自强，坚守艺术理想，追求德艺双馨，不断增强脚力、眼力、脑力、笔力，以刚健、厚重、先进、质朴的创造抵达伟大时代的艺术高度。诚如中国文学艺术界联合会主席、中国作家协会主席铁凝所寄语的那样：广西文脉深厚、绵长，新时代新征程上，相信广西作家能以耀眼的才华编织崭新"百鸟衣"，描绘气象万千的"美丽的南方"。这是时代赋予我们的责任，唯有俯下身子，深入到火热生活中去，深入到人民中去，不断学习，不断攀登，以作品立身，以美德铸魂，方能不负时代，不负人民。

是为序。

石才夫

2022年10月31日

CONTENTS   目　录

短篇小说

雪衣画眉

蒋云水，广西清湘人，喜养鸟，却爱放生。已有四十年养鸟之经验，家中前后养鸟数百只，但养一段时间就放生，所余鸟儿不足十只。

一日，蒋云水前往西山瑶乡捕鸟，途经六字界，处处听闻鸟鸣，唯独不见鸟影。蒋云水十分诧异，四周的鸟啼声令他内心安宁，但他后背顿感凉意。倏忽，一道白光自身边掠过，他循光源寻去，竟是一只鸟。此刻，万籁俱寂，似乎刚才的一幕并未发生过。那鸟儿停在两丈远的灌木上，一身白，从身段看应是一只画眉，可画眉羽毛一般呈褐色，这样全白的画眉，蒋云水从未见过，将其据为己有的念想骤起，心跳亦加速。

蒋云水最熟悉画眉的习性。画眉喜在灌丛中穿飞和栖息，常于林下的草丛中觅食，不善远距离飞翔。蒋云水常用的捕捉画眉方法有两种——圈套和粘胶。

粘胶需要提前观察好画眉的活动情况，在它常到之地涂抹高黏度的胶，涂胶时需格外小心，树枝不能折断，连树叶也不能碰掉，因画眉对自己栖息之地极为敏感，稍有变化，便不会上当。此次捕鸟，蒋云水未准备粘胶，而想用圈套。他用黑色细尼龙丝在竹板上结了个活套，准备吹鸟哨引诱画眉上套，他吹出的鸟哨声与画眉叫声一模一样，且有雌雄之分。不料活套还未放好，那白画眉倒是自己出来了。

蒋云水没法下套，他便蹲了下来，想知道鸟儿会飞向哪儿。那鸟儿也怪，飞一下，便停下来看他。等他过去，就又飞走。如此这般，不知不觉，蒋云水随画眉来到一户人家。他见到一座木屋，屋前有一个庭院，用竹篱围着，鸟儿落到院中。

看来鸟儿是有主的，蒋云水正想着推不推门进去。这时，听到有人在院里唱了起来：

"雨浇百合花自开，
问声客人哪里来？
路过进屋喝口水，
投宿找人帮安排。"

蒋云水不曾想瑶民如此有趣，但他不会对歌，便说："老乡，打扰了，想看看你的鸟。"

一说毕，蒋云水忍不住想笑。

好在那人不在意，打开门，将蒋云水让进了院子。

一位银发老者，满面笑容，见了蒋云水，便折身进屋，半晌，老者端出一只碗，递过来："请！"

蒋云水见碗内有些浑浊，迟疑了一下。

"是自家酿的栗子酒。"

蒋云水早听人说过，瑶乡人好客，进门就让客人喝三碗酒，他思忖自己酒量差，不敢喝，但又想入乡随俗，且自己有求于人，便接过碗，仰脖饮尽。他以为还有两碗，但老者并未回身舀酒。

"坐。"

院内有一段整木头加工成的凳子，足有两米长。凳子上，白色的画眉跳来跳去，丝毫不惧生人。

蒋云水坐下，望着那画眉，画眉调皮地飞到他肩上。

"你也是养鸟人吧！我这鸟有灵性，一看便知。"

蒋云水诧异。

"好些人看到这画眉，都说是自己猎捕的，想要掠美，只有先生你诚实，物归原主。"

"君子不应夺人之爱，但实在喜爱，能否借我回去养几日？"

蒋云水伸手捉住那画眉，仔细端详起来。画眉毛呈灰白色，有一两道银眉，白如新月，光泽四射。

老者如实相告："此鸟非我所养，它自行飞入我这寻常人家，自由来去。你若想要，大可带回。"

"这画眉非同一般。"

"它是雪衣画眉。色白还应及雪衣，你看它一身纯白羽毛，实在是难得一见。"

停一会，老者说："一看便知你是爱鸟人，我亦是，余姓凤，同鸟渊缘至深。"

"凤是鸟之王，敬仰敬仰。"

"此地每年二月初一清早，众人煎好糯粑，放到一枝枝竹卡上，在祖宗神堂和大门口都插上一枝，其余的都插到秧田边或园地里，嘴里还需念念有词：鸟儿快来领'社粑'，粑粑粘住你的嘴，快到南海喝清水，粑粑粘住你的脚，快到南海找好药。"

蒋云水把随身带来的鸟笼打开，鸟儿竟飞了进去。他望了望老者，老者笑笑，挥挥手："拿去吧！"

蒋云水不想竟如此容易得到这稀世之物，忙从口袋摸出百元大钞，奉上。

"你不是借去养几天吗，拿什么钱。"

"你不认识我，不怕我不还？"

"这鸟可认得你啊！"

"十天，十天后定归还。"

蒋云水出了院子，回头看了又看，老者始终没出来。真是奇人。

蒋云水一生平淡。早先是县合作社的打铁工人，在磐石脚下的铁匠铺打铁，每天挂着大皮围裙挥动铁锤，火星四溅。别人厌烦这卖苦力的活，他倒是很喜欢，一干就是二十年。后来，铁器生产流水化作业，不用人打了，铁匠铺也就关了门，他又被分到屠宰场，一个有油水的地方，很多人想去还去不了，可他不干，说见不得那血腥场面，主动要求去了果菜公司。在果菜公司待了几年，便提前退休了。

生活于蒋云水来说，既漫长又短暂，就像一块废铁，放入炉中，你希望它早日成品，可它仍等着火的煅烧，慢慢变红，红得几乎透明，再进行锤炼，即使炼成了成品，还得放在地上，舀上一瓢水，让它慢慢从下往上浸，直到慢慢变冷。有人若心急，便问，为何不直接放入水中，岂不冷得更快？

蒋云水打铁时，经常有人问及此事，他便会慢条斯理地答道，冷却太快，打成的东西就脆，不经用的。

他时常怀念那段打铁的生活，人就要不紧不慢地过自己的生活，任岁月慢慢流走，让自己慢慢地变老。

他还想不到他教人打铁救了好几个人。那是1969年，当时在飞机坪有一个"五七"干校，一些人来这里接受劳动锻炼和思想改造。当年安排蒋云水来教他们打铁，蒋云水和他们年龄相仿，但神态却大不一样，那时的蒋云水始终透着那偏深的"红"，而他们，无论从服饰到肤色，还是从眼神到心灵，处处都透着"灰"。蒋云水教他们打铁，开始从打马钉练锤子开始，然后教锻造锄头、镰刀。

他教他们掌握了两个铸造的关键性技术：一是造型，二是淬火。造型时，用锤一定要轻重适度，快慢适中，落点准确。淬火时，要将熟铁与钢片组成的构件，在炉里高温加热，当其亮成金黄色的刹那间，以神速取出投入水中。

蒋云水意想不到的是，他成了他们的朋友。多年后，他们还专门找到蒋云水，表示感谢，虽然此时他们成了县长、局长，而蒋云水不过是个打铁工人。

今日见到这山中老者，蒋云水就萌生像老者这样和鸟一起生活的念头。几年前，他去净土寺，寺前有一算命先生拦着他，非要给他算一下，他原本是不信这一套的，那人一语道出他的名字，他万分惊诧，便留步详询。

"云水，这云水是孤云不定家啊！一钵千家饭，孤身万里游。"

蒋云水不理会他的胡言，笑笑走了。此时，他又想了起来，他不想过什么"孤身万里游"的生活，倒是希望"独居深山里，鸟雀来相伴"。

蒋云水回到县城，进屋就听到满屋鸟叫，一天不见，鸟儿争相同他打招呼。他欢喜地把雪衣画眉挂上，那鸟叫了一声，所有鸟儿都噤声。蒋云水便确认这只鸟是奇鸟，其他鸟儿没见过世面，怕它。

蒋云水家在古城墙边，县里对城墙进行了修复，在上面加盖了一个亭子，这里不仅成了百姓爱去的地方，还向外来人展示了清湘是个有一定历史的县城。

　　第二日，蒋云水带鸟儿来到城墙上，此处是小城遛鸟的集中地，城墙上有一棵树，城墙下就是万乡河。众人的鸟笼有挂在树上的，亦有直接放城墙上的。"叽叽归，叽归，叽叽叽"，城墙上遍布鸟叫声。蒋云水将鸟笼挂在树上，众人瞬时围了上来。

　　"老蒋，又捡到什么宝了。这是什么鸟？"

　　蒋云水但笑不语。

　　鸟儿叫了一声，那叫声并非其他画眉的"叽叽归，叽归，叽叽叽"，而是长长一声"叽——"。就是这一声，城墙上所有的鸟儿马上"哑"了。众人皆称奇。

　　"知道它叫什么吗？"蒋云水停顿许久，他的目光从每个人脸上扫过，才一字一字道出："雪——衣——画——眉。"

　　听完蒋云水的介绍，围观的人就更多了，蒋云水把鸟笼打开，只见那画眉在鸟笼里跳几跳，便从笼中飞出，先是飞到蒋云水肩上，之后，展翅飞向了万乡河。那画眉在河面上时而向上翻腾，时而用脚划过水面，真像一道闪电，让观者眼睛发直。

　　"那你怎么收回。"有人突然问。

　　"叽——归。"蒋云水都发出一声。那鸟儿立即往这边张望，不一会就飞到了蒋云水肩上。

　　连续几天，蒋云水都只带雪衣画眉到城墙。第六天，他没带鸟笼，让那鸟儿就站在他肩膀上。因前几天的影响，围观者更多。一个广州青年见到白画眉，竟在城墙上呆坐半晌，蒋云水回家，他又跟到家里。

　　蒋云水问："有何事？"

　　那青年说："愿用一万元买这只鸟。"

　　"这鸟儿值不了这么多。"

　　"你只说卖不卖？"

"容我想想，你明日再来。"

话毕，蒋云水便后悔起来。蒋云水多年捉鸟养鸟放鸟，从未卖过鸟，况且这鸟儿还不是自己的，还需归还。又想，反正还没出手，明天把它还回去便是。

当晚，女儿回来，向蒋云水借一万块钱，称老公做一笔生意急需钱，过几天就还他。蒋云水说："我一个退休老人，每月只有一千多退休金，仅够维生，哪有闲钱。"

"给你二分息"。

和亲爸说到这个份上，蒋云水便不好推辞。

老婆在一旁说："不是有人要买你的鸟？一万块。"

"这鸟不是我的。"

"你给人家留了手印还是画了押。"

蒋云水后悔自己嘴快，不该告诉老婆鸟儿的来处。

"不就是只鸟吗？你以前放得还少吗？"

"这只鸟我说好要还给人家的。"

"还还还，你整天玩鸟，欠女儿的多了。"话音未落，一只烟灰缸扔了过来，蒋云水躲闪开来。

的确，蒋云水四处捉鸟玩鸟，但再好的鸟儿，他也是养一阵子便放生了。有人想买，他也不卖，说鸟儿是有自己的家的。

那年女儿中考，分数相差几分，不能读师范，有人说，交三千元代培费就行。当年他工资惨淡，每月一百多元，三千元于他是个天文数字。当年正逢县棉纺厂招工，他就让女儿去了棉纺厂。棉纺厂头几年效益尚可，孰不知后来倒闭了，女儿不到三十岁，就成了下岗工人。老婆让他去找他当年在"五七"干校帮过的朋友，那时那些跟他学打铁的领导还在位，想让他们帮女儿重新找份工作，可他却摇头拒绝，他不觉得自己帮过什么人，也不想让人帮自己。最后，蒋云水取出全部的积蓄，让女儿开了个服装店，女儿一家才衣食无忧。当年若去借点钱，给女儿读了师范，也就有了铁饭碗了，可惜、可叹。

老婆竟然拿起鸟笼递给女儿，鸟儿在笼中乱叫了起来。

蒋云水一把夺过："我和人说好明天再说，今晚要好好看看这鸟。"

蒋云水捧着鸟笼，笼中的鸟儿上下蹿动，不出一声。

老婆见状，也便去睡了。女儿也住家中，等着明天拿钱。

第二天大清早，蒋云水就被鸟叫醒。他提起鸟笼就出门。老婆叫住他："等下不是那人来买鸟吗？"

"还早，先去遛遛。"

城墙离家近，等人来了，喊一声就听得到。老婆便让他去了。

可是到了早饭时间，蒋云水仍旧没有回来。

那买鸟的青年果真来了，老婆和女儿一起上了城墙，却不见蒋云水，问旁人，说一早来了，一众围观那鸟儿，他就把鸟放出来了，那鸟儿飞起来，又落到他肩上，之后他把鸟放了，自己就下了城墙。

女儿提起空鸟笼，走了。

直到晚上，蒋云水都没有回来。又过几天，也没有人见过他。

"他是属鸟的，终究是要归林的。"老婆呆语道。一日，老婆打开所有的鸟笼，将家中的鸟儿全放了。

水上白光

　　清湘镇土源街居民李树棠，其居所紧濒万乡河。

　　他家的房子是木瓦结构吊楼，近水楼台，隔岸青山耸立。那山是钵盂山，传说是寿佛爷把化缘的钵盂倒扣在那。清湘人对寿佛十分敬重，寿佛说："说得一尺，不如行得一寸，忠孝是佛、勤俭是佛、公平是佛。"清湘人都记得，每年农历二月十九必上山敬香。

　　李树棠则是每日对着钵盂山烧上三炷香。

　　李家也没做什么大生意，就是专卖红油米粉，店名也是简单，就叫"一家米粉店"。这米粉与其他地方的米粉不同，用新榨的鲜米粉，烫热锅，加肉汤，放油炸辣椒，撒上葱花，随即，花红叶绿拌银丝，一碗色香味俱全的红油米粉就摆在你面前。乡下人来到镇上，能吃上一碗红油米粉，回去后能和别人吹三天。哪怕从省里市里来的客人，对这红油米粉的印象也特别深。一次，李树棠就听到一个从省城里来吃米粉的人自言自语：你说怪不怪，平时有肉不想吃，可这米粉里的那点碎肉自己却特别想吃，用筷子夹半天夹不起，用点力，又到碗底了，只好喝了汤，这才吃到。

李树棠只做上午生意，本地人只在早上吃米粉，过了十点就收摊，所以也不是很忙。但每天必须起早，早上四点他就要起来榨米粉。

一年夏天，李树棠清早起床，来到临江楼台，准备对着钵盂山烧香，却见河里斜射出一束白光，直冲钵盂山山顶。

一连三天，屡现屡见。

那几天，李树棠有些心神不定，总在思考这白光是怎么发出的。那几天米粉的味道也差了好多，很多老顾客开玩笑：李老板，你是不是少加料了，以后我们不来吃了。

对这水面白光，李树棠原想告诉几个好友，请他们观望，他说出这一想法，老婆立马制止。

"河里肯定有宝物。"老婆说。

"以前怎么不见？"

"你看，对面是什么山？钵盂山。你不是经常敬香，感动寿佛了。"

这话李树棠爱听，他为老婆这个回答而自喜。

一直以来，他敬香是为了把粉店生意做好。几年下来，生意也真是不错。当年，准备开米粉店时，有人出主意，让他在十字街租个铺子，那里人气旺，可李树棠手头没几个钱，十字街的铺子租金高，心里算算"除了锅巴没剩饭了"。为省钱就把家里收拾了下，开起了米粉店，他家住在城边，在这里开米粉店本应该在地理位置上比城中粉店少些优势，可还是有很多人专门跑来他家粉店吃。

每天，他老婆最高兴的事就是收摊数钱，她把钱箱的钱倒在桌子上，按票额大小分开，一张一张抹平，票面都要对直，不能反了，一边数，一边满意地笑。其实到手的也就三五百块钱，而且成本还在里面，可是她每天下午都要到信用社把钱存上。因为零钱较多，必须在窗口排队，可她就是不怕麻烦。后来，大家都喜欢手机支付，儿子给店里搞了个二维码，每天的钱一扫就进账了，几乎不需要数钱了，见不到现钱，她闷闷不乐了好几天。

有同行举报他，说他在汤里加了罂粟果，食监部门也来了，几番检查核实后，还了他清白。后来又有人来偷学，可他清晨四点起来，闭门在家熬汤，等开铺门时，汤早已熬好，香味四处散开，来偷学的人只能闻着香味，秘方仍然不得。

"莫不是敬香感动寿佛爷，给我送来宝物。"看到那水上白光，李树棠想。

夫妻二人绞尽脑汁，最后一致认为此系古剑在河底发光。

李树棠分析得头头是道，当年一支农民起义队伍经过这里，城里守军向队伍开炮，一位将领阵亡。本不想攻城的起义军攻下了州城。那水里可能是当年落下的宝剑。他想，若捞出宝剑，卖了，大概抵得上他三年卖米粉的钱。

李树棠决定雇一叶小舟，等深夜光出之时潜水捞取古剑。

李树棠不想让太多的人知道，傍晚时分才到江边。江边是一片彩霞，照得船边有些晃眼。船是李家生的，此时李家生还在江中捕鱼，听到李树棠叫唤，才划到岸边。李树棠先是递上一支烟，还探上前用火机帮点上，李家生望着他，李树棠也给自己点上一支，抽了一口，才说晚上想用他的船。

一听要用他的船，李家生忙摇头拒绝。

"船不能乱借，和车一样，出了事怎么办，算谁的？你有什么事，我帮你出船。"

李树棠便犹豫起来。

清湘人有一习俗，打到野猪都是见者有份，何况宝物，要是一起去，确实不好分。

李树棠耐心地和李家生谈了起来，说："不用麻烦你了，我一个在江边长大的人，你还不放心，我扎个猛子可以到江对面。"

李家生望着李树棠，还不到五十的李树棠头有些发亮，"你那时年轻，现在不一样了，天天熬夜榨米粉，身体不行啦！"

其实，李家生有句话不敢说，李树棠身有暗疾。虽说是暗疾，但也是众所周知的。

年轻的李树棠确实不一般，比好多人灵活，什么东西赚钱就倒腾什么，发了一笔财，当年县里第一批买摩托车的不到十人，他就是其中之一。谁知坏事就坏在这摩托上，一次，李树棠飙车出了车祸，腿断了，花大钱治好了，出院后才发现双腿一长一短，自己偏偏姓李，有人要叫他"铁拐李"，他和别人打了一架，这绰号才没叫开来。之后他也尽量少在外露面，而且尽可能把脚步迈小些，让人看不出自己的腿有毛病。他当年选择在家开米粉店，也是有这个原因的。

眼看一支烟燃完了，李家生还不松口。李树棠又递上一支，并将整包烟给了李家生，可李家生仍不说话。

"有人跳河了！"一阵喊声从上面传来。

两人向喊叫声看去，那人是在距离他们大约三百米的飞鸢桥桥中跳下的，远远望去，有一个人在水中扑腾，头一上一下的。

李树棠跳上了船，二人快速划过去。一上船，李树棠就脱得只剩短裤，离跳河的人还有二十米，他就扎进了水里。李树棠双臂快速划动，溅起的水花在余晖下晶莹发亮，岸边的人大声喊着加油，李家生看呆了，不到两分钟，李树棠将一个湿的人托起，李家生赶忙接住。

人救上来了，是个中学生。

当时，孩子的母亲被吓得大哭，要不是旁边的人拉住，她也会跳进河里。一问才知，刚才母子两人从学校回来，母亲一路数落儿子："大人辛辛苦苦挣钱，你在学校不好好学习，考出这样的成绩，白养了。"孩子听着，也不说话，谁知，到了桥中，孩子突然跳了下去。

李家生看到李树棠真的水性不错，便把船借给了他。李树棠想起刚才孩子母亲跪下感谢他，这回他倒要感谢自己了。

那晚，李树棠早早上床睡觉，起初他还睡不着，在床上翻来覆去良久。好不容易睡着后，他却梦见家中着了火，大火把他榨米粉的机器烧了，他奋力去扑救，可是火势越来越大，竟烧到了他的身上，一惊，醒了。身上还真湿了。

老婆见他这样，说："你发什么神经啊！"

他把刚才的梦一说，老婆倒是高兴起来："那是好事啊，梦到大火烧房子是要发财了啊！"

李树棠三点起床，老婆也跟着起来，他先去找香，老婆说在这里，他还责怪老婆乱动他的香。他走向吊楼，望向江面，江上一片平静，他使劲地揉了揉眼睛，还是什么也没有。又叫来老婆，才相信江面白光敛迹，不复再现。

看见银子变成了水。

李树棠似莫名的失落。

之后又是好几天，李树棠的米粉味道差了好多。直到有一天他儿子的老师来吃米粉。

"你是李进的父亲？"

"是啊！你是李进的班主任，我记起来了，我去开过一次家长会，就一次，其他时候都是他妈去的。"其实，他是怕别人看出他腿有毛病，怕儿子在学校被人另眼相看。

"李进的学习不错，在年级是第二名。"

"崽有这么好的成绩？"

"你只知道卖米粉啊！"

"还不是为了一日三餐。"

"你不知道吧，就因为你们家卖米粉，你儿子的学习成绩才优秀。"

"还有这个说法？"

"你儿子在作文里写过，你们为了第二天早起，家里电视不开，十点钟就睡觉，早上四点起床，你儿子六点起床。这都是多年潜移默化养成的好习惯。"

清湘人喜欢打牌，好多人都爱邀人到家中打，吵吵闹闹地打到半夜，有的还不避孩子，有的甚至打累了上厕所时，还让孩子替替脚，李树棠家却从来没有过这种情况，如果不早睡，第二天就起不来，就算起得来，也做不了事。

得知儿子成绩好后，李树棠和他老婆的想法就有了改变。两人原来还是嘀嘀咕咕商量攒点钱，要么把自家这点房子翻修一下，加盖一层，要么在十字街买个门面，出租赚钱，现在听老师这一说，他儿子考个重点大学没问题，如此看来，这个小城，他儿子也不会待了。

李树棠又安心地榨起米粉，熬起筒骨黄豆汤，米粉的味道又恢复了。他儿子假期也来帮小工。

有人来问他做米粉的绝招，他也是耐心的解说。

第一招是要用好米。好米才榨得出好粉，最好的米是产于山区的中糙米，那水稻长于山区，不仅生长期长，而且昼夜温差大，米质就特别好。

第二招是浸好米。夏天浸米十二小时即可，冬天则需二十四小时，待米粒鼓胀起肚子，呈乳白色，像晶莹剔透的小玉石。泡好的米要经过淘洗，有人想省了这一环节，和着"酸水"打浆，榨出的粉会酸味重。浸泡的大米放在竹筐里，倒入一桶桶清水，水将大米浮起来几秒钟之后又从竹筐的缝隙中渗漏出去，反复十八次，"酸水"才被冲得一干二净。

第三招是磨好浆。要用人工推磨，现在好多人用的是打浆机，一个小时内可打出上千碗米粉的米浆，效率高，但打磨速度快不能保障米浆的质量。人工推磨费时费力，但一勺一勺米添进磨孔，经过多个回合的研磨，一股雪白的乳汁才缓缓注入布袋里，人一凑近布袋，一股淡淡米香便会夹着热气扑鼻而来。这方面，李树棠还是下了不少功夫的，他的臂力也是这么练出来的。

第四招是脱好水。把米浆装入白口袋，在米浆袋上压好几个几十公斤重的大青石块，李树棠用的是从万乡河捞出的江石，那石头压上去，要把米浆袋压得喘不过气来。而且，米浆脱水急不得，这个过程要持续到第二天凌晨四五时，经过十几个小时的"压迫"，米浆才会成为只剩二三成水分的湿粉。"千锤百凿出深山，烈火焚烧若等闲。"此诗句用到这出榨米粉上好像也是合适的。

第五招就是榨米粉。为让第一批食客在早上六点就能吃上粉，凌晨四点作坊内就要忙活。把湿粉倒入一个特制的搅拌机，搅拌时一定要添一些"老粉"（即头天剩下的米粉成品），新老粉混合让粉易粘合，榨出来的米粉才筋道。"老粉"要用头天剩下的碎米粉。这种做法有点像老面馒头的做法，用面种作为发面的"娘婆"。李树棠每天都会在头天晚上留下一小筐"老粉"，作为次日榨粉的"娘婆"。搅拌好的粉被揉成一个个柚子大小的粉团，丢进滚开的热水中煮得外熟内生，粉团内部刚好有鸡蛋大小的未熟区域，就可以捞出来，全熟的粉团榨不出好粉。

煮好的粉团冷却十分钟，叫它"回一次老家"——再进搅拌机搅拌，待生粉和熟粉搅拌均匀后取出，揉成一个个柚子大小、五六十厘米高的圆柱体，即可放入榨粉机榨粉。所榨出来的细粉先煮一两分钟，捞出冷却，下一步就可以为食客烫米粉了。

都说"教会徒弟饿死师傅"。可李树棠却没有任何保留，他的热情赢得了更多人的捧场，米粉的生意更加好。

更让李树棠没想到的是，两年后，他儿子考上了北京大学。

从未去过北京的李树棠夫妇，就想借此机会去趟北京，去看看故宫、去爬爬长城。

去的前一天，李树棠老婆突然说不去了，说走这么好几天，关着门，别人会不会认为我们店倒闭了，以后那不是客人少了。李树棠想想，老婆说的也对，老顾客要来吃米粉，不能让人白跑，那样对不起人家，他想出了一个办法，干脆在门上贴个通告。

李树棠多年不写字，想叫儿子写，又怕他不愿意，最后，还是自己提笔写了起来。

"各位顾客，本人因送儿子上北京大学，8月20日至24日暂停业5天，25日正常营业，请互相转告。"

这张停业通知被人拍到，先是在朋友圈转发，有人觉得清湘人了得，一个卖米粉的老板的儿子能考上北大，便将此图放到网上，很快，各大新闻平台都发布了。

李树棠夫妇站在长城上，有人打电话给他，你成网红了。

李树棠回来后，来他店里吃米粉的人暴涨，各种媒体也跑来采访，李树棠正襟危坐，面对镜头，他那略有些掉发的头顶更加亮了。

他又想起当年的水上白光。

伴月楼主

清湘人在钵盂山修了座雷公塔。

此前，清湘已经有两座塔了，一座妙明塔，一座镇湘塔，有人建议应该有三座塔，于是就有了这雷公塔。

原以为修塔这种事不容易，谁知除了政府出钱，还有很多老百姓愿意出钱，甚至出义务工。

2008年，雷公塔建成，甚是壮观，此塔仿宋古建筑，高七层，外形为八角四门四窗，各方为雷公、电母、风神、雨神，象征国泰民安、风调雨顺。请谁题写塔名，成了重要问题，先是请县领导，但县领导说，不方便题字，还是请地方上字写得好的人写吧。

有人提议请伴月楼主。

伴月楼主的字不好求。

伴月楼主真名伍自修，相传他六岁随祖父学书法，祖父给他的规定是两年柳（公权）三年颜（真卿），说楷书底子打好后才能学行、草、隶、篆。自修在祖父的严格监督下，五年后，行草宗二王、对张旭、怀素、苏轼等人的墨迹均有涉猎，隶书由《曹全碑》经《乙瑛碑》而入《石门颂》，篆书攻《毛公鼎》《散氏盘》等。

伴月楼主擅各体，用笔老辣多变，结字端庄浑厚，喜作榜书及长卷。

伴月楼主以前也是有求必应的。那时，街坊邻居开个店什么的，找他题个店名，写个对联，他挥笔就写，而且一写就是几幅，横竖都有，由别人选。写得多了，外面就传，他的字不值钱，是大路货。

此话当然传不到他耳中，但他儿子听到了。原来，是说他哪一级书法协会会员都不是，字就不值钱了。于是儿子问他："为什么不加入书协？"他说："加入书法协会要有作品。"

"你的作品难道还少吗？"

"要有参展作品和发表的作品。"

"那你去参展啊！"

"写字是个人爱好，参什么展。"

他儿子偷偷地拿了他的字，寄去参加全国书法作品大赛，没想到获得二等奖，他儿子拿去向他邀功，没想到被他骂了一通，说："我写字是自己的事，纯粹自娱自乐，与别人没关系。"

此后，伴月楼主还是天天写字，但别人来向他求字，他再也不帮写了。

伴月楼主不仅天天写，更是不断悟。因此在笔法、结构法、章法和墨法上功底扎实，凝重浑厚，书路宽广，笔端表现力强，常有新意。他的楷书，宗柳、颜，但又不囿于柳、颜，能博采众家之长，化为己有，形成了自己独特的风格。

他曾用小楷抄完了《古文观止》。这是他抄写的第一部著作，在抄写的过程中，他又一次体会到了前人精选的文章文辞优美、意蕴深远，不仅读起来有此感受，抄起来感受更深。写着写着，似乎有一个神灵在牵引着他的手，一路不停地写了下去，当七十米长、一米五宽的幅面完成时，他才感觉到自己在倾力创作。之后，他一发不可收拾，又抄完了《孙子兵法》《毛泽东选集》《邓小平文选》，将这些著作的印刷体变成了有灵性的蝇头小楷。

当《李白诗词摘抄》《毛泽东诗词》抄完后，已是百万蝇头，每项都是百米长卷。

有人这样评价伴月楼主的书法作品：小楷笔画瘦硬凝炼，在有限的运毫空间内还讲究轻重、虚实等变化，极小极细的点画都不显纤弱而具情态。结字疏密相称，因字设形，大者、小者、长者、扁者各呈其态，通篇而观疏朗虚和，作品自成格调，耐人久久摩挲赏玩。

谁也不知道伴月楼主的字从哪儿学来的，外面的传说只是传说，真相只有他自己知道。

当年，年仅十三岁的伍自修进了老字号同丰瑞做学徒，同丰瑞只管饭，不发工钱，学徒三年再参师一年，四年学成，学成后可转为伙计，转伙计后，便可以拿到每月三块的工钱。就在伍自修学到第四年时，同丰瑞散了伙，他没干成伙计。

但在这四年中，伍自修学了一手好字。

同丰瑞里有位账房先生，姓罗，是老板从桂林请过来的，这位罗先生不但账管得好，还写得一手好字，唐楷、行书俱佳。罗先生见伍自修年少多灵气，于是吩咐他每晚十时后习字，工楷小字抄写一本叫《唐注写信必读》的书，寒暑不辍。罗先生要求很是严厉，每晚抄写还不得少于一千字，在他的督导之下，伍自修的小楷书艺大进。

同丰瑞做的是土产生意，收购桐油、茶叶之类。它的总号在湖南衡阳，每天都有数不清的货物要装船发往总号。而装这些货物的，分别叫作油篓、茶篓，装货上船前，需要在每个竹篓上写上"衡阳同丰瑞收""清湘同丰瑞付"的墨笔字样。说是墨字，实际上是用墨烟调煤油来写，通常是早上调好一竹筒，至晚间写完为止。对于字写得好的学徒来说，这就是最常做的工作，学徒第二年，伍自修便从事起此事。

在竹篓上写字，没有一定的功底那是写不了的。宣纸、草纸，不管什么纸，都是展平的，提笔下去，横竖自然而成，而竹篓乃是竹片织成，且为圆形，把握不好，字就难成形，更别说字成体了。

他记住了罗先生说的世上有三样东西，功用不同，而道理相近。好的弓拉开时缓缓地伸张，一放手就很快地弹了回去，这叫"揭箭"。好的刀一按就弯曲，一放手就挺直如初，这叫"回性"。笔锋也要这样，如弯曲后不能回复挺直，又怎能指挥如意。伍自修记住此要意，因此，在竹篓上写字自如。

除了在竹篓上写字，伍自修还得抄写信件，凡是重要的业务往来信件，皆需抄写存底，以存档备查，那时的信件，都是写在宣纸八行格上，多以行草来写，能写信件的必是一方好手，每一封信件就是一幅书法作品，伍自修兼看带写，自然进步很快。

就在伍自修练得一手飘逸的小楷时，同丰瑞店号不存在了，树倒猢狲散，各自谋生活。伍自修到界首煮盐半年，刚满十八岁，父母便要他回清湘完婚。婚后靠帮人写招牌和做点小生意维持生计。或许是年轻气盛，他每回写好招牌，不忘留下四个字：伍自修题。

也许是他写的招牌多，引人注目。一天，湘山寺的住持找到他，说是见他写招牌的字不错，想请他入寺抄写佛经黄表。这可是伍自修持管习书以来碰上的第一件庄严的法事，他不敢马上答应，于是回家想了一个晚上：湘山寺可是楚南第一禅林，当年石涛在此出家，最后成为一代画圣。这或许是他的因缘造化，能去寺中抄写佛经，是一个参禅修炼的好机会。

第二天，伍自修早早起来沐浴，还用茶麸洗了头，然后才踏进湘山寺大门。见到住持后，道了声阿弥陀佛，之后焚香净手，开始抄写佛经黄表，那种庄严肃穆是他在其他地方所无法感知的。住持告知，抄写佛经黄表，必须以银珠写蚂蚁字，字须越小越好，此乃佛家之意，佛经黄表烧化而入上界呈现在佛祖面前，写之愈小，则显之愈大。

对于曾经在竹篓上写字的伍自修来说，又是书手技艺的挑战。读而抄佛经典籍，坐而听梵音天乐，在这里，佛教的博大精深、艺术的浩瀚无际，经过香火佛烟的洗礼，让年轻的伍自修有所敏悟，渐渐进入了一重新境。

湘山寺住持法名月楼，除了佛学精深，诗词书法亦富造诣，见伍自修抄写的佛经黄表确不一般，甚是高兴，便多次面授机宜，说："心正则笔正，意在笔先，字居心后。与其求工，宁可守拙，与其软媚，宁可粗劲，与其迟钝，宁可快速，然而必须洗除俗气，则妙处自见了。"

湘山寺旁的枫叶落两遍后，伍自修才离开。离开时，月楼住持还给伍自修取一艺名——伴月楼主，倒与自己的法名有所呼应。

抄佛经黄表后，伍自修的字又有所长进。他每完成一幅书法作品，会在后面落上："伴月楼主学书"。字比以前写得好了，但落款却多了一个"学"字。也是从那以后，他记住了佛家"放下"一说，从此抛却许多烦恼纷争，不再把名利放在心上，他家的书桌前，永远贴着六个大字：得超然，失淡然。

伍自修由青入壮，儿女们接连呱呱坠地，生活重担压得他喘不过气来，他做过生意，干过泥水工，扛过沙包，带过基建队，在此期间，写字成了奢侈。那时，宣传队找上门，让他去帮写标语，他说，他没有写过那么大的字，只能写蝇头小字，那小字贴出去也看不清啊！宣传队没法，只得另找他人。

农业学大寨时，又有人找到他，非让他在山上写上那五个大字，他先是拒绝，但他们要给他扣帽子，不写就是有什么不满，他没办法，只好去。那是一座大山，远远看去比较平坦，近前一看，方圆近一公里，都是坑洼，哪里下得了笔。于是，他说："你们安排十个人，挑上石灰，我走到哪，石灰就撒到哪。"没想到，那字还真出来了，每个字有三层楼高，点横竖撇捺，笔笔到位，间架结构让人称奇，时至今日，还是当地一景。

直到1974年开凿城西磐石脚时，为了鼓足干劲，上头让伍自修写一副对联，他思考良久，挥笔写就：

拿起铁锤打开磐石修公路
舞动砌刀拆除棚厂建高楼

对联写好后贴在工棚的门上，联语、书法得到大家好评，伍自修一高兴，又写一联，贴上了食堂：

饭里有沙须细嚼
酒中无骨莫横吞

此联一出，伍自修却挨了批，有人说他意有所指，要拿他去劳动教养。

好在工程队没有技术人员，把他抓走，就无法施工。于是有人帮说好话，伍自修便留了下来。从此，他再不给外面写字，要写，只是在家里写着玩。

但清湘人暗地评价，伴月楼主的书法是最有名的。因此，雷公塔建成后，许多人认为，让他题写塔名最合适。

此时的伴月楼主，已逾八十，早已鹤发，但却灿然童颜。

当县里一行人来到伍老家中，没想到伍老很是热情，没问来意，先是招呼大家进书房看字，大家一进房间，就见整个房间挂的都是福、禄、寿。

原来，伍老早知今年北京举办奥运会，他提前一年开始创作，集成篆字"福禄寿"2008个，书成六尺横幅，装成巨匾108幅，以白首不老之志，表华夏赤子之心。

县领导在夸赞伍老此举不同凡响之际，提出请他帮提写雷公塔塔名，没想到伍老满口应承，说他年过八旬，一生碌碌无为，能留下几个字也算贡献。

当即铺纸研墨，伍老当众挥毫，"雷公塔"三个大字苍劲有力，浑然天成。

题字后，伍老意犹未尽，竟又书一联：

湘水北去奔流长江淘尽千古风流，宝塔东矗纵揽清湘方显无数英杰。

题字后不久，蜀中大震，山崩地裂，生命摧折，伍老闻之，心焚神沮，招集儿孙，言说国难之时，书人当有所行，他让儿孙将家中所有书法作品拿去义卖，所得款项全部捐给灾区。

义卖当天，清湘广场来人众多，伴月楼主的字一下被抢光。

寻找梅庄

一

李早最先知道全州有个梅庄，是在2000年。那时他读到了一首诗，名叫《题谢梅庄公像》：

忧国忧民人有几，

险阻艰难备尝矣。

披图想象如见之，

此公至今原不死。

他对此事印象特别深，一是因为诗中那句"此公至今原不死"，二是因为谢梅庄是他全州老乡。于是，他多次尝试去寻找梅庄，就这样过了二十多年。

在这二十多年中，梅庄也断断续续地进入了他的梦中。

李早翻阅县志考究，早在二百六十年前，谢梅庄就离开人世，但他的大名始终流传在全州。李早想找到谢梅庄的出生地——梅庄。

梅庄之名就是来自谢梅庄。

李早查阅了谢梅庄所著的《梅庄杂著》，其中就有《梅庄记》，其上有记载：梅庄是谢家祖遗山庄，吴三桂之乱时，谢家避兵于此。庄中有老梅一株，长得十分茂盛，结的果实像梧桐子一样，那年秋天，还没到梅开时节，有人抬头看到树梢上突然有梅花两朵，村里人感到惊诧。没过几天，乡试发榜，梅庄的祖父、叔父同时金榜题名，于是，人们把山庄称之为瑞梅庄。

六年后的春三月，早过了梅开季节，梅梢又现梅花一朵，家人以为叔父又将进士及第，却不是，而是家中新增小儿。祖父得知，说这小子将来必有出息，就叫梅庄吧。

这么神奇的梅树，这么神奇的梅庄，于是李早对梅庄产生了浓厚的兴趣，他想去寻找梅庄。

二

李早最先找到的是李绂。

李绂是江西人，少时家中十分贫穷，因为好学，自幼聪颖，读书经目成诵，有神童之称，十岁能诗，十二岁即与里中诸先生结诗社。十六岁的李绂曾在大风雪中手拿三百钱独身寻兄于汉阳，走了一个月，行走三千里。

康熙四十四年（1705年），李绂乡试得第一名，过了四年，又中进士，李绂被选为庶吉士，任云南乡试正考官、浙江乡试正考官等职。后来，李绂升为内阁学士，兼任左副都御史。

康熙六十年（1721年），李绂担任会试副考官。出榜日，黄雾风霾，也就是现在的雾霾，本来是自然现象，可皇上不这样想，皇上说："这次中榜者，会不会有乱臣贼子，要么，有读书积学之士不得中，怨气所致。"于是下令重查试卷，其中劣者取消殿试，又赐满洲举人留保、直隶举人王兰生中了进士。这样一来，引起一批落榜举子聚众到李绂寓所闹事，砖头瓦片纷纷砸来。李绂遭御史弹劾，以隐匿不奏的罪名免官，贬至永定河做河工。

后来，李绂好不容易奉召回京，任吏部侍郎。因不肯为大将军年羹尧之子年富等人捐造营房给予从优，为年羹尧所嫉，又改充经筵日讲官。之后，李绂负责督促漕运。偏偏碰到各地运往京城的漕粮屡遭抢劫，因担心贮米坏损，便按旨将贮粮估价出售，将盈余银五千两交给守道桑成鼎贮库，并将此事告知直隶巡抚李维钧，李维钧却匿而不报，而桑成鼎等李绂赴广西就任时，又将原银解交广西。年羹尧以此为由，上疏李绂巧取此项银两，应予查惩。好在雍正主持公道，经过调查，得知事情原委，亲书"奉国馨心"四字，予以奖励。

就是这个多灾多难的李绂，来到广西任巡抚。到任后，惩贪肃暴，勤政爱民。当时境内苗民受土司挑拨发起械斗，生产遭到破坏，他深入调查，从教育、诱导入手，平息了两广矿产之争，并严禁汉官、土司欺压苗民，只要发现官吏擅立名目，勒索财物，即严加惩处。南宁知府接受土司贿赂，被他革职，并通饬九府府丞。另龙州土司中的贪暴不悛者，也被革除职务。在此期间，还查核了康熙年间广西巡抚陈元龙等贪污捐纳巨额银款之积案。自此，吏风一新，土苗畏威感德，竞相释怨言和，广西边地得以安定，受到雍正嘉奖。

李绂在广西做巡抚只做了两年，因政绩突出，被任为直隶总督。回京时专程到全州湘山寺朝拜寿佛爷。寿佛全真在楚南一带名气很大，全州的得名就源于全真法师，此前，全州是叫湘源的。

当时，李绂不知全州的谢梅庄在京做官，更没想到的是，后来自己的命运竟然和谢梅庄扯到了一起。

三

李早寻找梅庄的依据只有谢梅庄所作的《梅庄记》："吾家居桥渡村，村在城西十五里，庄又在村西三十里。"他找到一个村庄，而且村里人还真姓谢，可村里人说，没见过村里有梅树。再找到一个村庄，有一株老梅，确实神奇，可村里人说，他们不姓谢。

但李早收集了一些谢梅庄流传在全州的故事。

谢梅庄小时候读书很用功，为了静心读书，他经常到一里远的龙隐岩去读书，并在岩中题了不少诗。一次他舅舅从才湾到桥渡谢家做客，刚要上楼，看见谢梅庄抱着楼下的柱头打转，见景生情，想考考梅庄，转过身说："外甥，我出副上联给你对。"梅庄说："舅舅你出上联我对对看。"舅出上联："外甥抱柱团团转。"谢梅庄见舅舅正在上楼梯，眼珠一转随口答道："舅舅上楼步步高。"舅舅听后，哈哈大笑道："有甥如此，吾复何求。"并不时到桥渡来探望，督促梅庄刻苦读书。

还有一次，他去舅舅家，回来时，借了一本厚厚的书。舅舅用轿子送他回桥渡，轿夫回转时，梅庄把书交给轿夫带回去。轿夫奇怪地问："你不看了？"梅庄说："我看完了。"回到才湾，轿夫把书交给他舅舅，并把他已将书看完了的事告之。他舅舅听后说："这样厚的一本书，轿子走了十来里路他就看完了，我不相信，他讲假话。"过了几天，他特意带着那本书来桥渡考问梅庄，问书中第几页第几行讲的是什么，哪知谢梅庄回答得一字不差。舅舅这才相信梅庄没有讲假话，梅庄记忆非凡。

谢梅庄另外一个舅舅是做豆腐生意的，一年赊了很多账，这些账写在一本簿子上。谢梅庄把账本看了一遍，就顺手丢进灶火里烧了。舅舅回来后找簿子登账总找不到，问梅庄看见一本簿子没有。梅庄说看见了。舅舅问在哪，梅庄说："天寒手冷我烧着烤火了。"舅舅听了大吃一惊，差点哭起来："你这个顽皮鬼害死我了，那是我一年的辛苦钱啊，别人赊的账都记在上面，年终你叫我拿什么凭证去向人家讨账！"梅庄说："我以为你不要了。不要紧，我已看过一遍，帮你写出来不就行了吗。"舅舅哭笑不得："你讲得好听，你能全部写出来？如果有错漏怎么办？"梅庄说："我试试看吧。"舅舅见没有别的办法，只好让他另写。梅庄重新写了一本。到了年终，舅舅拿着重新写出来的账本去讨账，果然一笔账也没记错。其中有一户拿了三块半豆腐，连这半块也未差。这个舅舅平时总不相信外甥有过目不忘的本事，这次他相信了，逢人就夸外甥的本事。谢梅庄的名声大震。

清朝时，全州设有长、万、恩、建、宜、升等六乡，俗话讲：长万二乡出白米，恩建二乡出刀枪，宜乡多苦累，富贵落升乡。当时全州有才学的人，大多都出自升乡。当时升乡有位姓李的青年很有才气，别人都称他为李才子。李才子听别人夸奖万乡谢梅庄有过目不忘的本事，心里很不服气，特意从家乡来到桥渡找谢梅庄比试。谢梅庄问他怎么个比法，李说："我们两人到全州城里去跑马游街，各人记街道一边的铺面名称，看哪个记得完全，能默写出来不漏掉就算赢。"谢梅庄笑着答应了。于是两人来到全州城里，各骑一匹快马，从城头寺门前跑马到街尾小南门后，各人将看过的一边铺面名称默写出来。结果一对照，姓李的青年这边只差一户未写上，他非常得意。再与谢梅庄写的那边一对照，不但未漏掉一户，而且连招牌上的唐记蒋记李记王记等姓氏都无一错漏地记了下来。李才子一扫得意之态，羞愧而去。

李早知道，这些故事的可信度不高，他还得继续寻找。

四

当李早认真翻阅《梅庄杂著》，看到《劾田文镜疏》《西征别儿子梦连》《西北域记》《胡御史参许容疏》时，竟然从这些文字中看到了谢梅庄跌宕起伏、惊心动魄的传奇人生。

雍正四年（1726年）十一月，三十八岁的谢梅庄考选为浙江道监察御史，直属中央督察院，有权上书皇帝言事，评论朝政，弹劾官员。

上任第十天，谢梅庄就给自己带来了杀身之祸。

或许因为谢梅庄是全州人，全州人向来脑壳梆硬。那天，他向雍正奏了三本。一论钱法，二论盐法。这两件事关全局，谢梅庄说得头头是道，雍正也听得和颜悦色。不料说到第三件事时，雍正立即将奏章掷还。原来，这第三件事是弹劾河南巡抚田文镜，而田是皇帝的宠臣。

若是其他大臣，到此也就顺势收场。但谢梅庄却不会看皇帝的脸色，居然还敢据理力争，说："见奸弗击，非忠也"。

雍正心想，谢梅庄到任御史才十天，怎么会了解田文镜如此多的情况，显然是受另外一人的指使，不禁勃然大怒，下令革职，要求严刑讯问，一定要问出指使人是谁。

本来，田文镜的事与谢梅庄无关。偏偏他碰到了陈学海，陈学海为李绂与田文镜相互参奏之事随钦差赴河南调查回京，认为办案不公，祖护了田文镜，颇为不满，无奈人微言轻，力争却不得，想揭发，又恐不济于事，便私下向刚上任的浙江道监察御史谢梅庄述陈己意。不想谢梅庄听罢，全州人的个性就来了——他拍案而起，说："事成则是你的功劳，不成，则责任在我。你不为，看我为之。"于是上疏田文镜十大罪状。

原来，此前发生了田文镜与李绂互参案。李绂自广西巡抚任上被召回授为直隶总督，回京的时候经过河南首府开封，田文镜出城相迎。可李绂不仅不给面子，还责备田文镜肆意践踏读书人的尊严。田文镜自知不妙，先将此事密奏给雍正，并说李绂与被弹劾的黄振国为同榜进士，他这是为黄振国挟私报复。李绂入宫见雍正，说黄振国等人都是被田文镜冤枉的，上蔡知县张球为官行为非常恶劣，田文镜反而不去弹劾。雍正先听了田文镜的奏疏，对此没有过问，听了李绂的话之后，将张球以盗案而论罪。田文镜也因此而遭弹劾。

此时，雍正认为李绂曾是广西巡抚，而谢梅庄是广西人，显然有朋党之嫌。

刑部尚书亲自担任主审，审问谢梅庄。问："谁是指使者？"他回答："是孔子、孟子。"问："为何是孔、孟？"谢梅庄回答："田文镜的恶名，世人皆知，我从小读孔、孟的书，见到作奸作恶不报，就是不忠。所以指使者是孔、孟。"谢梅庄被刑具拷打时，他大呼圣祖仁皇帝，弄得满朝大臣面面相觑。当时只要听到康熙庙号，所有大臣均要下跪。谢梅庄熬刑不过就大呼康熙庙号，刑审他的大臣赶紧下跪，一再呼叫一再下跪，审与被审者跪了一堂，弄得场面十分滑稽。

这时，一位血性汉子从朝班中走出，高声说道："和谢梅庄合谋的人，是我。"这人就是陈学海，当时刚升为监察御史，他想主动承担责任，以此解救谢梅庄。但此举并未救出谢梅庄，谢梅庄充军后，陈学海借病退以示抗议，结果又被官医突然陷害，验出无病也被夺官，并与谢梅庄一道充军。

众审官见审不出结果，只好如实禀告雍正，说谢梅庄是狂生，想当忠臣，满嘴称孔孟，就是不说受谁指使，拟了个"斩"字。但雍正并未把谢梅庄斩首，他说谢梅庄既然自称为报效国家之人，那就到阿尔泰军前效力。

因此，谢梅庄被免去官职，并被贬谪戍守遥远的边陲阿尔泰。

五

临近年头，谢梅庄将独自前往阿尔泰。刚刚失去母亲的八岁儿子梦连，抱着他泪水涟涟，要和他一同前往，他只能挥泪写下：

九门何皇皇，家家度岁忙。我亦侵星起，辞家赴沙场。大儿甫八龄，失母依我旁。见我荷戈戟，长跪牵我裳。儿愿随爷去，辛苦共爷尝。拭泪摩儿顶，我儿何不量。迢迢征戍地，道里六千强。地远天亦别，夏月飞秋霜。并死有何益，不如返故乡。故乡先垄在，种柏已成行。汝归山有主，庶免樵斤戕。故乡祖母在，闻信知断肠。见汝如见我，稍慰门闾望。故乡遗经在，牙签贮青箱。趋庭谁课汝，汝自延书香。……

谢梅庄知道，以后的路途都是荒漠，便想租用骆驼。一位姓赵的愿意租给两头骆驼，他说："先生你没有仆人，不如给我三头骆驼的价钱，雇用我。"谢梅庄便答应下来，并当场付了银两，将要动身时，赵用一匹马换下一头骆驼，说是骆驼高大，上下较难，不如马上下容易。当时，一头骆驼相当于四匹马的价钱。谢梅庄知道赵在算计他，但一想，他贪财，我贪路，只要能上路，又何必管他骆驼与马呢。只走了一天，赵便对谢梅庄说："我一个人难兼两桩事，放牧和煮饭，先生选一桩吧。"谢梅庄选择放牧。又过了几天，赵自称生病，谢梅庄便把放牧和煮饭都兼了起来，现在，不知道是谁雇谁了。自此之后，赵便经常称生病，不劳而食。有一天，钵盂里有隔夜饭，冷热各半，赵把热的吃了，说我吃不惯冷食。谢梅庄笑道，你是北方人，难道也吃不惯冷食，谢梅庄只好以热水和饭将就吃了。

又过了十来天，因为没有肉吃，赵便骂了起来，谢梅庄装作没听见，但赵越骂越厉害，还骂起娘来，谢梅庄忍无可忍，板着脸说道："我纵使无才，也还做过朝廷的官，何况年龄大了你一倍，你怎么这样对待我呢？"赵呸的一声骂道："丢掉了官的人就是普通老百姓了，老去死来，蚂蚁伸长脖子，盼望吃你的肉很久了，你还拿这个来轻慢我。"骂得更加不堪入耳，谢梅庄只好捂着耳朵走开。

当天晚上谢梅庄来到牧所，天上的雪花纷纷扬扬地下着，他回忆过去，也曾听过皇宫里的歌，走过皇宫里的台阶，在家有妻子儿女相聚，出门有奴仆相从。今天破帽敝裘，昼行夜牧，渴了捧马蹄印里的水喝，饿了捡牛马粪当柴煮饭，面黄肌瘦，手脚龟裂，又不幸为微不足道的小人所欺弄、侮辱，想到此不禁涕泪交流，仰天长啸道："天啊，我谢某人怎会沦落到如此地步。"拔出佩刀想自我了断，继而想："我奉命从军，这不是我应死的地方啊！"从此以后，他低着头，骂人的话装作没听见，也不说话，就这样足足过了两个月，终于到达目的地。

到达目的地后，姓赵的系好马，又挑水又做饭。谢梅庄猜想他是悔过了吧，待到饭粥熟时，赵却自顾自地吃了起来，并挥手将谢梅庄赶开，说："既然到了，我的事已经做完，你走开。"

谢梅庄经过千辛万苦到达陀罗海振武营，他与后来的姚三辰、陈学海商量着准备去拜见将军。他们便事先打听，按制度规定该以什么样的礼节与将军相见。有人告诉他们，戍卒见将军，一跪三叩首。姚三辰、陈学海听后很是凄然，为自己一个读书人要向人下跪磕头而难过，唯独谢梅庄倒像是没事似的，心情轻松不以为意，他对自己的两个同伴说这是戍卒见将军，又不是我见将军。等见到将军，将军对这几个读书人很是敬重，免去了大礼，还尊称他们为"先生"，又是赐座又是赏茶。出来的时候，姚三辰、陈学海很是高兴，脸上露出得意神色，谢梅庄倒是一脸平静，他说这是将军对待被罢免的官员，不是将军对待我，没什么好高兴的。两个同伴问他："那么你是谁呀？"谢梅庄回答说："我自有我在。"

由于谢梅庄才学渊博，虽然充军，但仍很受优待。大将军钦佩并同情他，允许他在军营设帐讲学、著书。公大臣福彭待之以殊礼，还自称学生，让儿子拜他为师，一切饮食起居均由王公操办。

谢梅庄在这里留下了一部精彩的《西北域记》。《西北域记》写得妙趣横生、出神入化，令人读来忍俊不禁、回味无穷。在此期间，谢梅庄不忘做学问，还注疏《大学》《中庸》，谁知，由此又引来牢狱之灾。

雍正七年（1729年），振武将军、顺承郡王锡保搜查谢梅庄的居所，说谢梅庄注疏《大学》《中庸》，毁谤程朱获罪，并对时政恣意谤讪，认为书中所注"拒谏饰非必至拂人之性，骄泰甚矣"，就是针对皇上。

于是，谢梅庄再次入狱，在狱中他想自行了断，绝食五天，但未死成。

一天，谢梅庄同另一发配人绑赴刑场，那人先被斩首，此时行刑官问谢梅庄："你看见了吗？"谢梅庄答道："我看见了！"

这时，行刑官才在刑场宣读圣旨："谢梅庄从宽免死，令当苦差效力赎罪，留军前效力。"

谢梅庄回到住处，见弟子们设置的祭祀坛烛香还没燃完，酒还是温热的。便向祭者作揖，说："活人也能享用吗？"弟子们非常感慨，向他敬酒说："先生难道真的不动心吗？为什么绑赴刑场没有半点惧怕？"谢梅庄长叹一声道："我近年来对死这一关已经深思熟虑了，论逍遥自在，生不如死，论痛楚，病不如刑，死了就是一具尸体，有什么好害怕的。"

六

乾隆即位后，下令广开言路。平郡王钦拜委托谢梅庄代理奏疏，谢梅庄引经据典，写了《论开言路疏》。

不久，平郡王到京城觐见乾隆，乾隆开口就称赞钦拜的奏疏"有古大臣风"。平郡王以实相告，说是谢梅庄代写的。乾隆笑对左右说："果不出我所料。"看来乾隆对谢梅庄的才学早有耳闻，随即召谢梅庄回京城，任江南道御史。

谢梅庄回到谏台，因为名声在外，每次上奏，皇上都有采纳。每次外出，儿童妇女填满街巷，争着与他见面，回到家中，士大夫争着登门拜访。

谢梅庄却没有吸取教训，又把所撰写的《大学注》《中庸疏》向乾隆进上，乾隆认为是无稽之谈，将书发还，但未治罪。乾隆二年（1737年），谢梅庄又呈《请外吏先审后参疏》《遵旨陈言疏》，他批评朝廷办事无定章。这一无隐无讳的奏章呈上后，乾隆对谢梅庄所奏逐条批驳，本打算对他严加惩处，但又考虑到谢梅庄知名度颇高，由此会阻塞言路，最后决定免于问罪。

乾隆三年（1738年），谢梅庄以母亲年岁已老，要堂前尽孝为由，希望转到邻省为官，就算是州县小吏也愿意去做。

谢梅庄授湖南粮储道。一次谢梅庄路过长沙时，听说许容巧取豪夺的事。他就身穿土布衣衫，脚穿草鞋，乔装成一个乡下老头，挑着一担谷子去缴皇粮。公差拿出斗子照例倒了个堆头，老头见了就伸手将堆头扒平。这时公差以为这个老头不懂规矩，又重新添了个堆头，正要端着谷子倒进谷仓，却被老头拦住，扒平了那个堆头。公差瞪着眼道："你这个臭老头怎么不懂规矩，想找打嘛。"老头和和气气地说："自从盘古开天地，都是平口子算一斗，哪见过每斗谷子还要堆个堆头呢？"旁边许多老百姓也七嘴八舌地帮老头讲话。公差去禀告许容，许容一听，不容分说，就下令把老头抓进牢房。不多久，那公差慌慌忙忙跑进来禀告说："老爷不好了，刚才抓的是谢大人，他手下人正在问我要人。"许容一听是谢梅庄，身上凉了半截，对公差骂道："瞎了你的狗眼，还不赶快去请谢大人。"谢梅庄被请到公堂上，许容满脸堆笑地说："手下人有眼不识泰山，冒犯虎威，还望谢大人多多包涵。"并立即请他赴宴。谢梅庄一句话也未讲，甩袖就走了。

谢梅庄查看情况属实，连夜写了奏章，派人送往京城，向皇上奏了许容一本。

许容反向朝廷诬告谢梅庄，说他行为不检，有失官体，超越权限，干预非本职之事，又说他营私剥民，应当治罪。

乾隆看了许容的奏折，勃然大怒。认为谢梅庄是获重罪之人，如今又贪纵营私、劣迹种种，不可留于天地间矣。下令先将谢梅庄罢官下狱，再交湖南布政使张灿审讯。湖南粮储道由仓德代理。

许容和张灿串通起来，要致谢梅庄于死地。写信让人篡改供词。

仓德收到信后发现有鬼，有些为难，就把信给了父亲看。他父亲曾当过刑部侍郎，一看信气得脸都变了颜色。但也无法可想，因为如果按信中要求去办，只有结党欺君之罪，如果不按信件的要求去办，这有拂布政使和巡抚的意愿，有可能招来灾祸，思来想去只好把信件分别寄给了湖广总督孙家淦和漕运总督顾琮。后来，还不放心，又捅到了部院六科。

仓德的信送到督察院后，却惊动了有"乾隆朝第一名臣"之称的刘统勋。刘统勋感到事态严重，便将仓德的揭发信及所有相关案卷一并送到乾隆那儿，听后裁夺。但乾隆却将此奏稿转交给总督孙家淦，命其一并秉公审理。

前期进行调查的监察御史胡定主持公道，经过认真调查，于乾隆八年（1743年）二月将事实经过详细上报朝廷，极力为谢梅庄申诉。

胡定的奏章送到朝廷，乾隆却半信半疑。信的是许容素来政声不佳，疑的是胡定与谢梅庄曾同是御史，是否有心包庇，于是批谕，决定另派户部侍郎阿里衮、刑部郎中李钟份，会同孙家淦复查此案，并命胡定随行。

当钦差大臣阿里衮到达长沙时，湖南数千民众，纷纷上街跪着替谢梅庄叫冤。

直到六月，钦差大臣阿里衮等官员才查清事情真相，并提出处理意见，经吏、刑二部复议后，得乾隆批准。孙家淦，许容等革职查办。

谢梅庄第三次死里逃生，再次得以平反，湖南民众拍手称快。

谢梅庄官复原职，后又补为湖南盐驿道，谢梅庄为民请命，名气大震，但许容在湖南门生甚多，处处伺机报复，加上他著书立说总被人认为"离经叛道"。后又有人密奏乾隆，说许多绅士与他往来，并有拜为门生。

于是乾隆令其退休回籍。这一年，谢梅庄五十六岁。回乡后，他谢绝官员来访，年轻人请教学业则欢迎。六十一岁仍作《读书诗》：

> 永夜静无寐，书生恼四邻。
>
> 不知老已至，只讶漏何频。
>
> 乌迹蝇头字，青灯白发人。
>
> 寒鸡偏晓事，窗外又司晨。

李早没有找到梅庄，他知道，他找到了谢梅庄，也就找到了梅庄。

树上的火

一

杨柳依回到宿舍，把手中的木棉花整齐地摆在书桌上，在灯光的映衬下，木棉花重新绽放，花蕊也成了金黄的火苗。她想和孩子视频，一看，已经是晚上九点多，怕孩子睡了，手机拿起又放下，放下又拿起，最后还是忍不住，拨通了，没想到只呼一声，视频就接通了，她一眼就看到了儿子凡凡。

"妈妈，我终于看到你啦！妈妈，我有五天没看到你啦！我知道你今天肯定会和我视频。"

"你怎么知道，那么肯定。"

"今天是我生日啊！"

杨柳依张大了嘴，能吞下一朵木棉花。她确实忘记了今天是儿子的生日，也就是说，她忘记了五年前的今天，自己那紧张而又疼痛的时刻。

其实，前几天她是记着儿子的生日的。她还打开手机上的日历看了看，应该不是值勤，应该可以调休，应该有时间去买孩子喜欢的变形金刚，应该可以陪孩子去看白头叶猴——孩子特别喜欢那挂在猴妈妈身下的金黄色小猴。

每次看到白头叶猴，孩子会有很多疑问。

孩子问："小猴的毛怎么和猴妈妈不一样啊？"

她告诉他："长大了就一样了。"

孩子又问："那我长大了和你一样吗？"

她答道："不一样。"

孩子又问："为什么？"

她答道："你长大了像爸爸。"

孩子的笑声吸引着白头叶猴的注意，她才明白，她和孩子来看猴，猴也会看他们。孩子羡慕猴宝宝整天挂在妈妈身上，而她却无法把孩子天天带在身边，就连两人视频也似乎有些奢侈。

杨柳依将自己的思绪拉回来，对着儿子说："宝贝，生日快乐！"

"妈妈，你看，蛋糕！你看着我吹蜡烛吧。"

杨柳依看着母亲给孩子点燃了蜡烛，烛光让她想起了桌上的木棉花，她拿起一朵，对着孩子说："这是妈妈给你的生日礼物。"

孩子嘟起嘴，正准备吹蜡烛，抬头看见那朵木棉花，又嘟起了嘴，却不是为了吹蜡烛，那是对妈妈的不满，说："你的礼物也太普通了吧！"

现在的孩子什么都懂，这礼物确实太普通了，而且还是她晚上回来，在树下顺便捡的。每年，木棉花开时，她都会捡，木棉花除了可以观赏，晾干还能煲汤。以前，杨柳依不认识木棉，她是河南洛阳人，每次，别人问到她是哪里人时，她除了回答"洛阳"，还会顺便来一句"洛阳亲友如相问，我在边关守国门"，让人听后哈哈大笑。那一年，新入伍来到这边关，望着车窗外的青山绿水，心中荡起的是青春激情。突然，她看到青翠的山林中有一团一团的火，不禁大呼："不好啦！山里起火啦！"接兵的同志笑了起来，解释道："那是花，那是木棉花。"她再仔细地看，让她惊奇不已的是那光秃秃的树干，一片叶子也没有，怎么就开了满树的花，而且，红得像火，不是像火，真的就是火。

杨柳依再次把思绪拉回来，她看着孩子，说："这可不是普通礼物，送给你的是英雄花，凡凡长大了要成英雄啊！"

孩子终于又露出了笑脸，说："我长大了做英雄，像爸爸一样。妈妈真是好妈妈。"

杨柳依看着孩子吹了蜡烛，和母亲说了几句，才挂断电话。

虽然孩子说杨柳依是个好妈妈，但她却没有了笑容，她又陷入深思，她在想，孩子的生日都无法母子团聚，她不是一个好妈妈。

杨柳依再次摆弄桌上的木棉花，把摆成了一排的花又摆成了一个圆，让木棉花向四周绽放，无限延伸。

二

从小学到高中，杨柳依没有想过自己的名字会与出征有关，只是觉得自己的名字太柔太柔，不大符合她的性格，她不喜欢。当年，在班上，男同学都怕她，高中毕业，她就报名当兵，而且顺利实现了自己的梦想。当她穿上军装，做了一辈子中学老师的父亲才告诉她她的名字来自诗经中的《采薇》：

> 戎车既驾，四牡业业。
>
> 岂敢定居？一月三捷。
>
> …………
>
> 昔我往矣，杨柳依依，

今来我思，雨雪霏霏。

父亲告诉她，后面两句的意思是："想起我当初出征时，杨柳轻柔，随风摇曳，如今归来，雪花纷纷满天飞。"或许父亲早料到她会成为一名战士，才给她取这个名字，或许父亲希望她退伍回到洛阳时，也是雪花纷纷满天飞。但父亲的神算只对一半，她来到这南国，成为武警边防战士，就在她准备转业时，体制变更，成为出入境边防检查站，她成为了一名移民管理警察，不仅没有回到洛阳，还因为要人照看孩子，将洛阳的父母带到了南国。

杨柳依守护的是友谊关，在她心中，友谊关是那么特别。

友谊关不仅是千年雄关，而且是南疆国门。当其他关城早已成为历史遗迹，成为历代文人吟咏的诗句，友谊关至今仍是通往越南的重要通道、屹立南疆的巍巍国门。

中国有九大雄关，每一座关城，都留下了文人的赞叹：山海关——两京锁钥无双地，万里长城第一关；居庸关——天畔浮云云表峰，北游奇险见居庸；玉门关——羌笛何须怨杨柳，春风不度玉门关；等等。

杨柳依知道，这些雄关她没去过，只在书里见过，而陪伴她的、贴近她的只有这友谊关。友谊关原来叫镇南关，也留下了诗句——崔嵬分茅岭，镇南扼雄关。所有的关城，大多位居险要，地处咽喉，每一个关口皆为内外交通必经之路，平时，民众往来，商贾互通，亲戚互走。战时，成为兵家必争之地，屯兵设防之天险，刀光剑影，鼓角争鸣，烽火连天。

当年，杨柳依来到这里，登高远望，顺着教官的讲解，看到友谊关关楼西倚峭石高耸、岗峦重叠的金鸡山，东连峥嵘险峻、翠峰绵亘的小青山，金鸡、小青两山，双峰夹峙，争奇斗艳、景象万千。两山间形成一长条形峡谷，湘桂铁路、南友公路并排着沿峡谷蜿蜒南下，分别经过友谊关及其一侧与越南铁路、公路相联，在这里成为边陲屏障。

那时的她，充满好奇，她想不到，这里曾经发生的战斗，清朝老将军冯子材领军反击法国侵略军的镇南关大捷，上万人血洒这里。她只想到，现在是和平时期，没有硝烟，没有战火，两年后，她还未好好感受这南国风光，就要脱下军装，回到家乡。

当她第一次沿边境线巡逻时，她才知道边防战士不好当，才真正知道什么是崖岌岌、林森森、路曲曲。

友谊关周边山峦起伏、树木茂盛，道路错综复杂，都是车辆无法到达的，执勤点位于山上，只能采取徒步及攀爬的方式，才能开展巡逻。

那时已经是五月，南国的五月早已三十多度，坐在那里不动，汗水也会不断冒出，巡逻前，带队老兵要求他们穿上秋冬时节的长衣长裤，杨柳依有些不理解。他们从两间房子中间十多公分的墙缝中穿过，来到后山，上山的第一步就是爬一个约半米高的土台，跟跟跄跄经过搀扶才勉强爬了上去，带队的老兵说，这些都不算什么，雨天走到路滑难行的半山腰，稍不留神就会摔下山崖，轻则骨折重则毙命。

进入丛林，成群的蚊虫扑面而来，杨柳依只能一只手抓住树枝，一只手在眼前挥动，但蚊子不会走开，仍然会送上几个"红包"。再往前走，更是悬崖峭壁，他们只能像猴子一样向上攀援，成了边境线上的"蜘蛛人"。当杨柳依双手攀着崖壁，刚冒出头，她竟然发现一条两米多长的蛇就在身边，吓得她差点摔下悬崖，好在后面的战友扶住了她，不然，第一次巡逻她就"光荣"了。

后来，杨柳依才听说，以前毒蛇还将陪同巡逻的猎犬咬伤。而就是这样艰险的地方，时常有不法分子会选择从这里偷渡，甚至从这里偷偷搬运走私物资。对执勤民警来说，边境线对外是第一道防线，对内是最后一道防线，他们需要在这里长期驻守，对口岸两翼边境地区实施二十四小时全方位、立体化管控。再狡猾的偷越边境违法人员也难逃脱他们的视线。

三

杨柳依经常和儿子一样，也在等待一个人的电话，只有见到他，她的心才会放下，那就是丈夫高改风，他俩相识在木棉树下，同样是移民警察，两人却是聚少离多。

他俩在一起，也经常谈论着木棉树。

高改风对木棉树的情感比杨柳依更深。他从小就会唱一首歌，唱那首妈妈教的歌。

木棉树，又开花，

想起我的爸爸，

他长眠在英雄树下，

永为祖国守边卡。

高改风从小就没见过爸爸，爸爸在一场战争中牺牲了，永远留在边关。母亲独自一人，坚强地把他培养成人。十岁那年，母亲带他到边境给父亲扫墓，他看到了开满鲜花的红木棉，父亲真的长眠在木棉树下。当高改风大学毕业时，毅然入伍，也来到这里，接过父亲的枪，守在国门，像一棵高大的木棉树。

杨柳依和高改风在一起时，很少谈工作上的事，她只想宁静，只想让难得的温馨多保留些时间，她知道，随时一个电话，高改风便会立马行动，从她身边离开，甚至被窝还未暖和。高改风负责缉私缉毒，他从不发朋友圈，从不把妻子儿子的照片放到网上，就像杨柳依从不问他的工作一样。每一次，完成一项重大任务，都是在公众号发布后，她才知道丈夫的事迹。

杨柳依最清楚，高改风是在和一群亡命之徒较量，他是在用自己的生命守住国门。那天，高改风刚回到家，儿子高兴地扑到他怀中，他把儿子高高举起，扛到肩上，儿子笑得合不上嘴，可不到一分钟，电话响了，他把儿子放下来，亲了一口，就往外走去。

他带领队伍火速赶到关口，截停一辆可疑车辆，刚要打开车门时，他发现车后座的人正将手伸向后背，好像在拿什么东西。于是他迅速打开车门，和另一名队员牢牢控制住对方的手，并顺势将其拖下车。下车后，他在该嫌疑人后腰处搜出一把装有消音器并且上好膛的手枪。参战的同志惊出了一身冷汗，如果当时高改风和队友的行动不够果决，后果不堪设想。

回到家里，高改风什么也没说，只是盯着熟睡的儿子的脸，他希望儿子快快长大，此时，什么嫌疑人闯关冲卡、被患艾滋病的吸贩毒人员抓挠咬伤、野外蹲守被马蜂和毒蛇袭击等忧心事都可抛到脑后。

只有一次，高改风回到家里，对杨柳依说，今天他"损失"了二十万元。原来，高改风与队友查破一起毒品交易案，在押解犯罪嫌疑人返程的路上，嫌疑人悄悄对高改风说："只要你网开一面，二十万现金全部归你。"高改风盯着嫌疑人的脸，说："我就值二十万?!"嫌疑人再不说话。

这些，都不是杨柳依所担心的，她担心的是，高改风做卧底的日日夜夜，就像人间蒸发，十天，半个月，一个月，两个月，只有杨柳依一人挺着，她不敢告诉父母，不敢告诉孩子。唯一可以告诉的是木棉树。她在树下轻吟《木棉花歌》："覆之如铃仰如爵，赤瓣熊熊星有角，浓须大面好英雄，壮气高冠何落落。"

木棉花期不长，它无意展示自己的艳丽，大多的日子，用绿荫遮住往来行人，纵然是冬季落尽树叶，那一枝枝树干仍有力地划过苍穹，像一柄柄锋利的尖刀，但在杨柳依心中，木棉树上总有一团火。

四

在杨柳依的心中，和她最贴近的仍是那一棵一棵高大的木棉树。高改风再次隐身，他要去抓那些带人出入境的"蛇头"，而杨柳依则成了"太空人"。

席卷全球的疫情来了，友谊关成了战"疫"最前线。

平常，检查站离那木棉树还有二十多米，特殊时期，增加了查验，查验区直接设置在木棉树下。防疫被分为红区、白区、绿区。红区是核心危险区，白区是低风险区，绿区则为安全区。口岸联检楼外的红区，是二十几个集装箱方舱和帐篷组成的查验区，由边检、口岸疫情联防部门、海关等单位把守。从联检楼内到外，虽是短短二十多米的距离，但跨越的是极易感染病毒的"雷区"。

此时的杨柳依成了"太空人"。她穿着"宇航服"在红区中执勤，像行走在月球表面的宇航员，防护服外，一座座集装箱方舱鳞次栉比，那便是方舱战位的"月球基地"。

那让人崇敬的"宇航服"，谁穿上，谁知道，不仅让人呼吸困难，而且不断冒汗，但为了个人防护必须坚持穿，结束工作脱下时，里面的衣服都湿透了。

杨柳依每天工作的流程是：查验往来东盟的驻外企业技术人员，查验证件、流调人员行程路径及密接人员情况，核对数据，上报指挥部，转运走疑似或是确诊病例后，一整套流程才算走完。每个入境人员的行程表和时刻表都要细致到每时每分每秒，甚至是如厕的时间、地点也要标记清楚。为确保疫情防控万无一失，守住国内防控净土，边检站为货物代理司机专设通道便捷通关，入境旅客在经过口岸防疫部门的初检、快核和医学观察后，边检部门在办理查验证件手续的过程中，对入境旅客进行"一对一"的流调、行程问询和登记，细致的查验流程将一线执勤民警的勤务作战时间拉长，日复一日，周而复始，战"疫"成了"持久战"。

杨柳依早已忘记上次与孩子见面的时间了，她和她的战友们进入工作前，隔离一周，工作一周后，再隔离一周，如此循环。他们给自己定下了高目标：零感染、零传播。可是邻国已经全面放开，一大批出入境旅客涌向口岸，不能让他们滞留在边境。

那天，已是晚上八点，杨柳依已连续工作了十二个小时，格外疲惫，她没想丈夫的肩膀，她没想孩子的笑声，她只想有个依靠，也许站着也能睡着。刚回到宿舍，电话急促响起，让她组织人员立即赴口岸，接应一批滞留返回的中国旅客。一看时间，距离旅客到达口岸的时间只有不到三个小时！

原来，受疫情影响，邻国边检部门加强了出入境管控措施，大量中国旅客滞留边境。中国驻邻国大使馆紧急协调派出大巴，接第一批滞留国际机场的六十一名中国旅客从友谊关口岸入境回国。

作为执勤小组组长的杨柳依，马上与四名党员突击队民警奔赴口岸。此时的口岸，格外安静，连周边的小虫也停止了鸣叫。杨柳依和战友们再次对执勤现场进行全面消毒，再次检查查验通道、验放设备、各监护点情况，忙完这些，她发现还少了点什么，是温馨，是家的感觉。

她想打一条欢迎回家的标语，可是已经来不及了，她望向窗外，见到了那火红的木棉花。

他们捡回一大堆木棉花，用心地在通道边摆放起来，"欢迎回家"四个大字那么的鲜艳，像一张张绽放的笑脸。

二十三时许，载着六十一名中国旅客的两辆大巴车驶近中越边境"零公里"处，仅用时十五分钟，全部中国旅客顺利通关。

等待他们的是民警们一张张热情的笑脸，"国门驿站"上一杯杯温热的茶水和用木棉花摆出的"欢迎回家"四个大字，让每一个旅客不再焦虑，他们都站在木棉花前，拍照，发朋友圈。忙完这些，杨柳依透过灯火，看见联检楼外方舱查验室上插着鲜红的党旗，高高飘扬。木棉树下，一条横幅格外醒目："最边最远最忠诚，爱党爱国爱人民。"

她抬起头，又看见那满树的木棉花，火红热烈无需丝毫绿叶衬托，像殷红如血的太阳，像千枝万盏的火炬，盛开在壮硕的树干上傲视群雄。即使从树上落下，仍不褪色，仍不萎靡，以英雄的姿态道别尘世，保持壮士的风骨。真的是"几树半天红似染，居人云是木棉花""十丈珊瑚是木棉，花开红比朝霞鲜"。

她想和孩子视频，可不是时候，她想给丈夫打电话，也不是时候，她只能走向那木棉树，从树下拾起一朵木棉花，轻轻地放到鼻尖。

砻岩乌鹭

清湘城南二里，有一岩洞，名砻岩洞。洞内广如大厦，深数百丈，飞泉上喷，曲水下漾，小丘石田，阡陌毗连，沟渠纵横，洞口如龙张大嘴，斜向天空，洞后古木参天，绵亘高耸，独钟灵气。

空旷大洞唯有洞口一石桌，桌面纵横十九行，三百六十一道，明眼人知道，此乃"手谈、坐隐、忘忧、烂柯"之地，莫不是此地有围棋高手。

确实，设此棋桌者，棋艺相当了得，如何了得，且看：

清溥仪退位后，民国临时政府曾一度为段祺瑞执掌，有"北洋之虎"之称的段祺瑞，信佛吃素，一生酷爱围棋，资助过大批围棋手，被称为中国围棋的大后台。段祺瑞常接此人对弈消遣。此人曾参加中国围棋代表团访问日本，后来，日本九段棋手桥本宇太郎访问北平，他又被派上对弈。平时，与他切磋棋艺的过惕生，乃明末著名棋手过百龄后裔，若干年后，聂卫平成了过惕生的入室弟子。除此之外，还有北京大学的围棋教练崔云趾及国手刘棣怀、顾水如等，都是当年的棋坛高手。

此人曾在海丰轩围棋社任教席，当时，吴清源年仅十岁，他见其天资聪颖，是块好料，便精心教导，吴清源棋艺进步很快，日本濑越宪作来华，与吴清源下了几局，认为孺子可教，前途无量，邀请吴清源到日本深造，后吴清源打遍日本无敌手。

这个神奇人物叫雷永锡，清湘雷家村人。父亲曾为清吏部郎中，去世时，留下遗嘱回故里安葬。雷永锡便携家小扶枢从北平回到清湘，安居家中，不再出去。

雷永锡沉默寡言，生活中与世无争，但棋盘上寸步不让。年轻时便酷好围棋，因围棋常足不出户，废寝忘食。小时，兄弟在床上对弈，不用棋盘，不用棋子，全凭记忆，也能下完一局。年近五十，一周内所对之棋，仍可重复摆出，不致一子之差。

回到清湘，雷永锡以尽孝为先，每日去父亲的坟前烧上一炷香，待香燃尽，才离开。他父亲的坟离砻岩洞不远，一日下雨，雷永锡未带雨具，避雨来到洞中，见此地清静秀雅，仿若世外桃源，心想，如在此弈子，真是应了围棋"坐隐、忘忧"之别称了。

于是，雷永锡在洞口置上石桌、石凳，并精心在石桌上雕刻出棋盘，如此一来，守孝、下棋两不误。

有人说他想效仿古人，要做传世孝子。

清湘是出过有名的孝子的。

宋代大诗人、书法家黄庭坚，大家都熟悉此公，当年，他曾来到清湘，专门写了一首诗，叫《赠朱冕兄弟》：

万里潇湘一故人，白头亲老尚悬鹑。

还家但有千竿竹，望日空耕一亩芹。

卖剑买牛真可惜，只鸡斗酒得为邻。

劝君莫起羁愁思，满腹文章未是贫。

朱冕就是清湘人，他的父亲朱道诚就是有名的孝子。朱道诚很小的时候父亲就去世了，他对母亲十分地孝顺，母多病，他截发延医，将母亲治好。母亲去世后，他便将母亲葬于景德寺旁，自己在祖坟旁扎一茅屋，守孝三年，墓旁长出竹笋，被人称为"瑞竹之异。"地方官将其事迹汇报朝廷，朝廷赐给他绢十匹、米一斛。而儿子朱冕也在父亲去世后，结庐墓旁，守孝三年，同样受到朝廷表彰。黄庭坚被贬到宜州，路过清湘，并专门题诗。

雷永锡并非要争得孝子之名，他只是想远离尘世。

就在这奢岩洞，雷永锡静听泉水潺潺、鸟禽啁啾。在雷永锡眼中，黑白两子，不是石头，而是乌鹭，黑子似乌鸦，白子如白鹭，让他想到王之道的《蝶恋花·和鲁如晦围棋》：

玉子纹楸频较路。胜负等闲，休冶黄金注。黑白斑斑乌间鹭，明窗净几谁知处。

逼剥声中人不语。见可知难，步武来还去。何日挂冠宫一亩，相从识取棋中趣。

在北平，雷永锡便见其父身处官场之险恶，久闻名利之争夺，犹如棋盘上的争子夺地，厮杀拼抢，外势与实地，金角与银边，大场与急所等，或输于开盘布局之失，或失于计较一子之短见，或因思虑之不周，或为意气用事，一局下来，对弈双方顿感精疲力竭，如需再战，必须重整旗鼓。

雷永锡举家回清湘，看似服丧丁忧，实则是远离政坛。

当年，雷永锡成段祺瑞堂上客，众人皆知。后来的军阀一进北平，自然登门拜访，请他出山，他只能婉拒，别人还以为开价低，继续往上加码，他只能"弃子"南回。

当年，雷永锡去日本访问过，日本棋手来北平他也出了面，加之与段祺瑞的交往，自然有人打其主意。

那时，日本占据东三省，还想进入关内，竟派人找段祺瑞，胁迫其去东北组织傀儡政府，段与雷永锡下棋时道出此事，雷永锡自然明白是想听他的意见，他思索良久，从棋盒中拿出一子，轻轻敲打棋盘，说："方如棋盘，圆如棋子，动如棋生，静如棋死。"段听闻此言，悄悄移居上海。

自从在砻岩洞设置棋盘后，不少围棋高手和爱好者慕名而来，雷永锡觉得，国难当头，文化不朽，战争风云中更要保存国粹，于是成立了清湘围棋研究社。

清湘地处湘桂走廊，自古乃鱼米之乡，雷永锡家有祖田十多亩，自然是衣食无忧。儿子若愚，女儿静贞，都爱好围棋，常伴父亲左右。

有一年轻人，姓石，名箕孙，从百里外的灵川来，与几位围棋高手对弈后，觉得对方棋艺平平，便想和雷永锡交手，雷永锡笑笑，叫来女儿静贞陪他下，石箕孙见其女流之辈，不把静贞放在眼里，稳住两角后，长驱而入，本以为已破其中盘，谁知静贞棋艺娴熟，声东击西，故意引其深入，之后，飞入两子将其点断，长龙被断，再无法做成两眼。结果一败涂地，无地自容。雷永锡在一旁观棋，自言自语："持重而廉者多得，轻易而贪者多丧，不争而自保者多胜，务杀而不顾者多败。"

从此，石箕孙收敛傲气，潜心学棋艺，后与静贞日久生情，终成眷属。

雷永锡则少与人对弈，一些想学实战的向他提出如何"挂、飞、跳、夹、封"等棋艺时，他却讲起了"仁、义、礼、智、信"，说："棋之道在乎恬默，而取舍为急。仁则能全，义则能守，礼则能变，智则能兼，信则能克。"

雷永锡静心于砻岩洞，醉心于围棋，不料，清湘很快就不再平静。

一九四四年五月，日军攻下长沙向湘桂铁路开进，集结了四个师团约十万人进犯衡阳，沿途民众纷纷疏散。七十八军军长王本甲拒敌冷水滩，最后战死。八月初，日军先头部队抵达湘桂边境黄沙河东岸。

清湘开始紧张起来，有钱人家纷纷往南撤走，普通百姓也躲到深山中。

雷永锡一家也是准备到西延山中躲避。儿子若愚却提出要去参军抗日，雷永锡不同意，自己就这么一个儿子，他舍不得，他知道，一个三四段的棋手与八九段的棋手是无法对阵的。

那日，雷永锡来到砻岩洞，本是再去父亲坟前烧几柱香，他盯着香燃完后，不自觉地来到洞口的石桌前，独自一人面对棋盘，想到自己如何逃避，战火还是烧到身边，便有些伤感，想当年，自己和日本棋手对弈，黑白相争，双方在棋盘上寸步不让，自己多次获得胜局，但面对敌人的枪炮，自己却毫无反抗之力。

正在沉思，不曾想有人来到身旁，还提出与之对弈。

雷永锡没想到，来人是九十三军军长陈牧农，陈牧农亦不曾想在此小地方会有围棋高手。

原来，清湘告急，九十三军来清湘驰援，军长陈牧农来到砻岩洞，见这天然壁垒，便将指挥部及军火库设立于此。

陈牧农看上此地的一个重要原因是那洞口前的棋盘。

此陈牧农亦非常人，黄埔军校第一期毕业，国民党陆军中将，湖南桑植人。先后参加淞沪抗战、徐州会战、武汉会战、桂柳会战诸役，此次从四川赶来，宣称要死守清湘三个月，誓与清湘共存亡。

或许是因为同为湖南人，陈牧农的偶像是曾国藩。曾国藩除学识渊博、诗文传世、文治武功外，一生嗜棋如命。他的日记中详细记载了他的日常围棋活动，十三年中，对弈一千三百多盘，年均百盘。作为朝廷重臣，曾国藩公务繁冗，但他常忙里偷闲，弈棋遣兴。有一次，他处理完两百件公文，手下本以为他已很累，需要休息，谁知，他仍要下两局棋方能入睡。一次战役中，他被围困，前方传来胞弟曾国葆丧命的消息，本是心急如焚，同时疟疾突发，大夫看完病后，他将大夫留下，本以为他是担心晚上身体会有不适，不放大夫走，谁知却与大夫"手谈"起来，而且一下就是两局，说，以此解心烦。

陈牧农也想仿效曾国藩，他想在如此吃紧的战前也能与人对弈几局，特别是在此碰上了围棋大师雷永锡。

其实，雷永锡是很少与人对弈的。棋逢对手，只有下棋人才会真正理解其中深意，雷永锡与人下棋，不想一开始就让人四子六子的，让人觉得把人棋艺看低。而且，每次下棋，他也不想让对方难堪，只是赢别人一二目而已，因为几子落定，他便知道了结局。所以，更多的时候，他只是自己和自己下。

当一局终了，陈牧农只输两目，双方都有些吃惊，于是又摆开一局，而在这一局中，雷永锡得知陈牧农是从四川赶来，欲御敌于湘江东岸，便认为对方是血性之人，而观其弈棋布势，整体相连，自始至终，着着求先。从不故意输棋的雷永锡特意点错一子，第二局，陈牧农赢了。

之后，陈牧农带雷永锡参观了军火库，雷永锡见到那一大堆精良的武器，好似整装待发的士兵，似乎看到了清湘平安的保证。两人别过时，陈牧农再次说，自己这次来清湘，就是要死守清湘三个月，与清湘共存亡，希望得到地方百姓的信任和支持。

雷永锡回到家中，看到家人已收拾好了行装，他让家人不必急着前往西延山躲避，他叫来若愚，说：你可以参加抗日队伍去打日本军队。

这一年，若愚刚满十八岁。当雷永锡带着若愚来见陈牧农时，陈牧农甚是高兴，将其留在身边作勤务兵。

雷永锡没想到自己真的是下错了一子。

当日军逼近清湘黄沙河时，守卫在此地仅有一个营，很快被日军攻破。而驻守县城的陈牧农却说接到上峰命令，让他炸掉军火，撤离到大溶江。雷永锡得知后，前往苦求，无效。便要求留下武器，让地方武装抵抗，陈牧农给了他几十条枪，当他提出让儿子若愚回来时，陈牧农没有答应，说若愚已是部队的人，只能跟随部队撤离，如逃跑，将军法处置。

后来，雷永锡听说，陈牧农到达大溶江，便被通知到桂林开会，到了桂林便被关押，三天后，在桂林火车站被处决，对外出示的公告是：作战不力，临阵脱逃。查明原委后经蒋介石批示撤销了该罪名，作阵亡抚恤。

雷永锡组织起一支队伍，带着女儿静贞，女婿箕孙，一家人参加抗日，他用那双拿捏棋子的手握住了枪，不断地袭击日军，虽然没有大规模的交战，但消灭了不少在清湘"打捞"的日军，直到一九四五年八月十五日，日军宣布投降。

雷永锡最后悔的是当年将儿子送到那支部队。那几年，他不再碰围棋，但仍不时到奢岩洞口站站，抬头望一望那洞口，洞口仍如龙张大嘴，斜向天空，他希望能有鸟儿飞过。更希望能有儿子若愚的消息。每次，都是女儿女婿去叫唤，才回到家中。

时间到了1951年。一日，雷永锡独自坐在棋桌前，凝望棋盘，期待棋桌对面坐的是当年的若愚。

晃乎间，若愚竟站在了对面，雷永锡说："孩子，你的棋艺有进步吗？"

"有啊！来一局。"

雷永锡打开那多年未开的棋盒，摸出棋子，点在右边的星位上。

而对方却将一子点在天元上。

这正是当年自己与儿子下棋时的玩法。当年，他提出让儿子一子时，儿子就是将棋子点在了天元上。

雷永锡抬起头来，久久地望着对方。

坐在那边的真是儿子若愚，还是原来的那张脸，只是比以前更加成熟，更加坚毅，而那一身戎装，衬得他更加魁梧。雷永锡站起身来，忙乱中打散了棋子，棋子散落一地，他用双手捧住了儿子的脸。

原来，儿子若愚所在的部队在与解放军交战时，集体起义，投奔了解放军。跟着部队南征北战，在解放海南岛的战役中驾驶汽车改装的船，英勇战斗，立了三等功。复员后回到桂林。他回到清湘，寻找自己的父亲，他不知道，相隔这么多年，父亲还在不在，但他还记得奓岩洞，记得那洞前的石桌棋盘。

父子俩对着棋盘，喜极而泣。

若愚说，自己还和陈毅将军下过棋，那次，陈毅将军来桂视察，若愚光荣地受到召见，除了下棋，陈将军还对其谆谆教导，并留若愚共进午餐。

之后，雷永锡再次在清湘办起了围棋社，教授传播围棋，如今，在这小小的清湘县里，随便就可找到围棋高手，让大地方来的人暗暗称奇。

倒　梦

一

　　林一东被一只猫咬了中指。他不明白，那只猫为什么会咬他，当时，他见猫很可爱，就想摸摸它，那猫竟张开大口，咬住了他，他大叫一声，醒了。他摸摸中指，中指还真的隐隐作痛。

　　他想再睡一会，把刚才的梦再过一遍，想弄清楚猫为什么咬他，妻子王景景却叫他赶快起床，快去上班。

　　林一东到了办公室，却发现来得太早，办公室就他自己一个人。他刚想去泡一杯茶，就被领导叫了去："你去帮我查一下，下午去南城的航班有几趟。"

　　林一东暗自高兴，看来领导下午就出差，自己又可以自由几天了。他马上上网，查出了航班时间。立即去到领导办公室，看见领导办公桌前竟然站着两个人，好像正在说什么重要的事，林一东赶忙退了出来。等到来人走开，他才敢进入领导办公室。

领导说："你们处长没到，还是你去出差吧，总局有个会，我有事，走不开。你自己订票吧。"说完，领导抬头看着林一东。

林一东知道，这是领导对自己的关照。林一东赶忙说："谢谢领导。"

林一东却不想要这个关照。前几天，南城发生了6.0级地震，不知道为什么总局还在那安排会议，让一些人望而却步。这还不是主要问题，他不是怕地震而不去开会。他在想，过几天女儿满2岁，已经和妻子王景景商量了，准备这个周末去一下"美丽南方"，女儿长期与爷爷奶奶住在一起，和爸爸妈妈都有些生分了。昨天让景景休假带女儿几天，培养一下感情。

王景景此时正在东湖公园，她在一棵紫藤下的草坪上躺着，紫藤花在头上飘动，散着香，王景景没多久就做起梦来。她没梦见猫啊狗啊的，却梦见一家子在飞机上，他们好像是去马尔代夫，空姐让她关上手机，她很听从，刚准备关机，手机却响了，偏偏在这个时候来电话，空姐会不会认为她是故意的，于是她便使劲按关机键，手机屏幕却有问题，怎么也关不了。

王景景吓得站了起来，一看，自己睡在草坪上，电话是老公林一东打来的。林一东说下午要出差，让她马上帮收拾几件衣服，他要赶着去机场。林一东不敢说具体地点，怕老婆担心。

王景景也不想知道他去哪，只是想，这个林一东，害得自己马尔代夫也去不了，还要帮他收拾东西，但也没办法，只好起身就去。

中午，林一东一上飞机，就躺在座位上，闭上眼，在飞机起飞的轰鸣声中睡着了。他还想回到早上的梦中，想弄清楚猫为何要咬他。直到空姐问他是吃鸡肉米饭还是牛肉面时他才醒来。醒来后，他突然想到，应该上网查查梦见猫咬人有什么象征。摸出手机才想起这是在飞机上，一是不能开机，二是没有信号，也就作罢。

王景景在家先搞卫生，累了，在床上睡了一会。舒适的床上却不如公园的草坪，不仅没梦到去马尔代夫，连个梦都没有。起床后又做起家务来。而且，她突然有了一个想法：我关上手机，一个人享受下清静的生活，反正林一东每次出差，飞机落地也不会报平安，已经习惯了，而且也避免单位有人不知道我休假，又来电话骚扰。

谁知这一关机，使她很快成了市里的名人。

二

民警蓝岚今天第一趟巡逻，就碰上有人丢弃小孩。

开始她也是不相信的。如今，孩子都成了宝贝，生不出孩子的不知急成什么样，到处寻医问药，什么"南国医院""长江医院"，治疗不孕不育都成了主业。人们对待孩子不再像二十世纪七八十年代那样，有些人家重男轻女，生下女孩就丢到车站、公园。她们村就有一个，那女孩被丢到火车站，被带到了北方。二十六年后，好心的养父在临终前才告诉她是收养的。根据养父的回忆，她找回老家。当时，两地的媒体非常重视，全程跟踪报道，她竟然找到了亲生父母，双方见面后抱头痛哭。最后，女孩还是回到了北方养父母家。她跟亲生父母已经没有感情了。

今天这个被丢的也是个女孩。女孩长得很漂亮，衣着也很好，手中还拿着一个玩具，蓝岚看到女孩的第一眼，女孩还对蓝岚笑了一下，发现蓝岚不是她妈妈，女孩又哭了。

据刚才报警的老太太们说，小女孩在这紫藤树下好久了，她们见一直没人来，才报警，怕女孩被坏人拐走了。

蓝岚听她们七嘴八舌地说，有人说可能是私生子，所以不要了。有的说不可能，还有童车呢！有人说，丢在公园，肯定希望有人捡回去吧，说不定就在旁边看着呢！边说边向四周望望，好像真的有人在附近偷看着呢。

今天不是周末，公园人就不多，年轻人要上班，就几个老头老太太，还有几个推婴儿车的保姆。发生这么大的事，大家都围过来看，旁边已经没了人。

之后，就是一片的骂声，说这人不配做父母，这人是畜生，这人没人性；好像还有人说，公安要把小孩父母抓住，让大家看看，到底是什么样一个人。有人拿出手机拍起照来，吓得小女孩大哭起来。

蓝岚赶紧制止。

蓝岚劝说大家："或许是哪个老太太带孙女，不注意被人推走了，说不定已急得晕过去了。我还是先把她带回所里，也许有人已经到所里报案了呢！"

这样一说，大家终于住了口，各自散开，有人还回来问："这事可以发朋友圈吗？"蓝岚说："可以，多点人帮忙找，也许会快些，再说，现如今，有人丢只狗也发朋友圈，还真找到过狗呢！"并且交待不可乱写，怕造成恐慌。

蓝岚推着女孩回到所里，这里并没有她想象的丢失小孩心急如焚的人。所长说电话都不曾接到过一个。

留个小孩在派出所也不是个办法。所长叫蓝岚赶紧和其他派出所联系，看到底有没有人报案。

直到打完最后一通电话，蓝岚才相信，小女孩被父母丢弃了。她气愤地骂了句："敢生不敢养的狗男女。"

女孩倒是不闹，吃着蓝岚买的蛋糕。蓝岚说："我们就带着她吧，看来也好带。"所长说："你带孩子出警啊？！"

蓝岚想，现在轮到她发朋友圈了。于是抱起女孩，让所长用手机拍照，女孩笑了，叫了声"妈妈"，蓝岚也笑了。

于是，一名女干警抱着一个小女孩的照片和速寻女孩父母的消息在朋友圈被刷爆。

三

林一东此时又在返程的飞机上倒梦。

几个小时前,他一到南城下了飞机就打车直奔酒店,在车上,他收到一条短信,说因为地震原因,会议取消。他觉得像是在开玩笑,因为他手中拿着总局的正式通知,决定还是去到了酒店再说。

酒店报到处也有会务组的人,但他们却告诉他,会议真的取消了。林一东说:"为什么不早点通知,坐飞机也是要钱的。"会务组的人说:"也是刚接到上面通知,救灾期间,一律不得在此举办活动。"还好言劝说,"既然来了你也可到周边走走。现在的会议一般都安排在周四周五,后面是周末也可自己出去走走的。"

林一东顺便问了一下:"这次地震,对南城有没有什么大的影响?"他们说:"没有什么,这里离震中远,只是稍微晃动了下,什么损失都没有,但却死了两个人,那两个人就是怕死才死的,地震一来,大楼一动,他们觉得没法脱逃,竟从楼上跳了下去。还真是庸人多自扰。"

林一东也不想多说什么,就上网查了一下,还是有返程机票的,就订了,马上打车去机场。他仍记得要陪老婆孩子去"美丽南方"。

林一东没有给王景景打电话,他要让她知道,现代交通多发达,两城之间说来就来,说走就走。

林一东在空姐演示乘机注意事项时就睡着了,这次他梦见了鱼在飞,一条一条鱼往岸上飞,伸手出去,还抓住了一条,他仔细研究这鱼,鱼和平常见的鲤鱼区别不大,就是两鳍及背上长有翅膀,鱼鳞也是硬硬的,嘴巴还会发出"唧唧"的叫声,真的像鸟。

林一东又在寻思,这飞鱼是否能吃,他问了几个路过的人,都摇头,说见都没见过,他们也不知道能不能吃。就连常在这里钓鱼的几个老者也说不明白。

这时，却有个人过来，要向他买下这条鱼，说拿去作研究，林一东不同意，说："我家有猫，我要拿回去让猫来研究，如果我不给猫鱼吃，它会咬我的。"

可那人不仅不同意，还大声地和他吵了起来，说林一东不是东西，要找人把他抓起来。

"哪个敢！"林一东大喊一声。

坐在他身边的人推了他一下，林一东醒来，发现周边真的很热闹。

"这么快，到啦？"林一东问。

"你睡得真香，还没起飞呢！"

这也真是怪事，林一东梦了那么长一段，自己认为已经过了很久。也是，自己今天疲于奔命，地域跨度大，时间跨度也大。

其实，是等了很久了，说是航空管制。刚才还有人和空姐吵了起来，说把大家骗上机，又不能走。空姐说如果闹事，就让警察带走。现在真是，航班经常这样，能正点才是奇怪。

林一东打开手机，一是想看看时间，二是想打个电话给王景景。

时间已经是晚上十点三十五分。看来，回到家要到十二点多了，他拨打王景景的电话，可是电话已关机。王景景是夜猫子，不可能这么早睡。平常这个点，即使上了床，她也在那里看微信，而且边看边发出笑声，林一东多次说她这大半夜突然笑，很吓人的。但她仍不改。

今天出差，她不再在床上"阅奏章"，倒是早早睡了，林一东有些纳闷。

飞机还没滑行，林一东也就阅起"奏章"来，一条同样的微信竟然有多人转发——速寻女孩父母，林一东打开一看，女孩却是自己的女儿欢欢。

林一东再次拨打王景景电话，仍然是关机，刚想拨打父母家电话，心想，这个时候，不要吓坏二老，父亲还有高血压，急不得。好在孩子没丢，虽然这样，但林一东感到丢人啊！

林一东又拨王景景电话，还不通，这时，空姐过来说："飞机马上就要起飞了，请您关闭手机。"

"我有急事，要打个电话。"林一东想拨打朋友电话，让他帮自己去接孩子。

"先生，请您配合，否则我们将采取措施。"空姐礼貌的话有些强硬了。林一东赶紧关机。

"你们已经耽误我很多时间了，我要索赔！"林一东有些激动。

"如果这样，我们请你下机。"

林一东不敢再言语，他闭上眼，可是再也睡不着。他想飞机快点到，他想回去大骂王景景，或揍她。

四

其实，孩子的事还是惊动了林一东的父母。

林一东父母也用智能手机，但不大会发朋友圈，也很少看。今天，他们就不知道孙女丢了。要是知道，还真的会昏倒。

也是天意，派出所把孙女送到家了。

蓝岚在所里一直等到晚上九点，还没有见有人来领小孩。更加相信是有人故意丢的了。自己一个姑娘家，带个小孩回去也不方便。便请示所长如何处理。所长说："与居委会联系，找个带小孩带得好的，让带一两天。"

蓝岚就与居委会主任联系。主任说："送老林家吧！上午还听他们老夫妇俩说，孙女被儿媳接走了，心里空落落的。他们孙女几个月大就由他俩带，带得特别好。"

蓝岚问清小区及楼栋就抱孩子过去了。

门一开，小女孩竟然大声叫起："爷爷！奶奶！"

蓝岚只觉得小女孩与别人不一样，见人就亲，在所里就叫过她妈妈。

直到看到墙上挂的小女孩的照片，蓝岚才确信，小女孩没有乱叫，自己真的把小女孩送回家了。

老两口就呆了。

他们不是因为看到孙女而惊奇。而是看到干警蓝岚送回欢欢而吓坏了。

他们最怕看到的事出现了。

老人一早把孙女交给儿媳王景景，就出去与那帮老人们玩，也没觉得有什么，只是与居委会主任说，不带孙女少了些乐趣。到了晚上八点，奶奶想起，觉得还是给儿媳打个电话，因为小两口平时很少带孩子，孩子都不太认父母，有时，看见别的年轻女人也叫妈妈。

可是，一拨手机，关机。之后，又打儿子电话，也是关机。奶奶就让爷爷打，也是一样。

于是，奶奶提出去儿子那边看看。爷爷不同意，说："操了一辈子心，还没操心够啊！"

"会不会两口子吵架啊？"

"吵就吵呗，都是当父母的人了。"

可就是奇怪，两个人都关机。

听蓝岚说上午就在公园捡到孙女欢欢，老人就更担心了，说："欢欢爸妈手机打不通，他们两口子是不是发生什么意外了，你快帮我们报警。"

蓝岚没想到刚找到了小女孩的家人的喜悦还没来得及说出去，更让她难处理的事情又出现了。

蓝岚怕老人一时糊涂，拨错电话，叫他们给她号码，她帮打，但结果仍是关机。

五

欢欢累了，睡了。

蓝岚让奶奶带孙女在家，自己与林老头赶到林一东住所，此时已是深夜十二点。

门已经反锁，蓝岚心一颤。用力敲门，门开了，是王景景，她见状问："爸，这么晚了，你来干吗？还带个警察。"

老林头更奇怪："你一个人在家啊？"

"对啊，一东出差了。"

"你把欢欢丢什么地方了？"

"欢欢不是跟你们在一起吗？"

"你早上把她接走的。"

"啊?!"王景景此时才吓得瘫在地上。

蓝岚扶起王景景，说："我们已经帮你找到欢欢了，现在奶奶带着。"

"你没骗我吧。"王景景抓了抓头发。

"你打开手机看看。"

王景景打开手机，见朋友圈里都是欢欢的照片，而且还有好多朋友打了电话，发了短信——景景，欢欢不要，可以送给我啊！林一东也打了电话，发了微信。王景景吓哭了。

王景景回忆起，今天上午，从婆婆家接到欢欢后，觉得有时间，就带欢欢去公园玩，欢欢玩了一会就睡着了，她就推着车去紫藤下，不知为何，自己也睡着了。之后就接到林一东电话，想也没想，赶忙滴滴打车回家帮他收拾行李。下午、晚上都没记起欢欢，在她的头脑里，欢欢就是在爷爷奶奶家。

此时，一下飞机的林一东电话打进来了。开口就是："你把欢欢丢哪啦！"

"还不是你，让我帮你收拾行李！"好在是在电话里，不然两人非打起来不可。

林一东回来后，仔细地回忆了整个过程：

如果那天早上，王景景让他多睡一会，倒回那个梦，上班就会晚到。领导找不到他，或许会叫别人代替去开会，虽然会挨批评。

如果自己回家收拾行李，不叫王景景去，王景景或许不急，也会带孩子回家。

如果自己回家发现没有欢欢，过问一下，或许早就能发现欢欢没被带回来，也不至于半夜才找到欢欢。

林一东夫妻俩此时才意识到，两人都没有把孩子放在心上。他俩决定，还是搬回去和父母住，每天带带孩子，孩子的童年不能缺失父母的陪伴。以前，总嫌住在一起不方便，而且房子离上班的地方远。

林一东到了单位，大家都取笑他把女儿丢了，林一东满脸羞容。倒是领导向他道歉，说："那天不该听信那两个朋友的话，他们说我的属相本月不宜出远门。如果不听那一套，你也不会受惊。好了，晚上请你喝酒，压压惊。"

离开领导办公室，林一东才又想起，要去搜索一下梦见猫咬手怎么回事。

林一东查到：梦见被猫咬手指意味着——程序是今天必须遵守的东西。例如，意见不可以越级请示，该办的手续不能自己想当然地就简化掉，今天不注意这些的话，很容易给自己带来麻烦，尤其是金钱上、感情上的损失。

林一东不知自己到底损失了什么。

奶奶的挂丽姬

序

那天,我接到一位朋友的邀请,说,在越城岭与大南山交界的地方有一个叫挂丽姬的村庄,那里所有的景点都是原生态,而且具有少数民族风情,很少有人去过,前段时间刚通公路,现在开车只要三个多小时。我觉得有些神奇,便满口答应。

接电话时,正好奶奶在旁边。奶奶每天坐在沙发上看电视,遥控器拿在手中,但看不了多一会儿,她就又眯了眼,有时还能听到鼾声,当你去关电视想让她好好休息时,她却又睁开眼说:"我在看电视,你关它做什么呢!"

我接电话时,奶奶又在打盹,我怕影响她,便到阳台去接电话,阳台和客厅也只隔一扇玻璃门,我没有关那玻璃门,反正,电视的声音也没影响她睡觉,我想我的声音也是。

谁知，她一听到我说到挂丽姬，便双眼放光，说："挂丽姬！你要去挂丽姬，我也去，那是我的故乡啊！"

我觉得奇怪，挂丽姬怎么会是奶奶故乡。

"你知道挂丽姬是什么意思吗？"

"不知道。"

"我跟你说说挂丽姬吧。当年，要是没有挂丽姬，我就认不得你爷爷，认不得你爷爷，就没有你爸爸，没有你爸爸，也就没有你，你知道挂丽姬在我心中到底有多重要吗？"

我被奶奶的一连串说词绕懵了。

年近九十的奶奶每天的生活都十分的简单：早上七点起床，到院子里浇花，父亲怕她辛苦，专门装了水管，拿着胶管一下就可以淋完。可她就不愿那样做，她就拿一个竹筒，接满一竹筒去浇一棵，又返回再接一筒，又去浇另一棵。浇完了回屋吃饭。之后打开电视看新闻。头天的新闻她要到这时才看，因为每天晚上六点吃完饭，她就洗漱睡觉，也不知她能否那么早就睡着。

"你帮我去拿那套苗服来。"

奶奶的房间我很少进去，进去一看，床上整整齐齐地放着一套漂亮的苗服，就在我拿苗服时，我发现一个秘密，奶奶的枕头竟然是一本县志。我见过别人用石枕、玉枕、决明子枕，还真没想到奶奶会用一本书来作枕头，那书的高矮大小倒也合适。可听父亲说，奶奶也不认得多少字，完全没必要把自己装成文化人。

爷爷倒是一个标准的文化人，他是广西大学的毕业生，当年，广西大学还在桂林，现在广西大学在南宁了。

想到这点，我拿起书，翻开一看，主编：方寸月。

方寸月，正是我爷爷。

爷爷已去世二十多年，但奶奶始终和他在一起。

一

奶奶说，她第一次去到爷爷家，就被他家那只玉手镯给套牢了。

当年，有人找到奶奶，说要将爷爷介绍给她时，本以为她会很高兴，谁知她又是摇头又是摆手，当场就一口拒绝了，说："那不行，他是领导，又是个大学生，我水平低，没什么文化，一个在天上，一个在地上，他讲一句话，我回来垫高枕头想三天三夜也想不明白，那就不要拖他后腿，我可不想拖人后腿。"

爷爷方寸月可不这么想。

他从第一次见到奶奶时，就喜欢上了这个与众不同的人。

那天，方寸月去女兵班上文化课，见到一个穿着苗族服装的女孩，觉得那身服装很是鲜艳美观，从衣领到衣脚，从衣襟到衣袖，从小腿上腿套到脚下的鞋子，全都是挑花花边。方寸月见那女孩拿一根树枝在地上划拉，开始以为是在找什么东西，走近看了好一会，只见地上来来回回地写着六个大字："挂、丽、姬、石、甘、针。"

"你叫挂丽姬？"

"我不叫挂丽姬。"

"那你叫石甘针？"

"你怎么知道？"

"你不是在地上写着嘛。"

奶奶红了脸。

"那挂丽姬是什么意思？"

"就不告诉你。"

"你是我们部队的？"

"对啊，我也是个战士。"

"那你怎么没穿军装。"

"明天，不，后天，应该就有了。"

于是，方寸月就想讨好她，说："你认字好认真，她们都没你这么认真学。"

"她们有妈，有空时要想妈，哭妈。我没有妈，哭哪个？所以我就用这些时间来认字写字。"

方寸月因此爱上了石甘针。

于是，他就给石甘针写信。石甘针收到信后，不敢打开看，放在衣袋里，过了一天才看，好些字不认识，但也明白信的内容是向她求爱。便回信，信中一大堆错别字，有的字还用图和圈代替，大概意思是：我是个放牛娃，没文化，人长得丑，又矮，你论才华、论长相，样样有，我配不上你。

方寸月给她回信，一一纠正她信中的错别字，最后还说，你是我心中最美的，你是我心中的挂丽姬。

方寸月不知向谁学习了苗话，竟然在信中用上了挂丽姬——月亮闪烁的地方。

或许是这句挂丽姬，让石甘针当时没有拒绝得那么死。

不久，两人都从部队转到地方工作，方寸月在城里做教育科科长，石甘针到了乡下，当上了区长。

提起当区长，石甘针至今仍念念不忘。她说："当时选区长，提出了五个候选人，我是其中一个。那时候可不像现在，有个投票箱，投票人拿着选票，站在投票箱前，抬起眼睛望着，等拍完照再慢慢投进去。我们那时候选人坐在小凳子上，每人后面放一个碗，让群众拿苞谷粒来选，对谁满意就把苞谷粒放谁碗里。我当时年纪小，怕当领导，每个人走到我的后面，我就想，千万不要丢给我啊。当听到自己碗中掉进苞谷粒的声音，我就吓一跳。结果，我碗里的苞谷粒最多，当上了区长。你不知道，我那个区有十七个小乡，要管的人多，我才十九岁，我怕当不好啊！""

突然有一天，爷爷方寸月又追到了区里。

奶奶石甘针见到方寸月，虽然有些意外，但仍然坚持说："你在城里，我在乡下，隔得那么远，我们俩不合适。"

"我可以到你这里来。"

"小塘里容不得大鱼，我们大苗山哪请得来大学生，你来这里会埋没才华的。我可是要在这里生根开花结果，我们这里生活很苦，炒菜不放油，我们腌的酸鱼酸肉，不煮不炒，用剪刀直接剪给你吃，你吃吗？我们一个盐碟，你沾他沾大家沾，好不卫生，你习惯吗？"

石甘针的提问，让方寸月哭笑不得。方寸月有他的方法，他就紧盯着石甘针的脸，好像她的脸上有答案，这样，倒是把石甘针看得红了脸。

"你们个个都这样吃，不但没问题，一个个还长得细皮嫩肉的，我怎么不能吃。"

"我们苗人吃糯米饭用手抓，你行不行？"

"不懂还不会学，我给你当学生，你教我啊！"

石甘针拿他没办法，借口上茅房，出去后就没返回。

方寸月可不死心，不断地给她写信，石甘针久不久回一封，方寸月每次都帮她纠正错别字，就是因为改错别字，石甘针就把这当成了跟老师学习认字的机会，因此，回信的频率也就高了许多。

一次，方寸月得知石甘针来城里开会，便专门跑去邀请她去家里。石甘针本不想去，后来又想，觉得去一下也要不了命，干脆和他家里表明态度，免得方寸月再有想法。

谁知进门没多久，方寸月父亲就说："这女孩不错，汉话讲得比汉人好，就她了。"

那天，方寸月家里人都来了，大哥大嫂、二哥二嫂，把石甘针围在中间，石甘针平时不怕围观，但那天却有些不自在。

方寸月妈妈拿出玉手镯、金戒指，要送给石甘针，石甘针不要。

"你们苗族人不是喜欢这些东西吗？"

"我经常下村，怕搞丢了。"

"这个玉手镯，他大嫂戴不进去，二嫂戴上又松，你来试试。"

石甘针伸出手来，玉手镯缓缓滑进手中，一戴进去，竟然脱不出来了。

这时，方寸月父亲又发话了："就是这个人了，以后她上山你上山，她下水你下水，你放不得，我们家只有她一个人戴得这手镯，她就是我们家的人了。"

二

说起来好多人都不会相信，奶奶石甘针十六岁那年，就帮解放军送过信。

那年，桂北刚解放，可是土匪很猖獗，解放军来到寨里，想找寨里人送信让土匪投诚。

寨子由寨老主事，寨老是寨中最有阅历有经验的，平时的山林、地界、水源、盗窃、男女奸情等矛盾纠纷，只要寨老出面，就能一锤定音。可是，信由谁来送，大家商议好长时间，定不了。不知是谁，提议让石甘针去。

提议让石甘针去送信的人说，石甘针胆量好，个子小，像个十一二岁的孩子，土匪不会把她怎么样，而且，还有一个十分重要的原因，她的姐姐被土匪抓去做了三姨太。

当时，石甘针正坐在自家门槛上，低着头想着重要的事——自己下一餐能吃点什么，那时，她真是吃了上餐愁下餐。

突然那么多人来到身边，把她吓了一跳。

当他们说明来意后，石甘针竟然答应了。

她在心里想，村里人为什么想让她去，可能她从小没有妈，没有人心疼，死了也没人哭，他们怕死，她不怕死，说不定去到那里，还会见姐姐一面。

石甘针三岁就没了妈，靠父亲和姐姐打工维持生活，她七岁就开始帮人看牛，一个人看五头牛，她知道，每一头牛都抵过了她的命，绝不能丢了。她死死地盯着，为了追牛，摔倒在地，膝盖流血了，顾不上痛仍继续追牛，拿着一条小竹棍把牛往回赶。她十三岁就去镇上打工，上午是挑水卖，从河里装满两桶水，挑上有几十级台阶的高高的码头，再挑到人家家里，肩膀被压得再痛也没法放下，小小的台阶放下桶，只要一放下，水就全倒了。一担水得一个铜板，一上午挑三十担水，得三十个铜板，拿十个铜板吃一碗粉，剩下的钱好好地收到贴身口袋里，攒着回家买粮食。

那时，在石甘针的心中，没有比解决一日三餐更大的事了，她一直认为自己没长高的原因：一是当年没得吃，二是挑水被压的。

接受任务后，石甘针赶着两只羊进了山。一路上，她就真像是在放羊，让羊吃了野古草、鸟毛蕨，她还采了些金樱子、胡枝子，到了山上，也没有什么危险，把信送到后，左顾右盼，不见姐姐，那帮人凶她，她只好返回。

石甘针不知道送去的信的内容，那信就是个纸条，可她不认字，她恨自己是个"睁眼瞎"。后来认字，她很认真，和这个也是有关系的。

后来，她才知道，这信是劝土匪早日投诚，也就是因为这封信，土匪连人带枪下了山，被定性为民变武装，只要自愿，也可以加入革命的队伍，于是，姐姐也成了一名解放军战士。

石甘针和姐姐相见，自然是十分的激动，她抱住姐姐，说当时她冒着生命危险去找姐姐，姐姐怎么不出来见她。姐姐说，当时她见了妹妹，可她真不敢露面，怕姐妹相认会给妹妹带来灾难，也只能远远望着，等妹妹走后，她极力相劝，才让土匪投诚。

两人相见没多久，队伍要继续南行。石甘针不想离开姐姐，就要跟着一起去，可部队的人不同意。

部队的人说，我们是要扛枪打仗的。

我也可以啊！

可你太矮，没有枪高。

那我们比赛，比赛爬树，看谁赢？

打仗可不是爬树啊！

跑步也行，你们走前面，我走后面，肯定能跟上你们。

部队的人还是不同意。

石甘针没招了，突然想起送信的事，说，前几天，还是我帮你们送信，土匪才投降的，现在又不要我了。

部队的人终于同意了，没想到她会这么倔。

当时，部队没有多余的军装，石甘针仍然穿着苗服，还带了一把芦笙，装成走寨的样子，避免遭土匪袭击。

石甘针是蛮恨土匪的，当年，姐姐就是被土匪强行抓去的。姐姐已经有了自己的心上人，当时，她已经收了男方的定情物，可是土匪头子说，如果不跟他的话，就杀了男的一家，逼得她嫁给了土匪。

石甘针没想到土匪投诚后解放军也没跟他们算账，他们反而也成了解放军。石甘针想和土匪真刀真枪地干上一仗，可是一路上，土匪早吓得四处逃窜，倒是她们几个穿苗服的每到一地，就有人围观。有一次，她们在洗衣服时，江对面开起枪来，大家趴在木排上，很快，那帮土匪就被消灭了。原来，这么多天，围剿土匪，土匪就是不露面，这次见几个女的出来，土匪以为可以威风一下，没想到正好中计。

终于有了军装，大家高兴地穿上了，女同志头发很多，塞进帽子里很不好看，领导要求她们剪掉长发，很多女的跑了不让剪，石甘针没跑，主动要求剪掉，因为她想成为一个真正的军人。

<h2 style="text-align:center">三</h2>

没多久，剿匪结束，部队都要转业了。领导找石甘针谈话，想让她到军校读书。

石甘针问，一同参军的几个女同志去不去？

她们不去。

她们不去，我也不去，一同转地方工作吧。

她在心里想，让她去军校读书，可自己认不得几个字，那不是丢脸吗！

石甘针提出想回挂丽姬。

领导说，你现在参加革命了，就要服从组织安排，不是你想去哪就去哪，只能去革命需要的地方。

石甘针转到离家乡不远的地方工作，工作的主要任务就是发动群众，搞减租退押。石甘针当上了副队长，负责打前站的任务。打前站不容易，通常都是一个人，穿行在大森林中，森林中树高不见人，走在路上就叫人害怕，好在配了枪，每次外出，她都把枪上了膛。有一次在一个寨子开完会，已是下半夜了，她一个人从寨子返回住处，发现一只老虎跟在身后，她便拼命地往前跑，又不敢开枪，怕惊动群众，一口气冲进家里，赶紧把门关上，从窗口往外看，发现老虎还在窗口下。

因为成绩突出，组织上安排石甘针去南宁学习，可就在接到通知的这一天，她听到了一个不幸的消息——她的父亲去世了。

她三岁时，就没了母亲，是父亲一手将自己带大，她是多么想回去见父亲最后一面。可是她知道，从这里步行回去最少也要三天，按照苗人的习惯，人死了当天就要埋葬，她回去也只能见到一堆土。

石甘针面对家乡的方向，长跪不起。

那里，是她日思夜想的挂丽姬。

石甘针回到地方工作，本来离挂丽姬也不算太远，说是不远，但大山里没有路，翻过一山又一山，即使已经看到房屋实际也要走到哭，她一直想抽空回去看看老父亲，无奈工作太忙脱不了身。如今父亲去世，她以后回去的理由更少了。

她含泪前往南宁。先到了柳州，她想去看看姐姐，打听了好多人，得知姐姐病重住院，便去看望。姐姐握着她的手，说："这次你去学习，回来可能就看不到我了，你千万不要脱离革命，你要脱离革命，你就不会有好日子过。我死了以后，你一定要坚持下去，你从小没有妈，现在没有了爸，没有人可怜你，我死了你莫哭，留下那点力气去做工作，以后碰到国家有困难，你要捐款，五毛也好，一块也好，你要帮我捐一份。"

石甘针去南宁时是二月，回来时已是九月，姐姐在七月就已去世，她真的没有见到姐姐了。一年中，石甘针失去了两个最亲的人，从此，她再也没有了亲人，她也觉得自己再也无家可归。

石甘针到了南宁，进了中央民族学院广西分院，学校就在现在的友爱路的一个庙里，石甘针当上了女生部部长，学习民族政策、社会历史等好多东西。

短训班结束时，组织要分配大家到各地工作，石甘针仍选择回大苗山，她说，那里离挂丽姬近，在她的心中，挂丽姬永远是她的家。可当她想起身回家时，她却又一次次自己否定了，回不去了，挂丽姬早已没有了她的家。

四

也就在那年，方寸月也来到了大苗山，先是到干校当主任，后下到乡里搞公路桥梁，发动群众搞生产，后来又调到煤矿当技术员。开始，他不懂苗话，做起工作来有些困难，便找石甘针学苗话，石甘针挺高兴，这下两人扯平了，她教他说苗话，他教她认字，不到半年，方寸月竟然能用苗话在会上作报告了。

方寸月不仅仅会讲苗话，而且对苗山的一切都十分感兴趣。就拿山里的树来说吧，他很快了解了大苗山上的红椎、米椎、大叶栎、青冈树是珍贵树木，而且还能说出旧时所说的"死在柳州"是因为柳州棺材久负盛名，而柳州棺材就是用这里的"红心油杉"制作的。

石甘针当时已当上了区长，总是担心做不好，便向方寸月讨教。方寸月说，你就把自己当作小学生，从小学生做起，向老百姓学习，相信群众，作风民主就行了。果然，石甘针工作得很顺利。不到两年，又调到了县民政科当科长。到这个位置时，她对自己要求更高，觉得群众的生命抓在自己手里，民政是管群众生活的，大批大批的救灾物资、救灾款经过她手里，工作很辛苦，有时连饭也吃不上，除了做民政工作，她还要参加民族自治县的筹备工作。

当四十堂芦笙同时吹响时，自治县成立了，石甘针当上了常委，县长第一个发言，她是第二个发言。当了县领导，她对自己要求很高，工作方法还是按照方寸月说的，把自己当小学生，虚心听取别人的意见，谁说的对就采纳谁的，而且别人犯了错误，她敢于当面批评，从不在背后捅刀子。

石甘针受人尊重的另一个原因就是不把钱放在心上。

当年工资很低，三十块一个月，不如回家种田，很多人思想不坚定就跑回家不干了。她却说，自己刚到部队时，一个月才拿五毛钱津贴费，到第二年才得一块六，比挑水卖还少，她没有一丝怨言，还常做别人的工作，说外地干部都来我们大苗山工作，我们是本地人，还有什么理由谈什么价钱。

石甘针仍然觉得文化知识不够，就经常向方寸月请教，方寸月说："你一个姑娘家老是往我这里跑，不怕别人说闲话。"

"别人说什么闲话，我都戴上了你家的手镯了。"

"那也不好，干脆我们结婚吧！"

"可我没有人哭嫁啊！"

原来，按照苗族结婚习俗，新娘出嫁前七天就要开始哭嫁，喜期的前一天晚上到第二天上轿时，哭嫁达到高潮。谁不会哭，就会被人嘲笑甚至歧视。哭嫁的内容很多，有哭爹娘、哭哥嫂、哭姐妹、哭叔伯、哭祖宗等。之前，石甘针以为可以从姐姐出嫁时学到一些，谁知姐姐被土匪抢走，也就没有机会学了。之后，她一直留心村里其他姐妹，见到有人出嫁时，母亲哭得让人感动，便想象着自己出嫁的情形——没有母亲，没有姐姐，谁来帮她哭啊！后来找到姐姐，她心里高兴了好久，想，自己出嫁，也有亲姐姐哭了，可没想到姐姐早早过世，身边再无亲人，自己出嫁是那么孤单。

这也是石甘针迟迟不想答应方寸月的一个原因。

"现在还要什么哭嫁。新事新办，我们请几个好朋友，帮我们证婚就行了。"

就这样，他们结了婚。

本来，婚后第三天，新娘要回娘家，石甘针也是想回挂丽姬，可是，挂丽姬没有了亲人，没有了房子，她只能想象着那条通往挂丽姬的小路，想象着小路两边的小花，想象着那个月亮闪烁的地方。

五

让石甘针终身难忘的是1956年参加全国少数民族参观团。

那天下乡，回到家很晚了，见桌子上多了两罐英国奶粉，一大包白糖。

婆婆说："是领导拿来的，是孩子这个月的口粮。"

石甘针说："我能给孩子喂奶，哪用得着这么高级的东西。"

"领导说，接到上级通知，明天要你去北京。"

什么事，这么突然。她连夜找到领导，才知道，上面安排她参加全国少数民族参观团，因为得到消息比较晚，只能服从安排。

第二天一大早，石甘针给五个月大的孩子喂奶，汽笛响了三声，她拉开奶头，把孩子交给婆婆，上船走了。

这一走就是四个月，等回来时，孩子已经九个月大了。

说是去北京，其实，先是在南宁学习了半个月，学待人接物，学跳民族舞，石甘针觉得学不好，会丢广西人的脸，会丢大苗山的脸。石甘针从家里带了一套苗衣——国家又给做了六套，还带了六个银手镯，然后坐火车去北京。

那天，领导让大家穿上最好的衣服，还让石甘针戴上了手镯。然后从住所出发，她记得一共过了六道门，才到了中南海。一下车，她走在最前面，看到面前是红地毯，那么崭新的红地毯，她不敢迈步踩上去，直到后面的人催了，她才敢踩上去，软软的，有一种说不出的感觉。

在会场，大家只等了几分钟，石甘针没想到，自己心中最伟大的人物出现了，她感觉自己的心都快跳出来了，一个放牛娃，能见到伟大领袖，做梦也想不到啊，她想尽量控制自己，不断地在心里对自己说，不要出丑，不要昏倒。

她没有昏倒，但另外一个女同志昏倒了，马上有医护人员过来，前前后后抢救了十多分钟才苏醒过来。过后，大家都去感谢她，说，要不是你昏倒，我们不可能见到首长那么长时间。

然后，大家和首长们照相，那相片成了传家宝。

在北京住了十一天，参观了北海公园、颐和园、长城、中央民族学院（现中央民族大学），还去飞机场看了飞机，去坦克学校坐了坦克，和老挝国王在怀仁堂看了戏。

之后去了内蒙古、长春、延边、天津，然后去了上海、南京、杭州，在南京参观了日本人杀害我们同胞的地方。她很气愤，日本人杀了我们那么多同胞，我们不能忘记历史，之前，因为自己家在大山里，加上当年自己年龄小，不知道日本人在中国犯下的滔天大罪。后来到大连，坐船出海，那大船像大房子那样，有三层楼高，上面有电视，但一听说是日本生产的，她就不太高兴。后来，看到日本船队进了港口向大家致敬，她心里才平衡点。

六

到了1957年，石甘针被下放到百货大楼特价门市部工作。从一个县领导变成了一个售货员，她没有因自己被降级而感到烦恼，倒是为自己能不能胜任此项工作而担心。当售货员要算数，对她而言，这确实是一大难事，她数学特别差，百位十位分不清。开始，门市部还安排一个人跟着她，后来就剩下她一个人，她知道这是对她的考验，她就让方寸月教她打算盘，还真的学会了，一月一盘点，半年大盘点，一年下来，一分钱也没少。

就在她安心在门市部工作时，上面来人调查民族干部使用情况，有人让她去反映情况，可她不愿意。凭多年的工作经验，她知道，工作队下来是走马观花，到时走了，县里有些人会抓辫子、打棍子，到时整自己怎么办。没想到，工作队很认真负责，他们找到商业局局长，要他放石甘针两天假，专门找她谈话，还一再劝她打消顾虑，她才跟他们说了一些心里话。他们说你还是上来当领导，怎么样。

"不上了，我现在领高工资，在这里当售货员多舒服。"那时，领导工资才三十几块，而石甘针的工资已经是七十多了，当了一年售货员已经很熟悉了，工作轻轻松松，不像当领导动那么多脑筋。

可是工作队不同意，说她群众基础好，吃得苦，做事有耐心，什么工作都能适应，让她回家好好想想。

回到家中，躺在床上，石甘针想起了姐姐曾经说过的话，你千万不要脱离革命，你要脱离革命，你就不会有好日子过。现在自己当售货员虽然也是工作，但组织提出了要求，自己却退却了，这还是当年的那个石甘针吗？这样还能对得起死去的姐姐吗？

于是，石甘针答应了。

组织先是安排当她镇长，之后安排她到县卫生科当科长，又从小学生做起，她上午在办公室处理日常工作，下午到医院和防疫站当"小学生"，哪个病人病得最重她就到哪里去，看医生怎么处置，医生动手术，她也穿上手术服消好毒跟着进去看。

有个叫苏大娇的病人，已经被医生判了"死刑"，拔掉了输液管，石甘针冲进医务室，问医生为什么拔掉输液管，医生说，她家里说没钱了，不用抢救了，我们也没办法开药了，记账也难追回。

石甘针就说，她丈夫没有钱，她的孩子长大了也会还的，再说，我们不能看着她这样死去。她叫医生抢救，又马上打电话给镇政府，叫他们来医院带钱来看病人。后来苏大娇得救了，她的孩子非常感谢她，常来看望，她说，是共产党医好你妈妈的病，不是我，不用感谢我。

石甘针尽心工作，仍然招来质疑。有人提出："你有什么成绩？"

她想也没想，直接回复："我没有什么成绩，我每天上下班装一泥箕土，堆在那里也有一座小山了，我这几十年做了很多工作，做了就算了，我从来不计算什么成绩，有百分之九十的群众支持我就是我的成绩，我是个战士，我只知道去战斗，我从来不会去计算成绩。"

七

石甘针从未提及那段特殊时期的事。或许，经过大风大浪的她，那些都不算什么，或许，没有什么比她和方寸月相爱更重要。

1958年，方寸月就被下放到四荣乡当农民，回来后到煤矿当技术员。他白天劳动，晚上和马住在一起。别人用铁丝捆住他的手，说："你会写，把你的手捆断，看你还能不能写。"

回家后，石甘针用草药把他的手治好。

他们把别人的错误都转嫁到方寸月的头上，让他去劳教了两年。方寸月当时身体非常不好，石甘针送他去，夫妻两人肝肠寸断，石甘针强忍悲伤，说："好好地去，不要担心，做得就做，做不得就算。能把一个大学生带进大苗山，我觉得很光荣，去，不要怕，还有我在，你要记住，家里还有父母，还有孩子，你一定要挺过来。"

回到家后，石甘针领了一个月工资交给了婆婆，说："这点钱拿去买米，买多多的米，我要去为方寸月申诉，市里不行我就去自治区，自治区不行我就上北京。"

然后，石甘针就去借钱，借到钱后就背着四个月大的老二往市里去。当年，住旅馆是要有证明的，石甘针没有证明，旅馆不让住，找了好多地方也没办法住下。于是她便到了一个派出所，坐在派出所的门口。派出所的人问她为什么来这里坐，她便把情况如实地告诉了他们。

"你不怕吗？"

"我坐在你们派出所门口，就是进了保险箱。"

他们叫她进去。

"我在市里也有很多朋友，但我不能去他们家里，我怕连累了他们，我睡哪里都可以，我从小就没了妈，到处都可以睡，我习惯了，你们不要赶我就行了，换班的时候，跟交班的同志说一声就行。"

没想到派出所的同志帮她到对面小旅馆找了一间房子给她住。

第二天一早，石甘针就去了地委大院，她先去找纪委，要求重新调查她丈夫的事。纪委答应三天后派人去调查。

她又去公路局找局长，因为方寸月下去前是在公路局工作，接待的人说局长没空，说有事可以和他们讲，她却不说，一定要见局长。他们没办法，就安排她就近住下，还给她买了一份饭。她说，孩子小，才四个月，吃不了饭，自己又没了奶水，他们便弄来了一罐奶粉。

第二天，她见到了局长，局长说方寸月是个好同志，要派人去调查，并让她在这里住几天，她却说要回去，自己还有工作。

丈夫在一个月后，改正了。她要求在大会上宣布，他们也答应了。

其实，在此之前，有人劝她和丈夫离婚，说不离婚她也不能当领导了，她坚决不同意离婚。

她说："千金难买一个愿字，自己是心甘情愿嫁给方寸月的，当年，他一个大学生愿意娶她一个苗妹，我相信他不是反革命。如果不能当领导，我就当一般干部，如果连一般干部也不让当，就分点田给我种。"

他们拿她没办法。因为石甘针的群众基础好，有什么事别人会提前告诉她。当时，方寸月在煤矿当技术员，经常要下井检查，有人扬言要在井下打他。石甘针听到这一消息，害怕丈夫受害，立即找到组织部门，说："我二十岁时不想丈夫，三十岁时不想丈夫，现在四十岁了，我特别地想他，请你们把他调到我们身边，家里有四个孩子，还有两个老人，我们离不开他。无论安排什么工作都行，哪怕是劈柴、烧火。"

十五天后，方寸月回到了木材厂，做了一个伙夫，每天还要拉着板车买菜。直到落实政策，他才到职业技术学校当副校长。

石甘针说："我请求组织部门照顾我丈夫。我不是心疼我的老公，是心疼知识分子。"她始终没忘记，是因为自己这个城里的大学生才来到了大苗山，她要让他在大苗山发挥作用。

1984年，方寸月退休了，县里请他去撰写县志。他不肯去，石甘针就劝他："去吧，不是为打你的人写，不是为扣你工资的人写，是为大苗山人民写，把大苗山的历史记录下来，让子孙后代记住。可惜我不会写，会写我也去。"

就这样，石甘针支持方寸月去编撰县志整整十年。等县志写好后，方寸月却得病住院了。住院久了，回到家里治疗，石甘针自己给他打吊针，输氧气，日夜陪在他身边，累了就坐在床边的椅子上，还拉着方寸月的手，让他有事可随时摇醒她。

她就这样照顾了七个月，直到方寸月去世。

八

石甘针身体很好，每餐一碗饭，一碗玉米糊，有时还喝半两酒。见过她的人，都说她能活百岁。

建党百年时，她得到了一枚"光荣在党50年"纪念章，她高兴得像是又回到了五十年前入党的时候，她戴上纪念章，让我们拍照，脸上笑开了花。

其实，早在1961年石甘针就患了肝硬化、肝腹水。体重由一百二十斤迅速减到了九十斤。医生劝她去大医院治疗，她不愿去，又劝她休息三个月，她说自己很乐观，不怕死，还能唱歌呢。休息没三天就去下乡，偏偏碰上下大雨，她淋雨后全身水肿，被送到广西医学院，医生让她动手术，切除肝脏。

"一个人的器官应该是完整的，切掉一部分，就不完整了，不能切。"

医生拿她没办法，只好保守治疗。治疗了几天，她就问医生，自己还能活多久。

医生答复，大概还有两年吧。

听说还能活两年，她竟然很高兴，说："我妈在我三岁时就去世了，我姐在我十七岁时也走了，我比她们多活了好多年，值了，我要出院，回去好照看孩子。"

她坚决要求出院。

回到家后，她就去找民间草医，"你给我开药，给个药方就行，我自己去山里采，免得吃死了连累你们。"

没想到，她自己去找草药吃，慢慢地身体感觉变好了。

十

那天去挂丽姬的早上，我们等奶奶吃早餐，就是不见人，本以为她又去花园浇水，可是找了没人，推开她的房门，见她还在床上，一摸，早已没有气息。

我们大哭起来。

奶奶再也回不了挂丽姬。

独秀峰上的黑球

一

　　1938 年 11 月 11 日，张先生一家到达桂林的时候已是下午三点多，一下火车，见到的桂林不是山清水秀，而是山哀水泣。刚到站时心中还有些许高兴，此时不禁又生出好多凄凉。

　　一家人从中山路往三多路走。张先生抱着女儿，妻子拉着儿子，不知到哪安置才好。儿子眼尖，说："那儿贴了广告。"张先生走过去看，发现不是广告，而是一张《救亡日报》，报上的责任编辑竟有自己几年前在上海认识的林先生，再一看报社地址在太平路，找人一问，离这不到一里地，便一路寻了过去。

　　林先生十分热情，安排张先生一家住进了报社宿舍，那是一间小平房，不到十平方米，早先是报社的一个杂物间。但有这么个地方，张先生也是十分满足的，何况，林先生说晚上请张先生到"漓江边"吃饭，还说请了桂林八路军办事处（简称"八办"）的吴主任相陪。张先生心里自然是暖暖的。

"漓江边"创始于清光绪二十八年（1902年），是吃正宗桂林菜的地方，有清蒸漓江鱼、小刀鸭、水煮牛肉，这些都是让小孩子开心的菜。也是，一路从长沙逃来，能吃饱就很不错了，何况还要担心天上飞机的轰炸。本以为到了桂林会没事了，谁知看到的仍是满目疮痍，张先生想，还是不去想那么多，活一天算一天吧。

吃饭时，张先生让六岁的女儿真真坐在自己腿上，林先生看着，竟摇摇头，认为带得太娇。坐在一旁的张太太却十分理解。

昨天，他们一家在长沙挤火车，在站台上被挤得没个人样。张先生和妻子带着儿子好不容易从窗台爬进火车，发现真真被挤丢了。妻子哭得手指缩成鸡爪。张先生嘱咐妻子和儿子在前一个站下车等。自己从已经起动的火车的车窗跳了下去。

张先生沿着站台一路唤着真真、真真，那声音越来越似哭腔，他不停地在那些没挤上车的人群中扒拉着。可是从站头走到站尾，他都没有看到女儿。张先生全身疲软、伤心欲绝地靠在站前的柱子上。

柱子没有让张先生的心稳定，他先往好处想，女儿或许挤上了车，会不会有好心人帮她，找到妈妈了。接着他又往坏处想，会不会在站台让人抱走了，在这乱世中再难找寻。他闭上眼睛，想求老天爷帮忙，能尽快见到女儿。

"爸爸，你们不要我了吗？"正当张先生绝望之时，怀抱布娃娃的女儿竟然奇迹般地来到了他身边。他抱紧女儿："真真，爸爸和你永远不分开。"说完这话，张先生竟流下了眼泪。

那晚就餐，张先生给女儿夹了很多的漓江鱼。鱼是女儿从小最喜欢吃的东西，张先生竟然不顾席间的礼仪和妻子的眼色，夹起鱼并喂到女儿嘴里。

林先生善解人意，又叫服务员再上一盘漓江鱼。

晚餐吃得差不多的时候，妻子叫女儿带弟弟到大堂玩一会儿，可是女儿摇摇头，虽然不再坐在张先生的腿上，但仍然抱着张先生的左胳膊。

这时，林先生说："来到桂林，最重要的事，就是要每天看看独秀峰。"

"哦，独秀峰，我一定择日去看看。清代诗人袁枚写过一首独秀峰的诗，我还记得几句：来龙去脉绝无有，突然一峰插南斗。桂林山水奇八九，独秀峰尤冠其首。"

"张兄好记性！我来桂林几个月了，因忙于筹钱办报和躲警报，一处名胜也没去过。国破山河在，无心再赏游啊！不过，我刚说的每天看独秀峰，不是叫你去游赏，是为了躲警报。桂林城的防空警报就在独秀峰上。你们要记住，如果挂一个黑球，就是敌机已在某处天空出现，可能来桂林，也可能不来，挂上两个黑球，那肯定就会来，赶紧锁门进山洞。桂林山洞还是蛮多的。七星岩、芦笛岩、龙隐岩都可以。"

"躲什么！有枪我就打它下来！"张先生竟拍了下桌子。

林先生笑笑，没说什么，他知道张先生的脾气。他想，张先生如果有枪，真的会那么干。

"可惜你没枪。"

张先生低头无语。

"不，你有！"在旁边一直没说话的"八办"的吴主任说。

张先生这时才注意起吴主任来。

刚才见面时林先生虽已作了介绍，但张先生一直在想下步在桂林怎么办，就没往心里去。此时，张先生看着吴主任，才觉得那张脸充满关切、期盼。

张先生从吴主任口中得知，桂林八路军办事处也是刚从武汉过来，他们不仅要宣传抗日主张，动员、团结各阶层人士抗战，还要引导桂林抗战文化救亡运动。

吴主任拿起筷子做写字样："张先生，你来写剧本，把我们的热血化成战斗的武器，让桂林成为宣传抗战的阵地吧。"

吴主任早知张先生也是摇笔杆子的。当年，张先生从国外回来，经常写些闲情雅致的小文章，最过激时，也有评评时政的小杂文。

"唉，如今这世道真无心作文，一家人能有口饭吃就不错了。"

"我们等着你的剧本。"吴主任一脸真诚，张先生看了，真不好开口拒绝。

吃过饭，张先生一家回到安置点——那个不到十平方米的小屋子，屋子东头有一张床，靠窗处有一张"桌子"，是一块木板架在石头上的所谓的桌子。

夫妻俩打扫了一下，把木板移到床边，准备晚上给孩子睡，等白天再放回去作张先生的工作台。

那晚，张太太先是安排女儿睡木板，可女儿老黏在张先生身上，于是让女儿跟他们睡床上，儿子睡木板。儿子倒也是欢天喜地，毕竟有地方睡了，而且是那么奇特的小床，他从床上翻着跟头到了小床。

睡到半夜，女儿突然惊叫，"爸爸——妈妈——"，那声音像从荒原中发出，并伴随着手脚的挥动，再一看，眼角还挂着泪珠。

张太太赶紧把女儿抱在怀里，不停地说："真真，妈妈在这里，妈妈在这里。"真真没有睁眼，但不断发出抽泣声。

二

第二天一早，张太太就要出门找独秀峰。张先生指着门前左侧的山，说，那就是。

只见不远处，一座山峰拔地而起，形如刀削斧砍，周围众山环绕，唯它孤峰傲立，看上去有如帝王之尊。难怪独秀峰素有桂林第一峰——"南天一柱"的美誉。

妻子沿着他手指的地方伸头，久久地望着独秀峰，独秀峰上隐隐可见一个黑球。

女儿真真从屋里跑了出来，问："妈妈，你在看什么？"

"独秀峰上的黑球。"

女儿顺着妈妈的手指的方向往前看，说道："哪有什么黑球，那是只乌鸦！"

张先生佩服女儿的想象，远望那黑球确实像一只乌鸦，停在独秀峰顶，似乎要吞噬什么。他想，如果再飞来一只，桂林城就如乱马践踏，市民将像小鸡遇见老鹰一样，四处逃窜，全城混乱。

张先生回到屋里，把那木板架到窗前，拿起了笔，他突然产生一种很强的愿望，想要让他的笔成为手中的枪，他要写出像《放下你的鞭子》《到前线去》之类的抗日救亡的剧本。

可是，提笔半天，没写出几个字，他脑中一片混乱。

"爸爸，你带我们去街上玩！"真真和弟弟来到他身边。

张先生举起巴掌，要打女儿，可一看女儿那一脸纯真无辜，而且马上想到了女儿在火车站走失时的情形，他高举的手就软了下来。

"好，我们去街上玩。"

张先生双手分别牵着一双儿女，他想这是不是在向儿女传递爱。自己当年像儿女这样的年龄时，却是独自在外面撒欢，哪有父母在身边。而今，不仅是他要紧抓住儿女的手，儿女也紧张地抓紧了他的手。

在街上，到处是逃难来的人，好多人没有地方住，他们就靠在屋檐下，那一双双眼睛是那么的灰暗，时时显示出无助无望。张先生和儿女一路走到了中正桥，见到桥头有人在儿女头上扎上草把，谁能给口饭吃就让领走。走了一路，三人都没笑过。张先生不忍让孩子看这些，又把他们带回了家。

回来时，张先生顺便去报社拿了张《救亡日报》，见到报纸描述的逃难情形更惨。

张先生看着报纸，由彼及己，竟掉下了泪。

"爸爸，你是不是想奶奶啦！"真真看到了。

母亲去世时，张先生痛哭流涕。当时，女儿还不知是怎么回事，见爸爸流泪，就问妈妈，妻子告诉她，爸爸没有妈妈了。在女儿的眼里，爸爸想奶奶了就会掉眼泪。

"真真，你还小，报纸上的事你不懂，等大了就知道了。"

"那我多吃点，就快点长大了。"

张先生希望女儿大了，不要再发生这样的事。

经过几天的努力，张先生创作出街头剧《逃难到桂林》：一个逃难到桂林的老头，在街上卖药，他口称仙丹可治大病，买一包送一包，大家争着买。不一会儿，另一个逃难的妇人走过来，说他的药毒死了她的儿子。她曾在武汉买了他的药，儿子吃了，到桂林两天就死了。老头承认他卖的是仁丹不是仙丹，但害不死人。群众问来问去，也认为这药不可能害人。这时老头将他一家老小被日军追逼得走投无路，流落街头以卖药为生的遭遇诉说一番。大家听后对日寇深恶痛绝，决心要与日本人拼命。

张先生写完最后一个字，放松地舒了一口气。这时，妻子却慌里慌张地跑进来说："球！两个球，两个球！"

"什么两个球！"

"独秀峰上有两个黑球！"

张先生这才记起那天吃饭时林先生说的独秀峰上的黑球。

怪不得，这几天，妻子总是隔不了半个小时就跑出屋外望望。

靖江王城内的独秀峰，从住处望去自然孤翠、峻峭挺秀，本是一处胜景，但妻子每次看时，都是紧张兮兮，好像那上面的黑球就是一颗炸弹，随时会飞向自家屋顶。

妻子一手抱起儿子一手拉起女儿，对张先生叫着："快点走啊！"

"哪会有那么多炸弹，就会炸到这里。你看，天上有那么多鸟，什么时候拉屎拉到你头上啦！我不走，你带儿子去吧，把真真留下来。"

真真马上挣开妈妈的手，跑过来抱住了爸爸的腿。张先生放下手中的笔，抱起女儿，竟然和真真用刚学会的桂林话唱起了童谣：

> 排排坐，请糯糯，
>
> 糯糯香，请姑娘。
>
> 姑娘来得早，吃个芋头饱。
>
> 姑娘来得晚，吃碗芋头饭。

看着在张先生腿上笑开的女儿，妻子摇摇头，抱着儿子走了。

很快，桂林城里警报拉响，那声音刺耳难听，搅得张先生心里也是一上一下的，想想一家人一年来从武汉逃到长沙，又从长沙来到桂林，都是有警报跟随，那日本人的飞机到处轰炸，国人再无宁日，过的是日无逗鸡之米、夜无鼠耗之粮的生活。

张先生逐渐冷静下来，此刻，他只希望桂林是他家逃难的最后一站，他希望他的笔能像一支箭，唤醒民众，一致抗日，把日军消灭在长沙，不再南行。他希望儿女不再提心吊胆，希望他们不只有苦难的童年，还应该有充满希望的未来。

那晚，张先生梦到了鲁迅，鲁迅谓之：然而说到希望，却是不能抹杀的，因为希望是在于将来，决不能以我之必无的证明，来折服了他之所谓可有。

三

张太太看了张先生创作的《逃难到桂林》说，还不够生动，你不如把女儿失散写进去，那样更感人。

张先生还真的加进去了。

那天，演出时，观众特别的多，戏院不仅满座，过道里也站满了人。他带着女儿上了舞台，开始担心女儿会怯场，谁知六岁的女儿还演得很逼真，她抱着她的布娃娃，凄惨的哭声打湿了布娃娃，却点燃了众人的愤怒。

之后，张先生问女儿真真，刚才怎么哭得那么伤心，真真说，我又想起在火车站的事了。

《逃难到桂林》连演七天八场，票价本是一元二元的，但许多人愿意花五元十元买荣誉券，演出真是盛况空前。收入除去开支还结余一万二千元，张先生将收入全部送到《救亡日报》报社，使《救亡日报》解了燃眉之急。看着这一大把钱，林先生紧紧地握住了张先生的手。

有了这次成功，张先生的信心更足了，接着写起了《怒吼吧！桂林》，题目一写下，好多事涌入脑中。

张先生的头脑中浮现出桂林无战事，但有些人荒淫无耻，饮酒作乐，不问国事，以及奸商们趁机囤积居奇，发国难财不顾老百姓死活，似乎不知千里之外的湖南已经炮火连天的情景。

他想到了那饥寒交迫的战斗苦难，似乎看到了湘北人民的惨烈反抗，一条血染的湘江流进他的梦里。他多希望在桂林的四十万颗心一起跳动，出人、出物、出力，把敌人消灭在湘江，让桂林成为一片净土。

怒吼吧！桂林。

张先生冥思苦想，他要找题材充实剧本的内容，这几日，他天天去《救亡日报》。有时，也牵着女儿到街上去，见到了更多逃难的人。

那日，他碰上一心抗日的僧人——慈明大师。

慈明大师来《救亡日报》，想创办广西佛教协会宣传抗日的《狮子吼》月刊。

张先生心生好奇，僧人不是脱离红尘，不管世事吗？于是和僧人交谈起来。

慈明大师眉宇间透着僧人少有的刚毅，说："你可能不知道，日本狼子野心，他们的一些和尚，也带着军部的秘令，到中国刺探情报，从事特务活动。"

"这种和尚，还是佛门信徒吗？这些替强盗做爪牙的日本和尚一定非入地狱不可。"张先生一听，气愤地说。

"我们中国佛教界一定要发动起来。"

两人有了共同语言，慈明大师邀请张先生去栖霞寺品茶，说最近得了半斤上好的桂平西山茶。

真真听到一个好字，便以为是好东西，说："我也要去喝好茶！"

"小孩子不能喝茶。"

真真听后嘟起了嘴。

但去的那天，张先生还是带着真真去了。

还未到栖霞寺，一里开外，远远看见寺庙掩映在山林中，显得格外清静，甚至有隔世之感。张先生一时有了遁入此地、不再回头的感觉。他想，这里或许才是最好的归宿。

张先生定定地站在那里，突然，他的手被拉动了一下，是女儿的手提醒了他，他是有家有小的人，怎么能离得开尘世。

近到寺前，便见前墙上刷了一大幅标语："当汉奸的，生受国法，死坠地狱"。

看来慈明大师要做抗日宣传不是口头说说而已，而是早已行动起来了。

张先生想，一定要把这些写到自己的剧本中，让更多的人知道，抗日是全民族的事，佛教界都已行动起来了，其他的人还能袖手旁观吗？

普陀山西麓的栖霞寺始建于唐，是西南佛教一大名刹。唐天宝九年（750年），高僧鉴真率弟子来到今桂林，曾到寺内参访传法。

慈明大师早在寺前等候。他陪同张先生参观了栖霞寺的天王殿、大雄宝殿、观音殿、藏经阁，细细解说栖霞寺。落座后，慈明大师说，桂平西山茶确实与众不同，西山茶又名棋盘仙茗，素有"山有好景，茶有佳色"之说。那茶条索紧细匀称，色泽青黛，汤液碧绿。

刚喝头泡茶，张先生便与慈明大师谈起了佛教。

慈明大师说："千年佛教提倡的就是救世度人。今天，倘使佛祖看到日本侵略者正在我国的土地上杀人放火、奸淫掳掠会有什么感想？佛祖一定会认为，这些刽子手已经不可教化了。"

"佛用来度人的一般方法对日本和尚已经没用了。而对于我们这些被压迫、被屠杀的人们，原来度人的方法适用不适用？"张先生提出问题。

"我认为不适用了。因为所度之人，只是会忍声叹气、任人宰割的人。"

"这正是那些刽子手求之不得的事。"

慈明大师这话让张先生耳目一新。

张先生接过话："当下，什么才是最有效的救命度人的方法？作为一个中国人，我认为就是抗战和建国。抗战就要消灭日寇杀人放火、奸淫掳掠的行为，使中国人民不做他的奴隶。建国就是要使中国完全为中国人所有，完全为中国人所治，其利益完全为中国人所享。"

说到这里，张先生有些激动，他站了起来说："如果站在人类的立场，我们要以抗战来领导世界，完成我们的独立和解放。这就是最新最适用的救世度人的方法。这些目标实现之日，就是人类涅槃重生之日。"

"我虽不懂佛，但是确信，假如我佛有灵，这一类替日本军队做爪牙的日本和尚，一定非下地狱不可！"

女儿真真一直在一旁睁大眼睛安静地听他们交谈，好像也听得懂的样子。

两人谈了一个多小时，在离开栖霞寺时，真真竟然跑到天王殿佛像前，跪了下来，有模有样地拜了起来，她将头贴到了地上，良久，才抬起来。张先生在旁边看着，什么也没说。

离开栖霞寺，张先生又回望了一眼，黄昏将近，掩映在丛林中的寺院显得更加幽静。

谁也想不到，半个月后，这个佛教清静之地，就遭日寇兵火蹂躏，主殿废为丘墟，令人叹息，战火中，没有净土。

四

真真还经常在梦中哭泣。

女儿曾天真地对张先生说，能不能去把黑球摘下来，那样就不用躲警报了。为此，张先生带女儿去了一趟独秀峰。

确实，张先生不想让妻子总带着儿子跑来跑去，过着提心吊胆的生活。妻子曾是富家千金小姐、清纯女学生，也曾烫过波浪卷发，过着优雅的生活。而现在跟着张先生逃难的张太太，每天为三餐担忧，每晚为睡觉担忧，而最为担忧的还是独秀峰上的黑球。

每次看到黑球，张太太就莫名地紧张，儿子小腿迈不开，她得背起他往山洞跑。每次回来，脸色都惨白惨白的，嘴上说下次再不跑了。可下次一看到黑球，她还是拔腿就跑，她说，要保住张家的后人。

去独秀峰必须进到靖江王城。靖江王城城开四门，东为"体仁"、南曰"端礼"、西称"遵义"、北名"广智"。张先生自遵义门而入，只见里面古树婆娑、红墙黄瓦、云阶玉陛，更让他想不到的是月牙池旁陈列着奇石假山，池中竟有彩舟。

女儿真真关在家中多日，脸上少有笑容。这时她看到彩舟，竟不顾一切地跑了上去。摸摸这里，摸摸那里，笑容在她的脸上绽放。张先生不忍心打扰女儿，他想让她多玩一会儿，好让女儿和这美景同在。

真真抱着小布娃娃，那布娃娃她经常带在身边，她总有很多话和布娃娃说。她说："布娃娃，你没坐过这么漂亮的船吧，多坐坐。"

看着这一切，张先生不仅没有欣喜，而是愁上心头，这么美好的东西，会不会在下一次的轰炸中消失？

身处王城，张先生没有王公大臣之感，倒想到了从这里逃出的一个人，一个历史上吃苦瓜最有名的人物——明末清初的大画家石涛。他是一个有开创性的一代宗师，自号苦瓜和尚，他餐餐不离苦瓜，甚至还把苦瓜供奉案头朝拜。石涛对苦瓜的这种感情，与他的经历、心境密不可分。

石涛十五岁时，明朝灭亡，父亲被捉杀。国破家亡，他被迫逃亡到百里之外的全州湘山寺削发为僧。此后，他颠沛流离，辗转于全国各地，到晚年才定居扬州。他带着内心的矛盾和隐痛，创作了大量精湛的作品。最为人推崇的，是他画中那种奇险兼秀润的独特风格，笔墨中包含的那种淡淡的苦涩味，有一种和苦瓜极为近似的韵致。

石涛之良苦用心世人谁知？今日的张先生似乎怀着与曾经生活在王城中的石涛一样的心境看着这王城。他无时无刻不在怀想过宁静安逸的生活，让妻子儿女不再在担惊受怕中度日，可这不高的期望却又是那么渺茫。

走了八百八十六级台阶，张先生和女儿爬到独秀峰顶，黑球却更高高在上。两个穿黑衣的人看守着，身边还有一黑球，随时准备挂上去。

"你们可以不在这里吗？那球挂上去吓人啊。"

"哪个想天天守在这里。"

"昨天三里店就有两个人被炸死了，一个头和身子分开了，肚肠和衣服都挂到了树上。一个完好，说是被震死的。"

张先生赶忙用双手捂住女儿的耳朵，他不想让女儿听到这些会让人做噩梦的事。

站在独秀峰上，张先生看到了整个桂林城，房屋错落有致，道路交织互通，青山叠翠、绿水绕城，本是人间仙境，但在日寇的轰炸下，已不同往昔，让人心痛不已。

张先生没说什么，带着女儿赶紧离开。

从独秀峰下来的第二天，又见两个黑球挂起。妻子带儿子去躲警报，他和女儿仍在家。

那天，竟然有人趁着混乱，打起了《救亡日报》报社的主意。

经过努力，《救亡日报》日发行量已突破五千份，广西省政府也给了钱，新买了印刷机，自己开始印报纸。那天，大家都去躲警报，张先生见没有什么大事，就出来走走，却见两个鬼鬼祟祟的人在报社边转悠，张先生觉得奇怪，就在一旁盯着。

那两人很快分开，张先生只能盯住一个，只见这个绕到后门，此时张先生想到女儿在家，怕她害怕，想来这里也没什么东西好偷，就回到家里。谁知没过多久，报社那边起了火。

张先生赶忙去救火。

此刻，他才知道那两个人是来破坏报社的。

报社最为重要的就是那几令白报纸。张先生赶忙往外搬白报纸。在他搬到第十捆时，报社一些人也赶来了，大家一起抢救出了所有白报纸。

林先生非常感谢张先生，为报社减少了损失，做出了贡献。林先生这才知道张先生不去躲警报，就很严肃地要求张先生也要躲警报，以后他会安排人值班守报社的。

张先生后来也和妻子躲起警报来。

他们一家躲到离家最近的七星岩。

七星岩因七星山而得名。七星山七峰并峙，宛如北斗七星座；北四峰像斗魁，称普陀山，南三峰像斗柄，称月牙山，山多溶洞，七星岩就在普陀山腹，岩洞雄奇深邃，洞中的石钟乳、石笋、石柱、石幔……千姿百态、蔚为状观。小东江经花桥顺月牙山蜿蜒南流，水中青峰桥影相映成趣。明代桂林画家张文熙将此题为"第一洞天"，可是这个"第一洞天"，今日竟成桂林人的第一避难之所。

躲进洞中，里面竟是人挤人。女儿真真吓得紧紧地抓住张先生的手，一刻也不敢松开，张先生知道她又记起了那时挤火车失散的情景。里面本来空气稀薄，因为人多，大家呼吸也就相当困难，个个张着嘴巴，像离水上岸的鱼。

五

一日，张太太不知道从什么地方弄来了一张钟馗画像，而且有模有样地贴在了屋子正中。她说有了这个，女儿就不会再在梦中哭泣了。张先生笑妻子，说："你这个学过新学的女学生，竟也信这个。"

"你看这钟馗，一手拿剑，一手上指，两眼瞪圆，倒也可以帮我们出出气。我看你的性格有些像他。"

张先生哈哈大笑道："我一个手无缚鸡之力的穷书生，能像钟馗一样驱鬼就好了。"

到了桂林有一段时间了，张先生也想仔细了解一下桂树了。

都说桂林桂林，桂树成林，早在秦始皇时期广西已名为桂林郡。

桂树，到底是药用的肉桂还是八月飘香的桂花树呢，听说这两种树自古以来都以广西种植最多，张先生倒相信桂树所指的应该是肉桂。桂花树就在他们住处有好几棵，可肉桂一直没看到。他找了很久，才在訾家洲找到了一片肉桂。

肉桂树皮灰褐色，枝条圆柱形，黑褐色，有纵向细条纹，略被短柔毛，长椭圆形的叶子，能够补元阳，暖脾胃，除积冷，通血脉。古人应该是很注重实用性的。以此命名桂林也是对的，可惜如今桂林的肉桂倒是不多。

可桂花树却是很多，这一年，不知是什么原因，十二月了，桂花又开了一次，并发出袭人的香气，那袭人的香气让真真高兴不已，她说她要改名张桂花，要叫这么土的名字，张太太听了笑弯了腰。

一个月夜，张先生久久靠着屋旁的桂花树，望着天上的月亮，竟然怀疑谁偷走了一些，再无往日的明亮，竟生出"我独对清光坐，闲将白雪歌"之慨叹。

张先生希望女儿早点忘记之前在车站的恐惧，也就想多陪着她。可那几天，女儿越来越恐惧，晚上老是做噩梦，而且喊叫出来。

第二天问女儿，女儿说，她梦到了奶奶，奶奶说要带她回家，她不愿去，她要跟着爸爸，奶奶还要拉她的手，她就挣脱要跑。

张先生和妻子奇怪，女儿怎么会梦到奶奶，奶奶去世时，她才刚满三岁，什么都不懂。而奶奶说的家，是在哪里。国将无国，何处是家？

又一日中午，女儿从屋外跑回，说："爸爸，你看，那棵桂花树，奶奶爬到树上了。"张先生忍不住，打了女儿一巴掌。

女儿很伤心，张太太怪张先生下手太狠，张先生忙抱起女儿，亲了好久。

那晚，张先生和妻子说起曾经看到的一篇《圆光术》，说五六岁的小孩，能看到大人看不到的东西。张太太打了张先生一下，说："乱说。"

第二天，张先生没做什么，他见女儿又抱着布娃娃，便说："真真，爸爸带你去买米花糖。"

就在张先生带女儿去买米花糖的时候，独秀峰上又挂上了两个黑球，张太太带着儿子赶紧去七星岩，她想张先生也会带女儿往那里去的，因为前几次都是去了的。

在洞中躲了一个多小时，张太太一直没有见到张先生和女儿。

敌机刚走，警报还没有解除，张太太焦急地从防空洞跑出来，桂林市区已是一片火海，文昌门一带更是火光冲天，张太太跑回住处时，大火已蔓延到到家门口，张太太推开门，大声叫："真真、真真！"不见人影，她赶紧跑到后院。

前几天，张太太在后院挖了一个简易的防空洞。她对张先生说，你不想躲警报，就到这里躲一下吧。

后院中了一枚炸弹，院墙被炸塌，防空洞已成废墟。

张太太惨叫一声，昏死过去。

林先生、吴主任来了，大家见到这一惨状心痛不已。大家赶紧挖掘，挖开后，却没有见到张先生和真真的遗体。

张太太又返回小屋寻找，找到的是一张写满字的纸。"谁不爱国，谁不爱家。谁没有热血，谁愿意做牛马。我们要报仇，我们忍不下。带了花又算什么。日本人，谁怕他？弟兄们，伤好了再去打，杀一个够本，多杀几个就赚了他，要干到底才是好汉，要干到底才能建立大中华。"

没见张先生，大家倒把心放下了。这时，慈明大师来了，他对着林先生说了几句，大家便往栖霞寺跑去。谁也想不到，日寇的炸弹投向佛教之地，张先生带女儿正好在此。

张先生抱着女儿，女儿抱着布娃娃，被半埋在砖石里，躺在血泊中。张太太一见，也倒在了一边。

大家讨论，决定就买一口棺材，因为张先生是抱着女儿真真牺牲的，就让真真永远留在父亲身边吧。

大家小心翼翼地将张先生的遗体放入棺材，棺材很大，又把真真的遗体放在张先生的左手臂上，真真依偎在张先生的怀里，父女俩好像睡着了一样，真真手上的布娃娃紧紧地贴在她胸口。

此时的张太太，坐在棺材旁，目光呆滞，一言不发，让人可怜。有人想去安慰，林先生示意不要去，说："此时，自我封闭就是最大的自我保护。"

大家正准备盖棺，这时，张太太忽然惊醒过来，推开儿子，奔向棺材，号啕痛哭起来。大家在一旁看着，谁也没去劝，让她哭个够。

张太太再也没有离开过桂林。

她还住在那小屋，她要守着丈夫、守着真真，她相信他们一直就在身边。她每天做的第一件事仍是去看独秀峰，看独秀峰上的黑球，尽管她知道，再大的一坨"鸟屎"也落不到丈夫和女儿头上。

直到1945年7月，独秀峰上的两个球才再也没有出现。

而张先生和女儿离世已经六年了。

夷襄渡

一

金屏乡乡长刘观水差点被活埋了。

与他在一起的还有月塘村支书唐福安，村民唐石山。

那时，他正和村支书唐福安在唐石山家做拆迁说服工作。

情况是这样的：高速公路要从月塘村经过，要拆迁的十三户已经做通了十二户的工作，并已成功拆迁，路的两头也已经完成基础工程，就是这个脑壳像他名字一样梆硬的唐石山，说什么也不愿意拆。施工单位表现也很强硬，不仅把唐石山家周边推平，还故意在他家门口拉出一条宽一米、深一米的深沟，如果灌上水，就成护城河了。但唐石山全家人仍坚持住在里面，深沟也无法阻挡，他在上面架上了梯子。

而负责此段公路的建设单位是一家很牛的企业，

已向乡政府发了公函，说是请求乡政府协助做好工作，劝此钉子户搬迁，但要求的最后时限是三月十八日，根本没有任何回旋的余地。

刘观水立即将分管副乡长方小能找来。

方小能从部队转业，先是当了几年武装部长，前两年转任副乡长，他是本乡人，会说土话，做起工作来方便，因此专门安排他负责拆迁。而他也很乐意，他堂弟还搞了个石渣场，给修路的提供石渣。

方小能来到办公室，脸上本来还有点笑容，但一看到函件，脸就垮了下来。

"这一户我是没办法了，去他家比我回家都多，就差没在他家住了。"

"那就没有其他办法？"

"我是没办法了，除非你出马。"

"我出马，牌就打完了。"

平时，刘观水总是和副职讲，书记乡长出面做工作，也就是最后一把牌了，不能一开始就打大小王。看来，最后一把牌不打也不行了。

今天就是三月十八日。

刘观水和唐福安早上七点就到了唐石山家，过那梯子时有些摇晃，刘观水心想，摇晃就对了，今天不仅要搬走这梯子，还要搬走这房子。

正赶上唐石山一家吃早饭。吃的是油茶，油茶里还有猪肝、粉肠。"伙食不错。"刘观水也就不客气，陪唐石山喝了两杯"水鼓冲"（土酒）。本地人就是这样，一早就喝酒，还说是：早酒三盅，一天威风。

"石山，还是搬了吧！"唐福安先开了口，"施工队就在外面等着，完不成任务我们也交不了差。"

"和你们不相干。"唐石山说。

"等下县长也来。"刘观水说。

"市长来，我也不搬！"唐石山说，他的脸红红的，不知是刚喝了几杯还是激动，他老婆小孩见他发脾气，便放下碗筷出去了。

刘观水抬头看唐石山家的家堂，家堂上写着"天地君亲师"几个字，这几个字写得有些奇怪，与日常写法大不一样，该连的没连，该分的不分，甚至还有字少了笔画。

刘观水问："这字是谁写的。"

"祖上写的！"唐石山没好气地回答，"祖上叫我们守住祖屋。"

"我是讲，这些字的样子和我们平常写的不一样。"

"刘乡长，你不是从大上海来的吧？这些字要写在家堂上，就只能这样写。"村支书唐福安插嘴说，说得刘观水脸上不自在了。

"天不连二，天里面的人字不能顶着天字的第一横，就是说，人再高也高不过天啊！地不离土，地字的也字与土字要写成连笔，不能断开，意思是地是由土构成的，人的生存离不开土。"

听到这里，刘观水撇了唐石山一眼，唐石山低下了头。

"君不开口，君字下非同凡响的口必须封严，不能留口，君子一言九鼎，不能乱开口。亲不闭目，亲字的目字不能封严，对亲人和朋友要真心对待，不能遮遮掩掩。师不当撇，师字不写左上方之短撇，是说为师者不可行武动刀。位不离人，位字的人部与立字要相连，为人要端正，做好自己的事，不能越位。"

刘观水被说得无话可说，他知道，村里也是藏龙卧虎，很多村干部也是很有水平的。他对唐福安眨了眨眼，又瞄向了唐石山。

"我们村的渡船被他们弄得不成样子了！"唐石山突然冒出一句。

月塘村人唯一的交通工具就是这渡船，月塘村也是整个县唯一还用渡船过河的地方。乡政府多次向上面反映这事，上级部门也下来了解过情况，但是，由于月塘村人口大大小小加起来不到二百人，而且，许多人因为出行不方便，外出打工也就不回来了，现在常住人口还不到一百人。上级部门就回应，修桥成本太高，不做考虑。

唐石山就是渡船的管理人，摆渡二十年。

"要是高速公路建好后，给我们村开个口子，我就同意拆房子。"

唐石山一说话，刘观水知道有突破口，只要提条件就有办法。但高速公路开口子的事，他答应不了，乡政府答应不了，县政府也答应不了，高速公路已经在县城开了口子，这里离县城也不过十几公里，再在这里开口子谈何容易。

毕竟这是一个突破口。

"我马上打电话给邓县长。"

刘观水从屋里走出去，唐福安心里明白，知道刘观水只是出去做个样子。

刘观水再次小心走过那梯子来到屋外，却见挖掘机就在门口，而且发动着，像螳螂挥舞着巨臂，好似没有对手的武士。他知道施工队已经有些不耐烦了，故意做给他看的。刘观水在外面站了一会儿，就回到屋里。

"刚拨通了邓县长电话，把刚才的情况说了。县长说开口子没问题。"

有没有问题唐福安心里自然清楚。

可就在刘观水跟唐石山说话的时候，唐石山也在将信将疑时，房屋突然哗啦一声，倒掉了一大半，灰尘冲了进来，一块瓦片掉进了油茶锅里，三个人赶紧往门外跑去，刘观水一只鞋子掉在了堂屋中，到了门口，也没从梯子上走过，一米多宽的深沟，三个人一跃而过，那样子非常狼狈。

二

金屏乡最有名的是钻铘岭，钻铘岭下就是夷襄河，夷襄河在钻铘岭边绕了个湾，大家就叫它钴鉧潭，而要去月塘村必需得经夷襄渡。

钴鉧潭因钴鉧岭而名。钴鉧岭山形似一个大壶子，壶子在本地称为"钴鉧"，"钴鉧岭"因山形而得名。本地人称酒壶为"酒钴"，称茶壶为"茶钴"，而这钴鉧潭是否是柳宗元所记之钴鉧潭，仍在争议中。

村里人经常说起，县太爷每年开春就要来夷襄渡。

这时的县太爷没有县太爷的架子，不怕早春的寒冷，他打着赤脚，披着蓑衣，挥动着牛鞭，"啪"的一声，驱散了寒意。

县太爷此举是让全县百姓知道，春天来了，大家不忘农事，早些犁田、播种。

县太爷好多好多年不来这里了。

一是这个地方的人太少了，二是来这里太不方便了。

当年的繁华早已随着陆路交通替代水路交通而消失了，这里成了无人问津的地方，只有老一辈人还在回忆埠头的客船。

刘观水三人从屋子里逃出来后，才发现外面已经围满了人，月塘村在家的村民都过来了。

高速公路施工队也来了一大队人，个个头戴安全帽，手拿钢管，气势汹汹，有备而来。三台挖掘机马力开得特别大，嗒嗒声像机关枪在扫射。

村民见这阵势，立即返回家中，拿出锄头、挂杋，战斗的架势马上拉开了。

刘观水早见怪不怪了。

有一次，两个村为争夺一块墓地，也是张弓拔剑要打起来了。刘观水来到现场，村民知道，乡长也不能拿他们怎么样，说乡长来有什么用，我们寸土必争，你再干预，连你一起打，打死哪个埋哪个。

刘观水没被吓住："好，你们打，今天我是来执行公务的，打死了可以追认为烈士，政府把我儿子养到十八岁，你们谁被打死，死了没人管，老婆孩子跟别人。我就看着你们打，打吧！"

这么一说，两边人一愣，都不出声，散了。

刘观水稳定下来后，第一个想到的是找唐石山，他是怕唐石山见施工队扒了他家房子，会找人拼命，可是扫了一眼，不见唐石山。

唐石山没见过这架势，生怕施工队第一个打他，早早地溜到了村民中，倒忘记了今天推倒的是他的房子。村民们倒是不怕，竟都大声叫："你们是强盗土匪！"

唐福安更是气愤，作为村主任，在他管辖的地盘，在他的眼皮底下，打狗也要问主人，何况自己还在做工作，就要将自己埋在屋里，他气得跳了起来说："你们想要我的命啊！"

这时，刘观水才想起派出所所长张自明。

其实，昨天安排今天工作的时候，刘观水第一个想到的就是张自明，他虽然不希望发生械斗，但张所长有枪，那东西带上就有震慑力。今天早早起来，就联系张自明，可张自明支支吾吾说走不开，刘观水有些生气，说年终的维稳费用他也要考虑考虑，张自明才说出原因。

原来，前几天，一个刚生了孩子的产妇，可能是患有产后抑郁症，把家公打伤，派出所将她传唤，报公安局后让派出所处理。派出所没有条件，便收留在一家小酒店，考虑到婴儿刚出生不久，便将产妇母亲叫来陪护，谁知晚上产妇逃走，留下老人和婴儿。

刘观水听说后，沉默了一下，说："此事先由指导员负责，明天无论如何你要和我去夷襄渡。"

"好吧！"

刘观水有些感激。

好在这次张自明答应了，尽管他有好多个理由拒绝。

"我再安排一下，可能会晚到半个小时。"

刚才进屋做唐石山工作时，刘观水没想到张自明，此时想起，心里便有些慌了起来。

"谁也不能乱来！"

声音从刘观水身后传来，刘观水反身看，除张自明外，还跟来两名干警，应该刚从渡口上来，这时，他的心又稍稍平稳一些。

施工队一方见乡镇动真格了，也就收了兵，村民见派出所来人了，觉得乡政府是站在自己一边的，也就不再闹事。

刘观水安排方小能和部分乡镇干部在村里维持秩序，自己和派出所所长张自明等人回到乡里，张自明除了要扣押那几个人，还得赶紧找回那产妇。

三

刘观水在办公室，一刻也没有清静。

连续打了好几个电话。

他向有关部门做了汇报，本来想给邓县长打电话，想想还是发短信好些，便给邓县长发了短信。

重大事情必须第一时间向县主要领导汇报，这是县里的规定。乡镇书记、乡长其实也不希望有此类事情发生，平常，只要是能处理好的事情，能不出村就不出村，能不出乡就不出乡。不到万不得已，绝不会往上报，因为报上去，县里不但不会安排人员来处理，反而给领导留下工作不力的印象。

大约十分钟，邓县长回复了，很简单，就一个字：知。

刘观水没办法，又给在党校学习的乡党委书记打电话，电话刚通，就被挂断。过了几分钟，刘观水电话响起，书记说，正在上课，自己出来回的电话，一时也赶不回，让他和班子其他成员处理。

此刻刘观水才觉得当"一把手"，确实压力很大。

一个乡镇，要说人多也是人多，七所八站的加起来应该有七八十号人，可是大部分人都是垂直管理的，比如公安、财政、税务、国土等部门，真正让他这个乡长调动的人马也就二三十号人，而且还分成了农业、计生、政法、财税、企业、后勤等几个组，每周周一集中一下，各自汇报上周工作进展，安排本周工作，便分散到各个村委，各忙各的，除非重大活动，才召集统一行动。

每个副职带一个组，如果碰到解决不了的问题，便会向乡长汇报，乡长解决不了，还可以向书记那边推一推，但目前，乡长刘观水再也没地方可以推了。

这次行动，刘观水也不想搞大，只让政法和企业组参加，本以为可以搞定，谁知，施工方故意制造混乱，把事搞大了。

刘观水早就听说过，有些施工队，会调另外标段的人，制造一些高压态势，把当地老百姓制服。

刘观水站到大楼的阳台上，望着乡政府院子，院子里没有一个人，只有院子中间的大樟树。大樟树长得郁郁葱葱，张开的枝叶竟有半亩宽，平时大家在树下乘凉聊天，乡里没有车库，书记、乡长的车也是停在这树下，不会被暴晒。

但此时，刘观水看着这院子中央的大樟树，却想起了一个字——困。

偌大一个院子，就这一棵大树，确实不大好看，刘观水让人弄来几棵桂花树种在周围，可桂花树长得也慢，一时无法衬托出来。

他记得，两年前，来乡镇报到的第一天，也就是在这棵树下，负责后勤的工作人员，来向他汇报，说乡镇的水管坏了。他就说让财务拿钱去买水管，赶快安上，这么多人不能没有水喝。可是工作人员却说，财政没有钱，户头上只有三百块，买不起水管。刘观水摸出自己的钱包，从钱包里拿出四千块钱，交给那人。他真没想到，乡镇穷成这个样子，连日常运转都困难。

经过两年的努力，乡镇财政开始有所改变，引进了几家企业，争取资金修建了几条乡村公路，特色农业也发展起来了，葡萄、圣女果、金槐种植也在县里数一数二，财政收入也跃上了第五名。

刘观水多次在会上说，只要精神不滑坡，办法总比困难多，要求干部平常工作能够看出来，关键时刻能够站出来，危难之中能够豁出来。

话是这么说，自从当乡长以来，他大脑始终没敢松弛过，手机保持24小时开机状态，尤其是一些敏感时间更是紧张，人在房间，觉得客厅有电话声，在客厅看电视，又觉得房间有电话声，其实，手机就在自己身边。

前几天，另一个乡镇发生一起非法采矿事件致两死一伤，县长专门召集相关部门和所有乡镇主要领导开会，要求大家必须汲取教训，抓好安全生产，乡政府有宣传教育的责任，要不留死角、铺天盖地、集中力量对重大隐患进行排查。

会后，刘观水也立即召开了安全生产工作会议，乡里虽然没有什么矿山，但他还是带人去跑了一圈，把几个采石场走了个遍。

就在他回忆往事时，手机却响了起来。一看是县政府办的电话，便马上接听。电话说让他马上赶到县政府二楼，县长召开协调会。

来到楼下，见不到司机，正想发脾气，一想，是自己安排司机和其他干部去夷襄渡送帐篷和生活物资去了，于是自己发动车子，往县城赶去。

四

县政府二楼会议室布置得相当不错，正对门的是一幅天湖风光图，高山出平湖，湖心小岛绿树葱葱，湖水也成蓝色，而天上的白云却安静地飘浮着。

真是清静之处，养心之所。

可在此时，刘观水总觉得自己的心情却是再美的风景也无法平复。

人员已到不少，有政府办、政法委、司法局、公安局，还有几个生面孔，应该是施工方的。刘观水担心自己是最后一个到场，不过还好，天湖风光图下的县长的座位还是空着的。

只过了几分钟，邓县长从门口进来，和他一起进来的还有另外一个高大的男人。

邓县长一脸严肃，先是介绍了双方的人员。原来那高大的男人是施工方的副总，姓方。

邓县长说："还是请高速公路施工单位和金屏乡说说情况吧！"

那姓方的副总自己不说，朝他身边的人嘟一嘟嘴，一个戴眼镜显得有些斯文的男人开了口，此人样子斯文，可一开口，却是火药味："月塘村就是出刁民，阻碍我们施工这么久，严重影响工期。今天，我们组织人员施工，又发生冲突。金屏乡派出所还抓了我们的人，这几个人可是业务骨干，如不放出来，整个工程没法完工。我们现在已经上报省里，这可是省里的重点工程啊！"

那人一说完，没等县长开口，姓方的副总倒是接过话说了起来："我现在要求立即放人，影响我们的工期，谁也担不了责！"

刘观水见邓县长的脸色有些难看，之后，又见邓县长扫视了会场一周，他想让公安局、司法局解释一下有关法律法规，可这些人也是你望望我，我望望你，谁也不带头开口。

方副总像是突然想起什么似的，从包里拿出一份文件，推到邓县长面前。

那是一份情况汇报的传真。

没想到施工方会主动向上面汇报，大概是领导有什么批示，邓县长看了后，说："那就先放人吧！"

"不能放人！"刘观水激动地站了起来。

"我不同意放人，月塘村的支书被打伤住在医院，我和派出所所长还差点被活埋，你们可以去现场看看，我的鞋子还埋在房子里。如果不处理好就放人，我没法回去做群众工作，我作为金屏乡乡长，不能不为乡里群众讲话，要是真放人，我现在就申请辞职。"

刘观水一说完，大家把目光投向了他。

公安局局长马上说："从目前情况看，伤者已经住院，属于重伤，不适合放人。"

刘观水见有人帮说话，就又壮起胆子说了起来："现在，我已经安排乡干部去到村里，你们扒倒了五座房子，目前初步统计，损失达三百多万，还不包括村支书住院的费用。我认为，现在最重要的是安置好群众，尽快给予赔偿，施工方应该安排人慰问支书。如果不这样做，群众上访肯定是避免不了的，到时谁也收不了场。"

"好了，别说了。"邓县长听到这里，心里也是不爽，把头转向施工单位的方副总，说道："你们真的把群众当成了敌人，在这里，我赞同刘乡长的意见，你们赶紧做出赔偿，安排人员慰问村支书。另外，政府办赶紧通知民政部门，拿出20顶帐篷，赶快送到村里。"

方副总听到这里，说："上面领导可是有批示啊！"

邓县长拿着传真，说："领导批示也是让地方与施工单位做好协调，妥善处理此事，没有说立即放人。"

方副总不再说什么，拿着包站了起来。刚迈出两步，又反身来到邓县长那，伸出手来，握了握手说："我们按县长说的去做，后面的事，还得请县里多关照。"

出门时，刘观水见他脸色发青。

刘观水也起身欲离开会场，却被邓县长叫住。

"观水，你今天说得对，当干部不为老百姓讲话，也是当不长久的。这样，你打个报告来，我批给你五万元钱，做一些善后工作，不能再把事情闹大了，你可能不知道，前几天采矿事件市纪委又派人来调查了。"

刘观水没想到会有这样的结果。

刘观水当年下乡时就自己给自己准备了"三盆水"——一盆用来洗头，必须头脑清醒；一盆用来洗脚，要多进村入户，了解百姓疾苦；一盆用来洗手，手要干净，手莫伸，伸手必被捉。几年下来，他做到了。

五万块钱，对一些好的乡镇来说不算什么，但对金屏乡来说却是雪中送炭，起码能很好地处理好这次突发事件。

"明天我也去一下夷襄渡。"邓县长说。

五

第二天一早，刘观水便去看住院的唐福安。

那天，被打的虽然有五六个人，但真正受伤较重的只有唐福安，其他几个只是皮外伤，当时，有人出主意，让几个人都住院，这样好和施工单位谈条件。刘观水考虑到邓县长说的不要把事情扩大，就没有同意。

村支书他是必须去看的。

乡镇工作的开展很大部分还是要依靠村干部，这一点，刘观水刚到乡镇就有人和他说了。

能当上村支书，这人必定是这一方的能人。农村的事也是蛮复杂的，单就是一项政策的传达，说的人不同最后的结果就不一样。

刘观水到医院时，唐福安刚打了点滴，他看到乡长想侧身坐起来，刘观水去按下，让他躺下。

"刘乡长，你可要为我们老唐说话啊！"唐福安老婆在一旁开口说道，"老唐可是为了公家的事受的伤。"

"肯定的，肯定的。现在唐支书最重要的是先好好治疗，医院的院长我熟悉，等下去找他一下，让他用好药，医药费你们不用担心，施工方负责，他们没拿之前，我已让财务先交上。"

他怕唐福安不放心，又把开会的情况简单说了一下。

就在刘观水和院长见面时，他接到方小能的电话，说《南方晨报》的记者已经到了月塘，说要报道3·18事件。

刘观水说："你们先稳住，我马上赶过去。"

到了夷襄渡，远远地看背影，刘观水就知道，那是《南方晨报》的名记邓起富。

记者采访的事，刘观水在赶来的路上就开始伤脑筋了。如果就事情解决，他还是希望有媒体介入，这样会给施工单位施加压力，上面也会更重视些。但邓县长一再强调事态不扩大，捂住盖子避免两伤。但记者已到现场，如果无获而返肯定说不过去，总得给点好处才能打发过去。

"邓大记者，欢迎欢迎！"

邓起富没想到刘观水不仅没把他当成麻烦，还说着欢迎，愣了一下，才伸出手来。

"我们见过？"

"见过啊，上次你陪省长下来考察，你在领导身边，我当时在县政府办，做后勤工作，只能远远看你们。"

"没想到刘乡长这么有心。"

邓起富神态马上有了改变，觉得这个乡长对自己还是十分敬重的。

其实，刘观水也是临时想起这一招。他知道，邓起富总想在人前显摆，说他和省长下来，他一定觉得自己高人一等，这种场面刘观水也是见了一些，记者也只是在一边跑上跑下，为抢一个镜头也是费尽心思，上蹿下跳的并不比自己搞后勤好多少。但说到他是陪同领导下来考察的，身价就提高了不少。

"邓记者，我想跟你商量个事。"刘观水将邓起富拉到一边说，"乡里去年引进一家金槐加工厂，想在你们报纸做个专版，你能不能帮个忙？"

邓起富一听做专版，自然高兴起来，因为做专版有提成，而且，刘观水说，有好些金槐茶想让他带回去做个宣传。他也知道，金槐产品目前很火。

"今天这里的事，县里很重视，目前正在积极处置，等下邓县长过来，你们还是家门（同姓）呢，晚上我安排在秀海园大酒店，让邓县长陪你，这里的稿子，我们到时再聊，能发内参就不要外发了，你大记者写的稿子，影响面太大，我们可有些怕。"

"我听你刘大乡长的，我们也是为地方稳定和经济发展服务的，稳定工作你们官员去做，我还是先去采访金槐加工厂吧。"

听这话刘观水心里自然明了，他让宣传委员陪同邓起富去采访，他坐在渡口等邓县长。

刘观水不知道县长具体到达的时间，他也不好再去电话询问，他也知道，县长下来肯定会有人陪同，但此时打电话会给县长留下不好印象。

刘观水默默地看着夷襄河，水面很平，让人看不出流向。刘观水知道，表面看不出，并不代表水不在流动，于是又抬起头来，望向对面的石山。

只见对面石山临江而立，石壁如削，远望如一幅巨大的画屏，山石削壁屏立。石壁上赭、黄、绿、黛、白，五彩斑斓，浓淡相间，班驳有致，绿树掩映，宛若巨幅壁画。细细地端详，画屏中有老人，有童子，有猪、牛、狗、豹、狮等，这幅给人揣摩想象的恢宏壁画，如同仙人挥毫点蘸留下的杰作。

"刘观水，你在观水啊！"

刘观水没想到，县长站在他身后，县长的车好，不像乡里的破车，老远就听到了发动机声，到那里不用按喇叭，早就让人知道有车来了。

刘观水马上站起来说："不，我在看画，邓县长，对面崖壁上有仙人画，白石山磐气势雄，悬崖峭壁展恢宏。石屏呈现仙人画，神妙风光醉眼瞳。"

"观水还有此雅兴。"

"县长来了，心里高兴，前人写的诗，照搬照搬。"

大家笑了起来。

见刘观水说到那仙人画，大家也是饶有兴趣地看了起来，

陪同邓县长来的除了政府办主任还有民政局局长和建设局局长，刘观水开始还有些担心群众提出无理要求，谁知村里人很高兴，都想拉县长到家里坐坐，邓县长提出先去唐石山那里看看。

没想到昨天还说县长来了也不搬的唐石山，见到县长来了有些手足无措，直到县长握了他的手，才赶忙进帐篷拿出两张条凳来，村主任也端来几张凳子，大家便在唐石山的帐篷前坐下来。

"今天，我们就在这里召开一个现场办公会，解决几户被拆迁农户的房子问题。建设部门要安排得力人员来村里做规划，不仅要把房子设计好，有桂北特色，而且要把配套景观设计好，刚才，我看了一下，这村的风光很不错，有钻铒潭、有仙人画、有夷襄渡，我们以后可以搞农家乐，可以搞民宿。"

大家都很高兴地鼓起掌来。

"县长来了就是不一样。"刘观水说，"邓县长，你知道吗？以前，县

老爷都要来这里举行开耕仪式，今天，您也是为我们月塘新村建设开工啊！"

"县长，我还有个请求。"唐石山站了起来，刘观水有些担心，他是否又要提什么过分要求。

"给我们夷襄渡建座桥吧！"

没想到这是一个摆渡人提出的要求。多年来，他就是依靠摆渡，除了乡里给一点补助，还可以收取渡船载过往车辆人行的费用，如果修了桥，也就意味着他没了工作。

"这么多年，我摆渡见过太多人不方便了，本来很小的一条河，却耽误了我们好多事，隔江千里远啊！我还记得，那回涨大水，村里一个小孩高烧，想送去医院，求我拉船过去，可我不敢，因为那水太急，如果开船，到了江中，就被冲走，到了下游碰上大桥，桥都会冲断，我负不了这个责啊！也就是因为没有及时送医院，那小孩得了脑膜炎，现在想想都觉得对不起人家。"

听了唐石山的发言后，大家沉默了好一会。

最后，邓县长站起来，走到唐石山身边，拍了拍他的肩，又拉住他的手，慢慢地说："老唐，你说的好，是我这个县长没当好，我一定想办法把这事办下来。"

六

一周后，刘观水接到邓县长电话，桥的问题解决了，施工单位答应将高速公路的附桥资金拿出来，县发改局立项，再增加部分资金，修建一座宽十米的大桥。

夷襄渡也要成为历史了。

中篇小说

灯芯草

一、灵溪

当年，伍六一是极不情愿报考师范的。

从上初中开始，伍六一的每个笔记本的扉页上，都写着两行字：弃燕雀之小志，慕鸿鹄而高翔。三年来，他的学习成绩始终是年级第一。

如果不是那个晚上，他肯定就进了全县最好的高中甚至地区高中，当时中考，是先师范录取，然后才是地区高中、县重点高中，每个学校的"头子米"——前一二名都是被师范录取的。

1985年9月8日，十五岁的伍六一独自背着行李来到灵城，本来，父亲提出要送他来，被他拒绝了。来到学校报名后，就去找到宿舍，他没有和其他同学那样，整理床铺，熟悉同学，而是丢下行李，独自来到了灵溪。

伍六一独坐灵溪岸边，听着灵溪哗啦、哗啦的流水声，他竟把哗啦、哗啦的流水声听成了"回家、回家"的叫声。他在想，这灵溪叫嚷着要回家，它的家在哪里呢？或许，大江是它的家，或许，大海才是它的家。是的，每一条小溪都在向着自己的目的地奔跑，它们是在赶往自己的家。而自己，却是为了逃离自己的家，才来到这里，而且，也知道三年后，自己将成为一名与小屁孩整日打交道的小学老师。

就在伍六一沉思冥想时，两只蝴蝶飞到了他的身边。它们像是故意在他身边表演，一会往上展翅，一会贴向溪水，但始终就在伍六一手臂范围内。而且，飞了一阵之后，便落在他身边的那丛灯芯草上。

淡绿色的灯芯草很难引人注目，但它总是在你不经意的时候出现在你眼前。伍六一曾经问过爷爷，灯芯草真可以做灯芯吗？爷爷说他小时候就是用灯芯草做灯芯的，灯芯草还有药用功能呢。具体有什么药用功能，伍六一没有问，反正他很小的时候就记住了灯芯草。

现在，不要说用灯芯草做灯芯，就连煤油灯也少见了。伍六一小时候也用过煤油灯，那种小肚子灯，装上煤油点上，一屋子就有了昏黄的光。等伍六一读初中时，教室都有了电灯，虽然有时停电，替用的也是汽灯。汽灯真的是要打气，一个教室一盏汽灯，也是亮得很。

看着这灯芯草，和那上面起舞的蝴蝶，伍六一从未这么近距离地看过蝴蝶，而且看清了蝴蝶头上的那对触角，一只的触角成棒状，另一只的成锤状，他似乎看到了蝴蝶身上的眼睛——他记得生物课上老师说过，蝴蝶有一对复眼，是由一万五千多只小眼睛组成的。

在伍六一的印象中，蝴蝶飞舞的地方应该有花。于是便环顾周围，却没见有花。

莫非蝴蝶把自己当成了花。

这样一想，伍六一有些激动。他伸出手，去捉那落在灯芯草上的蝴蝶，谁知，蝴蝶竟也不飞，非常老实地被他捉住了。

伍六一想，这么单薄的蝴蝶是否有血管，是否有血，它的血是红色的吗？他不知道，手抓蝴蝶，他不知下一步该做什么。

"你在干什么？"

伍六一身边突然来了一个清纯少女。以前，在伍六一的字典中是没有少女的概念的，他只知道有男学生、女学生、男人家、女人家。也就在这1985年，他看了一部有名的电影，叫《红衣少女》，伍六一就记住了那个叫安然的十六岁少女，穿着没有纽扣的红衬衫，而且还记住了一个叫铁凝的女作家。并萌生了当作家的想法，写写和自己一样的少男少女们，他觉得自己就身处其中，会写得更真实、更生动、更精彩。而且题目都想好了，就叫《危险期》——十五六岁的少男少女，真的是处在一个叛逆的危险期。

一听到女生的声音，伍六一脸就红了。

站在面前的少女那双眼睛盯着他手中的蝴蝶，扑闪扑闪的，嘴角往上翘。

伍六一只看了一眼，就没敢再看。

在初中时，同学们也时常会有人笑话谁和谁是一对，他也被人嘲笑过，那时他为这个还追着说笑的人打。现在突然一个女生在面前与自己搭话，他还真有些不知所措。

"哇，捉到这么好看的蝴蝶，送给我吧！"少女见他发愣，接着说。

"你说，蝴蝶的血是什么颜色的？答对我就给你。"

伍六一猛然想起，从今天起，自己已是一个中师生，而且与面前的女孩不认识，伍六一也就有一点大胆，有了点小调皮。

"蝴蝶那么单薄，它没有血吧！"

伍六一觉得她的答案和自己想的一样，好像知道自己的心思一样，就又看了一眼女孩，发现她的马尾巴头发也非常好看，便故意说："我不信。"

他把蝴蝶往女孩面前一伸，当女孩伸出手来接时，他却松开手，把蝴蝶放了。

那蝴蝶飞起来，另一只也飞来了，或许，那只根本就没走，一直在等着同伴。两只蝴蝶又翩翩起舞，似乎刚才的事没有发生过。

"好啊！你耍我。我记住你了，你！"女孩生气地转身就走。

伍六一望着她的背影，猜想她和自己一样，也是一名中师生，或许还会是同班同学，心情竟不觉地好了起来。他的目光又回到蝴蝶身上，可蝴蝶却不再向他飞来，而是越飞越远，很快就消失了。

伍六一返身往学校走去，想追上刚才的女孩，却没有看见，她也像蝴蝶一样消失了。

伍六一从小学三年级开始，一直保持着记日记的习惯，那天他在日记中写道：从今天开始，我就成了一名师范生了，来到了学校，心里还有些高兴，学校的教室、宿舍都是楼房——初中时都是平房，而且还有图书馆、实验室、练琴房、绘画室。尤其是灵溪的风景不错，还能遇见想不到的人，这里是学习的好地方，我将在这里学习三年。

当天，伍六一还制定了一个满满当当的学习计划。

一、每天6:30起床后到灵溪跑步，坚持把身体锻炼好。

二、每天7:30早读课时要朗诵课文。

三、每天按照课程表上课，上课时要专心要记好笔记，还要积极的回答老师提出的问题。

四、每天中午完成老师布置的作业，还要抽点时间到阅览室看一些书报，以扩大自己的知识面。

五、每天傍晚学习吹口琴、弹风琴，还要学习画画。

六、每天晚自习要复习当天上的课，预习第二天上的课。

七、对于比较困难的科目要多花点时间去学，要虚心向老师向同学请教。

八、每天睡前记日记。

九、要多向普通话讲得好的老师和同学学习，争取学好普通话。

十、要做到"五讲四美三热爱"，要多做好事，时时要以一个团员的标准要求自己。

十一、要积极参加一些有益的文体活动。

十二、要尊敬老师，团结同学。

日记中提到"五讲四美三热爱"，现在应该很少有人知道了。"五讲"：讲文明、讲礼貌、讲卫生、讲秩序、讲道德。"四美"：心灵美、语言美、行为美、环境美。"三热爱"：热爱祖国、热爱社会主义、热爱中国共产党。

两天后，迎来了新中国第一个教师节，伍六一和同学们去参加了庆祝活动，庆祝活动是在体育场举行的，四面都是庆祝标语：

——老师是人类灵魂工程师！

——四化需要人才，人才需要教育、教育需要老师。

——老师是太阳底下最崇高的职业！

见到这些标语，伍六一的心猛地怦怦起来，终于明白自己将来从事的是太阳底下最崇高的职业，此刻，他想起了曾经背诵过的一些诗句：

"春蚕到死丝方尽，蜡炬成灰泪始干"

"落红不是无情物，化作春泥更护花"

"新竹高于旧竹枝，全凭老干为扶持"

好像还有——"吃的是草，挤出来的是奶"。

年少的伍六一不太赞成教师就是牺牲自己成就别人的观点，他有自己的看法，他觉得老师不应该是这样，尤其是他将来也是一个老师，他不想成为蜡烛，也不想成为落叶。那天晚上回到宿舍，他在日记上写上：

老师是一座大山

你是一座巍然屹立的大山，

你养育着山上千万棵小树。

你的智慧是那肥沃的土壤，你的言语是那涓涓的小溪，从不吝啬地哺育着树儿。

当树儿看到了远方的世界，明白自己的用途时，便离你而去。

接着，你又养育第二批小树，你是一座永不倒塌的大山。你永远拥有千百万棵小树。

伍六一为自己的文笔感动。那晚，他不仅想到成为一座大山，还想成为在灵溪边的灯芯草上自由飞翔的蝴蝶。

二、二胡

师范生的录取通知书和其他学校的录取通知书不同，上面的注意事项多了一条：每人自带一件乐器。

有钱人家就买了手提琴、吉他。带吉他的人多，那时，整个中国大地正兴弹吉他，电影《吉他歌手》《路边吉他队》挺时新。经济困难的，也带了口琴、笛子，这些乐器携带方便、价格低廉，声音也优美动听，伍六一带的也是口琴，而且是最便宜的那种，一把口琴才五块钱。

那天，伍六一从灵溪回到宿舍，刚到门口，就碰到一个小个子男生，身穿一件旧短衫，戴一副眼镜，镜片看上去好厚，手里提着个大编织袋，怯生生的样子。

"同学，你好，请问这是37班宿舍吗?"

伍六一认真看了一下，发现他身上背了一把二胡。这东西不便宜，当时，伍六一买口琴时，看过那价格，那东西要几十块呢! 在伍六一的印象中，拉二胡的一般都是老年人，便觉得这人有些独特。

伍六一说："你抬头看看，就是这间。"

小个子男生一进宿舍，眼镜就蒙了，他摘下眼镜。

宿舍里的人都从床上伸出头来看他，大家都看到了他背上醒目的二胡，有人说："阿炳师傅来了!"

伍六一再仔细一看，他确实是高度近视，只能眯着眼睛看人，真的有点盲人阿炳的样子。

可就这一叫，小个子男生好像被叫醒了一样，便往自己身子上上下下看了一遍，看完后，哭了。

大家都觉得不好意思，感觉是刚才玩笑开大了。

过了好久，大家才敢问事因。知道他叫林子路，他的哭，并不是在意大家叫他阿炳，是他看到自己随身只带有二胡和编织袋时，发现自己光顾着兴冲冲地找学校，把被子忘在班车上了。

老师知道后，也帮去汽车站问了，不见。可能是谁顺手拿走了。于是，林子路便哭得更加厉害，哭得没一点男孩子气了。

后来，伍六一了解到，林子路读初中时，学习成绩蛮好，老师同学都劝他报考重点高中，但他却报的是师范——师范不仅不要交学费，而且伙食费也包了。林子路不能读高中，只能读师范，为了他读书，十二岁的妹妹休学在家里做起了农活，爸爸早就积劳成疾了。他的二胡不是买的，是中学老师送的，老师知道他家困难。

同学们得知此情况，便纷纷给林子路捐款，买了衣服裤子，还买了一套棉毛衫，那套棉毛衫衣服上有两条白杆，裤子上也有两条杆，他平时舍不得穿，只有上体育课才穿这一套。

伍六一发现，林子路虽然穿上了新衣服，但仍像一只受惊的小鹿，时刻提防着人，吃饭时，总是最后去，晚上下晚自习，总在教室多等一阵才回宿舍。星期天，大家三五成群外出游玩，他却一个人躲在校园的柑橘园里拉二胡，拉出的声音咿咿呀呀的，很是刺耳。好在离宿舍远，声音传过来也就很弱了。

开学不久，就到了中秋节。班里搞活动让大家凑钱，每人三元。班主任叫伍六一负责收钱。大家便围着伍六一的桌子，纷纷把钱递过来，弄得伍六一忙手忙脚的。忙了半天才静了下来。这时，林子路来到他这里，伍六一发现林子路脸色不好看。林子路往口袋摸出一把分票，轻轻码平，又小心地问了一句，用菜票代行不行。

伍六一没有收林子路的钱，而是把他拉到教室外面的走廊上，告诉他有人帮他交了，林子路听后很是惊讶。

替林子路交钱的是一个女生，叫阳改思。班上一个阳光灿烂、热情开朗的女生，嘴巴小小的，身子细而单薄，是一个讨人喜欢的女孩。

此后一遇到交钱，阳改思就交双份。

阳改思报考师范纯粹是和父母赌气。本来上年就可以读县高中，她说不想读，要复习。父母说，女孩子读卫校好，就让她报考卫校，可她偏不。就要填师范，没想到考上了。

一天，阳改思对林子路说："他们都说你会拉二胡，我去听你拉二胡，好吗？"

林子路瞪大眼睛看阳改思，像看一个怪物，阳改思被看得不好意思。见林子路不说话，阳改思就自己偷偷去。

冬日的柑橘园虽然不如春季的枝叶茂盛，也不像秋季硕果累累，但仍没有半点衰落的迹象，叶子还是绿的，站在一棵树下，就不会被人发现。阳改思先是躲在旁边听，林子路没发现，仍认真地拉着。阳改思以为没事，就走向林子路，林子路看到阳改思，就不拉了，提了二胡就走，阳改思在后面跟着，可林子路却跑回宿舍了。

那段时间，伍六一和林子路倒成了好朋友，两人每天清晨就起床到灵溪边上跑步，傍晚也一同到灵溪洗澡。两人在一起时，林子路还是有好多话说的。林子路说，面试时，自己因为身高，差点上不了师范，面试老师说，你这么矮，到时写黑板踮起脚尖还写不到上面，所以他要加强锻炼，长高些才行。

伍六一问，你父亲高不高？

高啊，应该有一米七几，我在上初中时，总吃不饱，有时没钱交伙食费，被停膳，饿得胸贴背。

确实，当一棵树正生长时，缺水缺肥，哪能长高，没死就算好了。

伍六一和林子路每次洗澡，都是穿着短裤在水里把衣服给洗了。那天，伍六一听到林子路惊叫了一声，"坏了"，以为他脚抽筋，马上赶到他身边。才知他洗着的裤子沉到水里不见了。

伍六一觉得好笑，灵溪的水不深，最深处也是齐腰，应该找得到，便也帮他用脚在水里探寻，找了十多分钟，没找到。

林子路说，我有办法了，把衣服放下去，看它会沉到哪里。

于是，他又把衣服放进水里，他俩看着衣服下沉，差不多时，林子路跳下水，谁知猛地一跳，跳远了，等回过头来，再找，衣服又不见了。

伍六一在岸上笑得直不起腰。

"你的衣服和裤子私奔了。"

回去的路上，林子路一脸愁容，一直沉默无语。伍六一知道，这套衣服对林子路的重要性，林子路也就两三套衣服，伍六一决定送一套衣服给他，但怕林子路不要。

下了晚自习，路过校园里的包子店，伍六一进去买包子，包子店的生意特别的好，中师生正是长身体的时候，每天晚上总有很多人围着去买包子，甚至有人见老板回身找钱的工夫，拿上一个包子塞进嘴里，不用嚼就吞进肚子里了。有一天，体育课上测试铅球，阳改思看到铅球说："哇，这么大哇。"体育老师说："你说铅球这么大，吃的包子，你就不讲这么大喽。"

伍六一买了四个包子，两个给林子路，他俩在操场里边走边吃。

突然，林子路说："六一，你可能不知道，长到十六岁，我没见过火车，初三毕业时，老师带我去县城面试，我才见到火车，我问老师，火车那么长，要是站起来跑，那不更快，把老师笑死了。看了一会儿，又问，火车有没有公母，那黑色货车是不是公的，绿皮客车是不是母的。"

"你们家住在山里？"

"是大山里，那地方叫霞头，一个很美的名字，实际上却是个干死蚂拐、饿死老鼠的地方。"

"你现在已经跳出农门，不用回去了。"

林子路半天没说话。

伍六一见他不说，也就慢慢吃包子。

包子吃完，林子路却说："三年后，我要回到我们霞头，我们那里没有老师愿意去，我爸说了，让我回去。"

过了几天，伍六一发现林子路递给阳改思一张纸条，不知纸条上写的是什么，阳改思回到宿舍看了纸条，哭了。

之后几天，有人听到阳改思总在唱同一首歌，

你知道你是谁？

你知道年华如水？

你知道秋声，

添得几分憔悴？

垂垂！垂垂！

那曲调偏于消沉，大家感到吃惊，猜测林子路会不会在纸条上向阳改思表示了什么。伍六一也在想，这是不是一个千金小姐和落难公子的故事。

林子路很下力学习，成绩很好。每次测验，都是班上第一。大家选他当了学习委员。

其他同学就不一样，大家觉得，考上了师范，就有了铁饭碗，不必像中考那样努力了，考试只要及格就行，平时大家都说"六十分万岁"。

快要期考时林子路更加下力了，像回到我们当年的中考，清早起来，偷偷地找个偏僻的地方看书。伍六一在初三时，晚上躺在被子里打电筒看过书，天还没亮，就起床到学校外面的灌木丛中看书，那时，不好意思，还怕别人笑话自己太用功。

那段时间，林子路二胡也不拉了，总捧着书本。其他同学对于考试很是随便，大家原来都是初中时的高材生才考到师范的。在这里，都说该舒口气了，而且传出竟然有个别同学谈起了恋爱。

到了期考，林子路很是紧张，大家认为完全没必要，班上最稳的是他。

考完数学，学校出了一张布告，林子路考试作弊，数学成绩作零分处理。

原来，林子路在手上写了个数学公式，被监考老师发现了。那个公式他本来也是记得住的，但他怕一紧张会忘了。

伍六一怎么都不明白，林子路为什么要作弊，他无论怎么做都会得高分的。

只有阳改思知道——林子路太想得高分了。

那天，林子路给她递了纸条，她抓在手心好久，当感到纸条有些湿润时，才偷偷装进口袋，直到回到宿舍，她放下蚊帐，才展开纸条。纸条上写着：谢谢你的帮助，等期考后，我得了奖学金，一定还你钱。

林子路不想平白接受别人的帮助，他是想拿奖学金来还，怪不得考试时那么紧张。

那晚，林子路又去柑橘园拉二胡，阳改思又跟去了。这次，林子路看到阳改思来了，没有停，仍拉。

此时的林子路，坐在柑橘园里的小土坡上，两眼微闭，左脚上支着二胡，左手指娴熟地起动，右手时上时下，时左时右，似乎早已超越了时空。他拉得很好，但把曲子放得很慢，也显得有些忧伤，那声音传得很远。

三、风琴

灵溪师范85级的音乐老师姓万，叫万留庆，河南人，他的头很光，亮闪闪的。而且，说话时不时摇头，好像头上老有只苍蝇跟着想甩掉一样。让伍六一这些十五六岁的学生们见了老不自在。另一个让大家不自在的原因是，他来广西多年，但仍是一口河南话。

第一次上课，他开口就讲："你们刚赖（来），是不是不太习惯，女孩子是不是想嫁（家）了"。

同学们便大笑。万老师说的也有道理，班上的文丢云就因为想家而哭过。

文丢云是班上年龄最小的学生，来校时刚满十四岁。听班上的其他女生说，她来的那天晚上，真的想家，哭了。

"不要笑，以后我要你们一个个上讲台来谈情（弹琴），你们就笑不出了。"

大家笑得更加厉害，都说：我要谈情，还要说爱！

万老师继续晃着头，向这些不知五线谱，甚至连简谱也不会的学生说起了音乐的作用。

"你们不要小看音乐，音乐能刺激人体的自主神经系统。科学家们发现轻柔的音乐使人体脑中的血液循环减慢；活泼的音乐则会增加人体的血液流速。高音或节奏快的音乐会使人体肌肉紧张，而低音或慢板音乐则会让人感觉放松。"

他见大家听得云里雾里，说："我这是对牛弹琴，现代科学家研究，如果对牛弹琴，还能提高产奶量呢！"

大家又都笑了起来。

"你们以后出去教书，必须先教音乐。20世纪的孩子，不会音乐不行，而且，在师范，音乐就是主科。"

对于伍六一他们这些来自农村的孩子来说，初中时能上音乐课确实是个奢侈的东西。当年，学校为了提高中考学分，总是把音乐课变得可有可无，音乐课经常被语文数学英语等主课替代。在初中，能唱几首流行歌曲的学生就是文艺人才了。

万老师便从零开始，像教小学一年级学生一样，首先，对他们唱歌提出了要求：唱歌时保持身体和头部的正确姿势，自然地吸气、不出声、不耸肩，以不紧张的声音一口气唱一个不长的乐句，能随老师的指挥整齐地开始和结束，逐步学会有表情地歌唱。

那天的课，伍六一只学了"米米米""索索索"。大家不论唱得好坏，万老师的头总在那摇动。

过了两天，文娱委员便叫了两个身材高大的同学，抬来了一架风琴，摆在了教室讲台的一侧。好多人没见过这东西，风琴刚一放下，大家就好奇地围了上去，伸手的伸手，伸脚的伸脚，挤不进去的，还压在了别人背上。

琴盖一打开，几只手同时按了上去，"呜——"传出了声音，声音充满了教室——风琴像一个新生婴儿，没见过这么多人，哭了起来。

"不要乱动！"文娱委员大喊，"弄坏了你们几个赔。"

大家便散开了，都在想反正也不会，也就不再理会风琴，风琴仍像个孤独的婴儿待在那儿。

课间操时，文丢云走向风琴，只见她优雅地掀开琴盖，手没有直接按下琴键，而是坐直了身子，双脚轻踩踏板，然后，纤手在琴键上走动，一曲《妈妈的吻》便飞了出来。大家清晰地听到：

在那遥远的小山村，

小呀小山村，

我那亲爱的妈妈，

已白发鬓鬓。

惊呆了教室里所有的人，大家静静地听着。

伍六一更是羡慕不已。

伍六一与文丢云初中时同校，文丢云父母都是中学老师，读初中时，她就弹过风琴。那时中学里只有一部风琴，也是不许学生摸的，音乐老师用风琴教谱。

文丢云是教师子弟，有机会就学会了。这些只有伍六一知道，他想那时如果自己也学会一点，现在在同学们眼中就大不一样了。

第二天清早六点钟，伍六一就起了床。以往他都是和林子路去灵溪跑步的，今天没去，他偷偷地跑到教室。他不敢开灯，只是透过窗外微弱的晨光，见风琴安静地坐在那里，似乎一夜长大，像一位矜持的少女，在等着自己的心上人的到来。伍六一跑上前去，他上上下下摸了一遍，才打开琴盖，看着那一排齐整的琴键，更像是美女的牙齿，在等着心上人的亲吻。

于是伍六一心跳加快。

"我也来弹弹，应该也不难吧"。他自己给自己打气说。

他有模有样地踩了几下，风箱里便充满了气，还想踩，竟然踩不动了。他以为琴坏了，待在那里，半天不敢动。

不能白起一个早来到教室，怎么也该按一下那琴键吧！眼前的琴键白白黑黑交叉得很是素雅，白的是美丽的胴体，黑的是飘逸的秀发，伍六一再也把持不住，伸出手指按了下去，"咚——"声音很大。

伍六一吓了一跳，他想，这声音一定传出了很远。

此刻，他恨不得用什么东西盖住风琴，不让声音发出，可是周边什么也没有，一急，便把身子扑在了琴上，"咚——"又是一声，比刚才那声音更大，伍六一的心跳得更为厉害。

伍六一呆住了，他想风琴可能被自己弄坏了。

"怎么不弹啊?"身后响起了声音。

伍六一又吓了一跳，偏偏这时教室来了人。反身一看，是文丢云，他心里才稍稍好受些。

"你来弹吧，我不会。"

文丢云坐下后，他便转身要走。

"来，我来教你。"

伍六一看到文丢云的手在琴键上灵活地转动，像快速跳跃的小松鼠，而且，她的头也随着琴声摆动：多来米发索拉西——美妙的声音便从风琴跳了出来，风琴没坏，伍六一放心了。

"你真厉害！"伍六一说。

"我也只会弹C调。"

"什么C调D调，我都没听说。"

"你知道刚才你弹的时候为什么那么大声吗？是你踩下面太多，风满了，风琴要一边踩，一边弹，才不会那样，来，你来试试。"

文丢云站了起来，叫伍六一坐下来弹，伍六一坐下后，深深地呼了一口气，像是准备和人干架的样子，很久才将大拇指按下去，大拇指一下去，其他的四个指头全部翘了起来，当他把其他手指按下去时，大拇指又翘了起来。

"你这样像是打枪，真正的弹琴，双手应该很自然地放在键盘上，指头不要离开键盘。"文丢云像个老师一样边说边将自己手压在伍六一的手上，文丢云的手又软又柔，伍六一却像触电，把手缩了回来，而且脸也被烧了一下，红了。

后来几天清晨，文丢云都来教伍六一，伍六一还真学会了弹琴了，能弹奏《祝你生日快乐》和《上学歌》两个简单的曲子。

过了一个星期，万老师也在课堂上教弹琴。但他教的与文丢云教的不一样，讲究指法，大拇指、食指、中指弹了"多来米"后得换指，再从大拇指开始，弹出"发索拉西多"。

万老师还用那河南口音的普通话一个个说明每个音符的特征，让大家惊奇不已：

1（do），坚强稳固的音。

2（re），活跃向上的音。

3（mi），平稳安静的音。

4（fa），凄凉畏惧的音。

5（so），庄重明亮的音。

6（la），暗淡悲叹的音。

7（si），尖锐敏感的音。

万老师一说完，伍六一想他的名字要是化成音符——561，那不就成了——先是庄重明亮，既而又暗淡悲叹，最后成为坚强稳固的音。从庄重明亮到暗淡悲叹再到坚强稳固，或许很多人也是要经过这三个阶段。

就因这堂课，伍六一跟文丢云学弹琴的东西全部作废，好在他刚学，也没多练习，没用多久就改正过来。

文丢云却因为多年的习惯动作有些难以改变，每次弹琴，弹着弹着又忘了指法，见许多同学弹得比自己流利得多，有些急，但她又想，我只要弹得出就行了，管他什么破指法。

又是音乐课。

万老师来到教室，先让两个同学把风琴抬上讲台后，自己拿把椅子坐在门口。

他真的叫大家一个一个上讲台弹琴。

林子路个子矮坐前排，第一个被叫上讲台，屁股一挨凳子，吓得什么都忘了，双手放在琴上，半天不知做什么。

伍六一上台时，还装作镇定，抬眼望了下面，之后像放鞭炮，稀哩哗啦一下搞完，节奏全无。阳改思没上讲台，脸就红了，只知道双脚猛踩风琴，手不知道动。

还有的同学是手在上面按琴键，脚却没有踩，声音出不来。每个同学弹完，望见的是万老师在摇头。

只有文丢云自信满满地上了台，她先是看了看万老师，看到万老师点头后，才有模有样地弹起来。曲调、节奏都非常到位，大家觉得她弹得最好，肯定要得到老师表扬。

可是万老师却把头摇了好几下，站了起来，然后黑着脸说，你这是胡来，指法不对，再不改正，就别学了。

文丢云跑回座位，伏在桌上，哭了。

大部分同学上台弹琴都没通过。

伍六一也就每天起得早早的，赶到教室练琴，好多回，文丢云也一样，于是，他就把琴让给她，文丢云不让他走，让他帮她纠正指法。老师学生的位置倒了过来，经过一段时间的苦练，文丢云终于改了过来。

音乐课上，万老师的头还是晃个不停。但大家的琴却弹得越来越好，双手在琴键上行云流水，什么G大调、F大调、三和弦、复调，大家信手拈来。边弹边唱早不在话下。尤其是那首《粉刷匠》，几十年都不忘：

> 我是一个粉刷匠，
> 粉刷本领强，
> 我要把那新房子，
> 刷得更漂亮，
> 刷了房顶又刷墙，
> 刷子飞舞忙，
> 哎呀我的小鼻子，
> 变呀变了样。

就是在万老师的教导下，不到一年，大家就熟练掌握了乐理、视唱、合唱、指挥，什么和弦、音阶、欣赏、乐器都不再陌生。

《圆舞曲》《蓝色多瑙河》《青春舞曲》《水仙花圆舞曲》大家已经不再感兴趣，个个都想弹奏一些刚出来的流行歌曲，以显示自己的才艺。

文丢云又是全班第一个能自弹自唱的：

> 不要问我从哪里来，
>
> 我的故乡在远方，
>
> 为什么流浪，
>
> 流浪远方。
>
> 流浪。

当这些声音从琴房传出来时，伍六一听了，有些不合拍的颤抖。

四、色相

11月的一天下午，灵溪师范37班在画室上美术课。

这是一节水粉画写生。画的是面包、刀叉、牛奶。二十多个人，分头站在不同位置，美术老师王吉燕穿着一件蝙蝠衫，在伍六一的眼中，却是一件蝴蝶衫，尤其是王老师展开手臂、拿着教鞭讲解时，更像一只展翅的蝴蝶，让下面的青春年少的学生们联想翩翩。

简单地说明一下，中师到了二年级，也像高中文理分科一样，音乐、美术开始分开上，根据大家各自的专长进行选择。

王老师先是讲解一下要求，今天讲一下色相、明度、纯度。说到色相，大家就笑了，相互看了看，小声说：你就是一脸色相。

王老师听到了。在这群毛小子、小丫头面前，王老师倒是脸红了。她停顿了一下，然后严肃地说，不是你们理解的色相。我今天给大家讲的色相，是指各种颜色，呈现出各种不同的面貌。明度就是颜色的明暗程度，纯度就是用颜料色与光谱色互相比较，求其最相似的颜色。等下你们应用时，必须同时观察，有时对某种颜色、色相是找对了，但明度不对，纯度太饱和，也就很难调颜色。

王老师说话像放鞭炮，说得大家一时难以接受，好多人都在摇头，伍六一也有些替她着急。

"说到色彩，大家读过一些诗词，比如，绿杨烟外晓云轻，红杏枝头春意闹，你会感到一幅色彩绚丽的江南春光，浮现在眼前。又比如，日出江花红胜火，春来江水绿如蓝。同样，多么富有色彩感染力，大家要好好地感觉一下。"

伍六一想，一个美术老师，竟然比语文老师有文采，一口气说出那么多美妙的诗句，大家沉浸在诗句里了。王老师停顿了一下。见大家没有反应，她摇了摇头，接着说：

"毛主席教导我们，感觉到了的东西，我们不能立刻理解，只有理解了的东西才能深刻地感觉到。感觉只解决现实问题，理论才解决本质问题。这些问题的解决，一点也不能离开实践。现在开始画，你们自己去慢慢体会吧！"

这时，听完王老师的话，大家都不再提问题了，便着手实践色相、明度、纯度，调起颜料来。

之后，王老师就离开画室了。她知道，大家各自站的位置不同，角度不同，只能各画各的，因为谁也不能照搬谁的。

大家猜测王老师去谈恋爱了。

当时王吉燕老师和37班班主任谭文武老师关系不一般，这些大家看得出。

入学那年搞中秋晚会，谭文武老师唱了一首《雨中即景》，

哗啦啦啦啦下雨了，

看到大家嘛都在跑，

叭叭叭叭叭计程车，

他们的生意是特别好。

同学们听了羡慕不已，之后一定要谭文武老师和王吉燕老师合唱一首，王吉燕老师说，我是美术老师，不是音乐老师，不会唱。大家不同意，就不停地鼓掌，最后，他俩对唱一首《望星空》：

我望见了你呀，

你可望见了我？

天遥地远，息息相通，

息息相通。

即使你顾不上看我一眼，看上我一眼，

我也理解你呀，此刻的心情。

伍六一对美术有一种说不清的感觉。当时，因为弹琴，他对学音乐有一些阴影，便想学美术，可美术也不是那么容易学的。那天也是画静物，画的是一个茶壶。伍六一看着就有些烦，明明是一个茶壶，为什么要把盖子拿下来放在边上。这不是明显捉弄人，让人多画一个东西吗？伍六一正在胡思乱想的时候，没想到王老师叫他起来回答问题。

什么是透视？

伍六一站起来，一时不知道如何回答，他想起平时看到的东西，就说："我也说不清楚，是不是看田野里的电杆近高远低，看一条路，近宽远窄，看一排树，近大远小，尤其是坐火车时，看到的铁路，到远处，两条铁轨变成一条了。"

王老师说："说得对，也就是这个意思。"

伍六一没想到自己蒙对了。

这天，伍六一费了很大的劲完成了大作。刚想自我欣赏一下，谁知王吉燕老师就在他身后，她发出啧啧声，并当场在画室对他的画作进行了评价：你那杯牛奶发出蓝色的光，谁要是喝了，肯定坠入狂想，你的面包呢，都烤焦了，送给谁谁都不吃。

听完点评，伍六一无话可说。他本想听到老师表扬的，谁知当着大家的面受到挖苦。便说了句，我要去上厕所，说完就冲出画室。

刚到一楼楼梯转弯处，伍六一撞到一个人身上，因为是上课期间，他认为过道上是没人的，就跑得有些快，一下止不了步，睁眼一看，是校长老侯。

侯校长在大家眼中，是可望不可及，威严不可冒犯的人，学校师生都怕他，在大家的印象是，他好像从未笑过，侯校长虽然不上课，可每个学生他都去盯，哪个学生的头发长了，他都知道，总会让他去剪掉，一次，一个学生头发没剪，他竟在出操时，把那学生叫上台，亲手帮他把头发给剪了。

这下把伍六一吓一大跳，看来今天是个倒霉日子，忙说："对不起！"并盯着校长的脸看，想着会不会又挨教训一通。

老侯的脸上没有任何变化，只是轻轻地说，跟我来吧。

伍六一吊起心跟着侯校长走，想："他是不是要把我带到校长办公室，再来教育我。"却见他手中拿着一张海报、一瓶大大的糨糊。

伍六一跟着侯校长来到操场前的海报栏前，站定，侯校长伸手把糨糊递向伍六一，原来老侯是叫伍六一帮忙做这个，于是伍六一放下心来。

伍六一很认真地帮校长抹糨糊，贴上后，还用手把它抹平。伍六一非常得意，想：今天公布的这东西，除了校长外，我是第一个看到的。

可是一看完，伍六一的心比刚才被校长抓住还要跳得快，李如月的名字醒目地印在上面，上面清楚地写着，她被留校察看一年。

伍六一的心突然寒冷起来。之所以寒冷是因为这事的发展像怀孕一样，开始毫无异样，直到现在显露出来，已经没法挽回。

伍六一竟然忘记自己跑出来是去上厕所，又跑回画室，大叫一声："不好了！"

大家问发生了什么事。

伍六一不回答："你们去看布告。"

很快，大家知道，李如月严重违反学校纪律，被记大过，留校察看一年。

李如月受处分，倒弄得伍六一的心情很不好。

那天晚自习，他坐在教室，拿起笔来，什么东西也写不出来。只听到外面蟋蟀的歌唱，可是蟋蟀能唱出什么呢？是悲歌，还是欢歌？在他听来，是一成不变的曲调。蟋蟀也许是苦闷吧，借着这黑暗发出不平的哀叹。由此，他感觉教室里的日光灯发出白色的光，太惨了，为什么会是这样？白光照在身上，说是光，却无半点热量，太可怕。那白光映到墙上，反射出来的也是灰色，再照到人的脸上，让他看到的是狰狞的脸孔。伍六一心想：不行，在这里无法待下去了，我得离开。

于是，伍六一独自一人回到宿舍，在宿舍，他感觉好多了，宿舍里装的是灯泡，那灯泡发出的是黄红的光，还让他有些许温暖。

躺在床上，他又想起白天王吉燕老师说的那个词：

色相。

五、弦子

学校要进行集体舞比赛，37班选定的集体舞曲是《弦子》。

王吉燕老师兴致很高，从二年级开始，王吉燕成了37班的班主任，她说，我们一定要努力，争取拿全校第一。然后给大家讲解弦子舞的内容要求：说弦子舞是以迎宾、相会为主题，相互欢迎与感谢、互相赞美的迎宾舞和相会舞；是表达青年男女间充满爱慕之情和纯洁真挚友谊的爱情歌舞。弦律活泼热情，舞蹈轻松抒情。舞蹈时男女围成半圈，时而聚圆，时而疏散，且歌且舞；男子舞姿重在舞靴、跺脚，显示豪放粗犷之美；女子突出那长袖轻柔舒展之美。

王老师还说，弦子舞跳起来很美，整个舞蹈在悠扬缓和中开始，在流畅欢快中表现，在升腾热烈中结束。

王老师说得情绪高昂，仿佛这次集体舞比赛第一就非37班莫属。

但她没想到，一开始就受到了阻碍——男女生不愿意相互牵手。

王老师在讲解时，男生女生各站一边，当她说男生女生相隔牵手时，大家竟都往后躲，好像谁在前面就会帮别人挡子弹似的。

王老师急了，说："都什么年代了，你们还这么封建！还要我一个个点名啊！"

大家仍然扭扭捏捏地不愿意牵手。

此刻，陈三元站出来了。

陈三元是接替李如月当的班长。李如月因为受处分主动辞去了班长职务。陈三元本是副班长，自然接上了。

陈三元戴了一副金丝边眼镜，头发总是梳得很光滑，而且还亮亮的，伍六一总见他往头上抹东西，问是什么，他说是摩丝，摩丝这东西伍六一没见过，但他认为男的用就不靠谱。

陈三元伸手出来，女生们还是往后面躲，他有些难堪。好在李如月在一旁，他就拉住了李如月的手。之后又把目光投向伍六一，伍六一没法，上去要拉陈三元的手，陈三元说，那边。他只好抓住了李如月的手，可一抓上，好像触电一样，他想把手抽回来，还没来得及，这边的手又让阳改思抓住了。

终于围成了一个圈，王老师放起了舞曲。伍六一没有听到音乐，倒是感到自己的心跳加速，更加难堪的是自己的手早就出汗了，尤其是感觉到李如月抓他的手有些紧。

李如月长得苗条秀气，一张美人脸相当好看，让人一见便会说，这人我见过，他说的可能是在某本杂志的封面或在某个爱好美人头的人的家中的墙上，尤其是她那眼睫毛，伍六一第一次见到就记住了。

李如月就是伍六一入学那天在灵溪边上碰到的那个少女。

在入学晚会上，她显得特别大方开朗。当时，老师让大家自我介绍，她竟然用英语作介绍：My name is Li Ruyue.

大家觉得她很有特色，便选她当班长。

在得知李如月的名字后，伍六一才发现自己的名字太无想象。当年，他出生在六月一日，就叫了六一。从小学一直以来，更是体会到父母的随便，老是觉得父母不喜欢自己才这样，这名字给自己终身带来痛苦。可是，几天后，他没有想到好多人在羡慕他的名字特别有特色，数学老师说是五百六十一，音乐老师说就是"索拉多"！后来还真有人叫他拉多。

其实伍六一这个人长得不土，那双大而黑的眼中常放出城里人的光，而且一双纤细白嫩的手让人深信他是与种田种地无关的人，尤其是他穿上一身棕色的西服，大有绅士风度。只有伍六一自己清楚，那衣服是姐姐做的，当时做的时候把衣袖做短了，最后加了一截，中间有一道缝，平时他不敢伸手，怕被人发现。其实，这还不是自己最难堪的衣服，当年读初中时，因没有御冬的衣服，母亲把姐姐的棉衣给他穿，可是外衣短，没法遮住，让同学笑话，他穿了一天，就死活不肯再穿，最后母亲帮他用蓝布把露出的部分缝上，才敢穿。

中师生是与画板、教育学、心理学、教材、教法打交道的人，是一群快乐又忧虑、开心又迷惘的人，是一群似乎懂事又似乎不懂事的人，是离不开眼泪的人。

李如月坐在伍六一后桌，她毫不顾及地用手指轻敲伍六一的背或用笔点他的头，害得伍六一的脸红得像霜后的柿子，心里像装了一只兔子。李如月倒是嘻嘻一笑，"拉多，你在看什么书？给我看看。"

伍六一回头把书递给她，却碰上了她甩来的辫子，弄得他痒痒的，于是干脆自己坐得好好的，无事可做，只感到背上像是有好多毛毛虫在爬，不好意思去抓，只好跑出教室，却见李如月拿着那书根本没看，一下子就翻到了中间。

过了几天，李如月还书给伍六一时，还多了一本，而且是当年最有争议的一本书——《一个女人和一个半男人的故事》，李如月说是从老师那里弄到的，让给你先看。给伍六一书时，她发表了她对那老师的看法，说他肯定想与女学生谈恋爱，因为他有时去女生宿舍叫学生起床。伍六一只高兴得到那本书，她说的什么，都没听进去。

李如月的处分布告是由篮球引起的。

那回，学校组织的篮球队到外省进行一次全国性的中师生篮球比赛，李如月去了，但大家回来时她却失踪了。回来后一问，她是去了男朋友老家了，那男的是学校邻居——部队里的兵哥哥。

学校与部队关系很友好，经常组织联欢会。李如月是个活动能力极强的人，自然好多事情由她出面去办。她曾经去过部队宿舍，宿舍里的被子叠得像豆腐块一样平整，让她震惊。

李如月第一次对军人有好感，还是因为那次学校请部队的一个参加过老山前线的英雄作报告。

那天的报告会，李如月本来也不想听。她还特意带了一把指甲剪去玩，因为会上不许看书报，她想借它来消磨时光。当主持会议的老师在台上讲话，她就开始在台下玩起指甲剪来，慢慢地修剪自己的指甲，然后又细细打磨。

忽然听到说是老山前线的英雄作报告，她才抬起头来，认真地听了起来。

作报告的是一个在老山前线荣立三等功的一个干事。李如月记住了几个故事：一位军人的妻子由于生儿子时无人照顾身体很不好，婴儿的身体更不好，想到部队去治病，可刚到部队两天，正好碰上部队要上前线。只好马上回去，可是家乡医疗条件太差，婴儿不久便夭折，可是妻子为了不影响丈夫在前线作战，却写信告诉丈夫，说自己和孩子都很好。公公过意不去，便写信告诉了指导员，指导员找到那个战士，他正对着儿子的百日相片，在诉说自己立功的经过。当指导员讲明情况时，他哭了，可是过了一个小时，由于部队又要装炮弹到前线，他强忍住悲伤上了战场。还有一个老班长，入伍七年，本可以退伍，但他还是带着病上了战场，最后昏倒在车上。在一个战场上，由于敌我双方都向阵地开炮，我军阵地上面只剩下五个人，无粮无水，只能喝自己尿来保命。

整个报告会，李如月不再玩指甲剪，而是认真地听了每字每句，最后还感动哭了。

伍六一猜测，或许就是这场报告会，让李如月的心开始走近了最可爱的人，情窦初开的她经常往部队那边跑。这些是出了布告后伍六一才知道的。

李如月挨处分后，只有几天是黑着脸闭着嘴的之后便又活泼起来，但她大多数时候是在球场上运动，她甚至一个人拿着篮球到球场打球，对着篮板狠狠地砸。有一天，她一个人拿着球在球场上打，见伍六一从旁边走过，她叫："拉多，我从没见你打过球，你是不是摸球不稳啊！"

伍六一不示弱，便与她比赛定点投篮。伍六一发现自己投篮的命中率不比她这个校篮球队队员低，便觉得女生在运动方面是不如男生的。

他俩边投球边开玩笑，总是笑对方是投不进的。

"拉多，我们女同胞都认为你不苟言笑，好严肃。"

"这是缺点还是优点？"

"我认为是缺点，我们女生总是喜欢那些嘴巴会讲的。"

"我猜，那个兵哥哥是个贫嘴的。"

"是的，开始我觉得我们在一起总是有说不完的话，而且讲起来很有味道。"

"你们是不是当真？"

"根本没有多认真。这次去了他家，本来就准备和他断了的。"说到这里她笑了起来，那笑真的是开心的笑。"这样也好，我也不必拉下脸来跟他说了。"

"我才觉得看一个人不像投篮球一样瞄准了投过去就行了，人复杂得多，好多人都要你多交谈才能了解。"

伍六一有时也想有一场轰轰烈烈的恋爱，他觉得恋爱发生时无需逃避，不必忌讳，要大胆地向异性朋友付出最坚贞的感情。他觉得越伟大的爱情挫折越多，越艰辛的爱情感情越深。当爱情必须结束时，自己要有壮士断腕的气魄和决心，要遵循下面五步：感情的诉求、感情的清理、感情的发泄、感情的转移、感情的升华。

王老师再次组织大家跳《弦子》时，大家就自然得多，伍六一的手也没有出汗。大家围成一个圈，在球场上跳了起来，好像在他们中间，真的有一堆篝火，照得每个人的脸都通红通红的。

等到学校比赛时，个个表现得很好，展示出了活泼热情、轻松抒情的舞姿，赢得了热烈的掌声，真的获得了比赛第一名。

六、宿舍

学生宿舍其实是每个学生待的时间最长的地方。尤其是一些内向的学生，他们总是把宿舍当成自己的避风港，自己心灵的天堂。

灵溪师范学生宿舍要住十几个人，都是上下铺。但大家觉得，比起初中时好多了，初中时，一个宿舍最少也有三十来人，大家都把那叫作牛栏，里面是上下两层的大通铺，每人只有不到两尺宽的地方，头顶上还要放一个箱子。大家人挨人挤着睡，什么口臭、脚气、打呼、说梦话都要接受。

甚至还有屁声。

每当有人打屁，就会有人打趣，这样污浊难堪的事情，也在大家的嘻嘻哈哈中过去了。

初中时，每天一下晚自习，宿舍可就热闹了，每个人憋了一天的话要在这里说，每天看到的新鲜事要在这时讲，整个宿舍就是一锅沸水。熄灯后，值日老师在门外吹上几遍哨子，里面仍然有说话声。有时老师还要把说话的学生抓到操场上罚站。

伍六一就是这样在初中过了三年。

现在的宿舍应该是不错了，起码每个人有一个独立空间。当然，是在把蚊帐放下来后，

伍六一很庆幸自己占了个上铺。

参加工作后，听说坐火车买卧铺时，大家都想买下铺。伍六一还有些想不明白。想当年作为学生，在宿舍却想睡上铺。那样，他的私密空间更好。

同一宿舍里同学之间还是有矛盾的。

伍六一所在的宿舍更是不一般，他们宿舍的同学来自三个班——35班三人，36班六人，37班五人。

那天晚上，轮到伍六一守宿舍，35班的沙中金在那里玩录音机，他好像从未见过录音机似的，录来录去，在那里傻笑。而且录音机不会按，乱按半天。他反反复复就唱那几句：

> 我一见你就笑，
> 你那翩翩风采太美妙，
> 跟你在一起，
> 永远没烦恼。

伍六一本来想好好地看看书，现在可好，书看不成了。他从床上跳下来，边走边说，哈（傻）狗爱叫，哈（傻）人爱笑。走到门口把电闸拉了下来，沙中金跑出来就要和伍六一打架，林子路一看不好，忙过来拉开。

伍六一一直有些看不惯沙中金，觉得他给人一种不舒服的感觉，总是一副厚脸皮的样子，他做什么事都不管别人翻脸不翻脸，整个宿舍他一个人可以到处翻得到，你有什么东西自己忘记放在什么地方了，可他却找得到。肥皂香皂，他自己不买，总拿别人的用，用了你的，还会说这是帮你用。而且特别爱恶作剧，他将林子路床上的木板掀掉钉到李时红的床上，害得他们两个吵架。有天中午，伍六一睡在床上，刚睡着，便被啪的一声震醒，睁开睡眼看到是对面上铺的沙中金的木板掉下来，于是他便一脚将木板踢开，气得沙中金大叫，伍六一不理他，起床后到阅览室看报纸，看到这么一句：遇事要忍耐，这样才会使自己更完美。可今天又有些忍不住了。

再回到宿舍，伍六一、沙中金还是气呼呼的，林子路为了调解，说，你不看书，他也不听录音机，那大家来下棋吧。

伍六一想想也是，往常大家打牌要四个人，今天只有三个，下棋正好，两人对战，剩下一个当裁判。

可是，伍六一从未下过象棋，只是在旁边看别人下过，知道马走日，象飞田。那天，他就有些不服气，偏偏就和沙中金下起棋来。还没开始，沙中金就扬言在十步棋之内就要伍六一输，可是一交手，沙中金竟输了，就叫嚷着来第二局，还让伍六一走先。伍六一故意先支一个仕，沙中金从没见过这种走法，鼓起眼睛看伍六一，气得架上中间炮。可后来没想到，他的两个车都丢了。输棋后，沙中金回到自己床上，嘴上说：让那些棋坛新秀高兴下，这样便于培养他们。

周末的晚上是一周最热闹的时候。宿舍里是口琴声、二胡声、吉他声、录音机声、小提琴声、笛子声、聊天声，"声声入耳"，一些怕吵的同学就会选择外出看电影或是到灵溪散步。

伍六一知道那天同宿舍的几个同学相邀去看电影了，本是约了他，他没答应，他想，他们走了，自己正好清静下，回宿舍看他的小说。

伍六一回到宿舍，听到里面有很响的录音机的声音，他有些不高兴，就用力把门推开。

推开门后见到的却是沙中金抱着录音机在哭。他是用录音机传出的声音掩盖自己的哭声。

沙中金与别人就是不一样。当年，年少的伍六一为自己遗精感到羞耻，沙中金自己发现这种事时却嘻皮笑脸在宿舍说，没什么大不了的，加个菜，多吃几块肥肉就补上了。这人说话就是糙，伍六一真的很讨厌他。

虽然不是一个班的，可在一个宿舍住了一年半，也算是舍友了，想想平时沙中金也经常把吉他让给伍六一弹。伍六一见沙中金哭，心就软了，问他："怎么回事？"

沙中金说："我想退学，不想读了，可家里不准。"

接着沙中金说出了一大段话，让伍六一惊叹不已。

"你发现没有，我们中师的学制和课程是封闭式的，与外界老死不相往来，不仅在基础课程上不和高中、高校接轨，而且不开英语课。我觉得不开英语课，是故意把我们中师生堵在正规的高等教育之外。你说，砍掉了英语课，不就砍掉了我们中师生向前行进的一条大腿。"

"我们中师的课程体系虽然全面，但也是蜻蜓点水，不求深入。怪不得有人说小学教师就是"万金油"。我们的课程都是技能性的、操作性的科目，要想再有提高，那可就很难了。"

"而且，中师的课程实施其实还是非常传统的，定论太多，讨论太少；技能训练太多，思想碰撞很少。在这样的教学方式以及严格的常规管理熏陶下，大多数中师生被铸造成忠实的、能干的执行者。那些大学毕业生也许不如我们中师生能写一手漂亮的书法、说一口字正腔圆的普通话，但他们说出来的话是自己的，思维方式比较灵活。"

"我很悲哀地发现，我们这些中师生以后可以成为教学骨干，不大容易成为专家；可以成为区域范围内的名家，但不太可能孕育出真正的'大家'。我们早早地离开校园，没有机会接受高等教育的滋养，这将成为我们的终身遗憾。"

伍六一没想到，看似整天无所事事的沙中金会有这么多的想法。今天沙中金说的东西，有些他也曾思考过，可总也没想明白，今天听沙中金这么一说，才终于明白。

沙中金说，中师一年级时，他就产生了退学的想法，家里为了让他好好学，给他买了录音机。伍六一知道，当年，能拥有一台录音机，相当于现在的富二代，让人好生羡慕。

"你猜，我爸对我现在最大的要求是什么？"

"保送上大学?"

伍六一说完，就在心里想，这也不可能，沙中金经常逃课，听说，已经有科目要补考了，保送上大学可是要成绩优秀才行。

"他让我在学校找个女朋友。"

伍六一张开了嘴。他知道，中师是禁止谈恋爱的，而且他们这个年龄，也还不是谈情说爱的年龄。

"我爸说，我们毕业后，文凭低，好多文凭高的和单位好的就会追中师女生，到时就轮不上我们了。"

"我可不想找什么女朋友，还是想退学，重新去读高中，到时考上大学，何愁无女朋友。家里不同意我退学，但我不管那么多了。学校不是说有三科不及格就会被劝退，今年期考，我可能不止三科不及格。"

伍六一终于知道沙中金大多时候在宿舍听录音机不看书的原因，他就想退学。

伍六一还是认为沙中金说说而已。可那个周末，伍六一和沙中金上街玩，正好碰到发行福利奖票，卖奖票的大声招呼，来来来，搏一搏，单车变摩托。沙中金就拉着伍六一过去，奖票两块钱一张，沙中金掏出两块买了一张，刮开一看，写着谢谢。伍六一就扯了扯沙中金的袖子，说："走吧!"可沙中金又从口袋里摸出一张十元的钞票，像大老板似的，拍在桌子上，说："来五张!"伍六一在一旁心疼，这可是自己一个月才有的零花钱。沙中金从抽奖箱中一下摸出五张奖票，刮开第一张仍是谢谢，刮开第二张，还是谢谢，他的手开始有些抖，刮第三张的时候放慢了，刮一半时把眼闭上，让伍六一帮看，伍六一说，你放心，不会中的。

当伍六一接过奖票，一下就刮开了，让他想不到的是，一等奖三个字出现在眼前。一下得了三千元钱。有了这三千元的横财，似乎增加了他退学的勇气，加快了他退学的步伐，两天后他自己提出了退学。

那年，沙中金真的退了学。又过了三年，他考上了大学。最后报考的却是师范大学，他仍然是个老师——不过，他不再是小学老师。

也是那几天，伍六一心里又是莫名其妙地惊慌，沙中金的话总在自己脑中回放。有时想想沙中金的话就睡不着觉。

"少年不识愁滋味，爱上层楼；爱上层楼，为赋新词强说愁。而今识尽愁滋味，欲说还休；欲说还休，却道'天凉好个秋'。"他觉得这词就是写给自己的。

他想去找心理老师，想询问自己这种矛盾的心情该如何化解。

可是他没找到心理老师，却找到了生物老师，他问生物老师，蝴蝶到底有没有血。

生物老师告诉他蝴蝶有血，但蝴蝶的血液的颜色不是红的，而是绿的。与人类不同，蝴蝶的血液中不含血红蛋白，也不输送氧气，而是为细胞提供养料、各种激素和酶。

生物老师解开了伍六一的心结，他想，自己就安心做个小学老师，如果能像看不见的蝴蝶的血一样，能够为孩子们提供点养料、激素和酶，就相当不错。

七、吉他

二年级时，吉他成了最时尚的东西，成了男生们的最爱。

为了学吉他，伍六一买了很多关于吉他的书：《吉他演奏问答》《最新吉他演奏技法》《民谣吉他基础演奏》《青少年学吉他》《浪漫的吉他》。那段时间，伍六一没有买其他东西，就是他每个周末喜欢吃的鸡仔饼也舍不得买了。

可是，他还是差不少钱才能买一把吉他，伍六一有自己的计划，想着等暑假时，自己找点事干，赚点钱才能买。因此，只能见同宿舍谁的吉他闲置，便拿来弹弹，因此，进步不是很快。

1986年5月1日的中午，伍六一去把教室里的时钟往前拨了一个小时，由二点变成了三点。

谁也无法阻止他的行为，这是国务院的规定，从这天起，实行夏令时，一直到9月30日的两点才将它拨回，因为实行夏令时可以节省能源。

伍六一想了好久，怎么也想不明白往前调一个小时就能节约能源，直到1992年取消夏令时他也没弄明白。

就在这实行夏令时的美好时节中，伍六一想不到的是李如月送给了他一把吉他，而且是红棉牌吉他，那是当年最好的吉他。那吉他确实让他兴奋了很久。他每天吃完饭后就抱着吉他，晚上睡觉还把吉他压在肚皮上拨弄两下。吉他伴伍六一入睡，伍六一却不敢想送吉他的李如月，可能是李如月长得太漂亮，也可能她是个校篮球运动员吧。

从那以后伍六一花了很多时间学吉他。

他从西班牙吉他基本演奏法，学到了触弦拨法和悬空拨法。演奏时右手都要呈自然弯曲。手心距琴弦约五厘米。拨弦时要靠手指关节演奏，手背和手腕基本不动。拨弦时，手指运动方向平行于面板，垂直于琴弦，不要向上勾。

就在学期快结束时，伍六一正想着回家要扛着一把吉他让双亲吃惊时，李如月却来向他要回吉他了，说是一个人送给她玩的，现在那人又来要回去了，伍六一只好把吉他还给了她。

此后，伍六一背了一句诗：花开堪折直须折，莫待无花空折枝。

以前借用得最多的是沙中金的吉他。而沙中金退学后，用的是李如月的，现在李如月又把吉他要回去了，伍六一的吉他又成了问题。

这时，陈三元答应借给伍六一一百元。

1986年的一百元，应该是相当多了，伍六一记得他们当年每月的饭菜票是16元，也就是说，16元就可以吃上一个月了，一百块就是一个学期的伙食费。当年他不敢开口向父母要钱买吉他，也是因为吉他太贵了。

伍六一不要父母的钱，也是想争口气。当年，报考师范也是这样。那是填志愿的前一个大周假（当年，初中生每两周放一次假，一次放两天；到了初中三年级，也放，但只有一天了），伍六一回到家，父亲看了他一眼说："钱用完了？"他说："还有。"他以为父亲会问他其他情况，可是父亲没说什么。后来，他几次想开口提报志愿的事，但话到嘴边又咽下去了。他也想等父母先开口问他，可是一直到吃了晚饭，父母也没有问。

晚上，他躺在床上，翻来覆去睡不着，听到窗外的蟋蟀在叫，他觉得，自己没有人关心，他要早点离开这个家庭，他要独立。这时他已想好了，不用再问父母，他就填报师范。第二天，吃了早饭，他就拿起东西要走，本来是下午回校的，母亲见他要走，说："等一下。"他以为母亲会问他填志愿的事，也就在家坐了一下，谁知，母亲回到厨房帮炒了瓶辣椒，递给了他。

现在，伍六一有了一百块钱，他去买了一把雅马哈吉他，一把真正属于自己的吉他。这一百块钱和这把吉他，让伍六一和陈三元的距离拉近了许多。

陈三元在家中是独子，他父亲是县商业局的，家庭条件非常好。每次从家里来学校，他都会带来很多东西，同宿舍的同学也没能分享到这些东西，他是悄悄地送给了老师。

他不知从什么地方得到了数学老师结婚的消息，便拉着伍六一上街，伍六一不好拒绝，他们在街上挑选了好久，买来好多礼物，伍六一不知他要用来干什么，也不好问他这是要做什么。

直到暑假结束五六一才把吉他钱还上，吉他钱是他用了一个暑假卖冰棍才赚回的，他用单车装上一个泡沫箱，走村串户去卖冰棍，开始还不敢吃喝，跑上一天，冰棍化了，只好自己吃了。后来胆子大了些，每天能赚三五块，再后来，又发现到火车站，趁着火车停靠的时间，可以透过车窗卖给乘客，价格会高很多，但也有风险，有时钱还没收到，火车就开动了。

一个暑假下来，伍六一全身黑了许多，但也自信很多。

吉他也就兴了那么一段时间，有时，放在那里长时间不去动一下。毕业那天，很多同学在宿舍、教室抱头痛哭，伍六一拿着吉他来到操场，他用现代的吉他，弹奏起唐代的《阳关三叠》。

> 清和节当春，
>
> 渭城朝雨浥轻尘，
>
> 客舍青青柳色新。
>
> 劝君更尽一杯酒，
>
> 西出阳关无故人。
>
> 霜夜与霜晨，
>
> 遄行，遄行，
>
> 长途越度关津，
>
> 惆怅役此身。
>
> 历苦辛，历苦辛，
>
> 历历苦辛。
>
> 宜自珍，宜自珍。

八、文选

伍六一他们学习的是人民教育出版社出版的《文选和写作》，全国的中师生学的都是同一版本的教材。

《文选和写作》第一课就是郭沫若的《石榴》：

五月过了，太阳增加了它的威力，树木都把各自的伞盖伸张了起来，不再争妍斗艳的时候，有少数的树木却在这时开起了花来。石榴树便是这少数树木中的最可爱的一种。

但郭沫若的文章不是最多的，最多的是鲁迅，有十六篇，大家总忘不了那《秋夜》：

在我的后园，可以看见墙外有两株树，一株是枣树，还有一株也是枣树。

同学们说，我们作文要是这样写，老师会说啰嗦累赘，是病句，可鲁迅这样写，老师却解说了一大段。当时鲁迅的内心很矛盾，也很孤独，他这样写，最能够体现出那种孤独。这也是比较新颖的创作手法，无论是对现实的感知还是来自内心的伤感，那都在这几句中表现得淋漓尽致。

伍六一不再纠缠于此，他在以后的文章中或多或少都已经受鲁迅的影响。中师的教材中，只有几篇写老师的文章。

叶圣陶的《任瑞卿老先生》、魏巍的《我的老师》以及周世钊的《徐老不老》，再有一篇韩愈的《师说》。

伍六一在很长一段时间内，都没有做好当老师的准备，除了在刚入师范时参加教师节庆祝活动时有一些激动，独处时，总是被一个问题所困扰，这辈子真的就是一个老师了吗？魏巍的《我的老师》里面有两个片段，或许让他对当一个学生喜欢的老师有点启发。

　　她从来不打骂我们。仅仅有一次，她的教鞭好像要落下来，我用石板一迎，教鞭轻轻地敲在石板边上，大伙笑了，她也笑了。我用儿童的狡猾的眼光察觉，她爱我们，并没有存心要打的意思。孩子们是多么善于观察这一点啊。

　　…………

　　记得在一个夏季的夜里，席子铺在当屋，旁边燃着蚊香，我睡熟了。不知道睡了多久，也不知道是夜的什么时辰，我忽然爬起来，迷迷糊糊地往外走。母亲喊住我："你要去干什么？""找蔡老师……"我模模糊糊地回答。"不是放暑假了么？"

　　…………

　　就是这些，让伍六一的思绪回到自己的记忆中，去搜寻自己的好老师，去领悟如何做个好老师。

　　伍六一从小学到初中，印象深的有几个老师。一个是小学时的赵老师，她会在最后一节自习课时，让测验成绩好的学生到教室外面玩，伍六一经常享受这一奖励。另外一个是年轻的谢老师，他觉得她有些懒，总是叫他去帮其他学生改作业、改试卷——这或许是他最早体验当老师的感觉了。初中时的语文老师非常喜欢他，总是在课堂上念他写的作文。那个老师后来调到县城中学去了，走之前，说要把他带去县城读书。又是由于父母的不在意没去成，如果去了，或许他也不再报考中师，不会成为老师了。

　　伍六一想，要成为一个优秀老师应该有多种方式，那是一辈子的事，现在想也许早了点。《文选与写作》的陈老师有些老，戴一副老花镜。上课时，盯着课本，就看不了下面，看下面时，也是从眼镜的边框外往下望。很多同学就趁机看其他的书，男同学看的是金庸的《射雕英雄传》

《书剑恩仇录》《碧血剑》，女同学就看琼瑶的《窗外》《彩霞满天》《烟雨蒙蒙》。伍六一想自己老了是不是也这样。

那天，又是《文选与写作》课，上到一半，陈老师敲敲黑板，说："你们看着我。我知道，有些同学没听课，老师是知道的。老师是什么？一支粉笔，两袖微尘，三尺讲台，四季耕耘。过两年，你们也是要当老师的啊！现在不懂得尊重老师，将来谁尊重你们！"

教室里非常安静。

"今天，我们不上课了，来做个文字游戏，报出你的名字，我就可以作出一首诗来，里面必有你的名字。这可不是一件容易的事，用名字作诗可以陶冶情操，道出你的志向。"

大家你看看我，我看看你，没人说话。伍六一想，自己的名字是几个数字，他肯定做不了，就想看看别人报。

齐隆发站了起来，大声说："我叫齐隆发。"

大家笑了起来。

陈老师扶扶眼镜，盯着齐隆发看了几秒钟，稍一沉思，反身在黑板上写了起来，边写边念出："隆冬严岁月，勤学发人醒。"

"啪啪啪"大家鼓起掌来。

伍六一真想不到陈老师是这么有才的人，这时，支勇站了起来。这两个字好像与诗挨不上边，谁知也难不倒陈老师。"一枝梅花开，傲雪勇当春。"

这时，文泽豹、阳改思同时站起，又引来了欢笑。大家平常就觉得这两个名字不可思议，用这两个名字作诗够难的了。伍六一想，如果做得了，自己也让陈老师作一个。

"春泽白鹤飞，深山虎豹行。"

"挥笔改乾坤，随事三思行。"

伍六一赶快站起，把自己的名字报上去，陈老师抬眼望了望他："这个真是你的名字？名字特别，我要想想。"

"六月芙蓉开，一日白莲放。"

伍六一真有些佩服了。

陈老师并没就此打住，而是趁机上起了政治课。"你们知道，四化建设最需要什么？人才。人才培养最需要什么？老师。当前，我们国家最需要的就是老师，你们应该知道，当年教你们的大多是民办老师，他们知识有限，而且还要忙农活，好多都是脚上带着泥巴进教室的，你们说，是不是？同学们，你们是赶上了好时代了。你们出去，吹拉弹唱，样样具备，天文地理，样样知晓，你们是为祖国作贡献啊！"

伍六一有些感动。

过了一段时间开始学下围棋。伍六一下围棋竟然上了瘾。围棋这玩意趣味很浓，含有体育艺术、科学和战斗的因素。一局引人入胜的对局，构思都非常精巧，它绝不亚于一曲动听的音乐和一幅迷人的图画。尤其在双方交战正劲时，更是扣人心弦。当一个人学了围棋并爱上围棋的时候，往往废寝忘食。伍六一身有体会——吃饭睡觉，心中总想着围棋。

那天，伍六一看了一本《神秘的心理之谜》。开始眼前又出现一排围棋子，围棋总挡住他所看的文字。在这本书上，他的一些心理现象也可以得到证实。初中时他曾做过一个梦，梦见老师给他的作文打分，第二天果然如此，这是否可以证明存在信息传感和千里眼式的感知呢。

伍六一还在想入非非，一首歌却又飞了过来：

你别以为昨日它已走远，

你就可以将所有的记忆抛开。

你别以为今天它还存在，

你就可以永远将它挽留。

因为你到现在还在等待，

所以你到现在还在无奈。

九、实习

1988年5月3日上午开了实习动员会。大家都回自己考来的县进行实习。紧接着各县也开了会。伍六一是三年级组的组长，林子路、冯英子、文丢云和他是一组。带队老师说，小组长的工作是最艰巨的，听老师这样说，他有些害怕。

去实习前大家要在学校试教，试教得找个地方，伍六一想到了语文教研室。他去找教研室王宽桃老师，找了三次才找到，还好，王老师把钥匙给了他。

他和林子路去打扫了一遍，而且还布置了一下，看上去不错，他们想在两个女生面前表现一下。

下午班上进行粉笔字考核，伍六一自认为没有问题，可是上台写了后，老师却说不行，让他苦恼半天。他得出结论：世上之事成于惧而败于忽也。

那天，伍六一和文丢云单独在教研室，教研室已经布置得像个小教室，已有黑板。文丢云讲课，伍六一做她的学生，伍六一觉得他此时是个很乖的学生，他回答文老师提出的所有问题，但有时也要装作回答不出，再由文丢云引导回答，这是教法上的诱导法教学。

但伍六一也有不乖的时候，就在文丢云转身板书的时候，他就有些分心，望着文丢云的身子出神。那身材真好，修长的腿、纤细的腰、苗条灵动。等她回过身来，他又盯住了她的眼睛，她的脸，那是一双大眼，但脸却是一张小脸，他竟想把它捧在手心。

这时伍六一觉得自己是个坏学生。

但实习的日子很快就到，伍六一研究起如何才能做一个让学生喜欢的老师。

他把想到的写到了日记本上：首先要将自己脑子填满，记住一些生动有趣的、富有少儿情趣的故事，不然到时候，可不能什么也讲不出。搜集一点小学生游戏，这样便于组织活动。练练嗓子，弹弹琴，到时可别出洋相。训练一下口头表达能力，不要有话在嘴里说不出来。掌握一些交际手段，到时不但要和老师学生交朋友，还要赢得他们的好感。关键要有信心，要多想办法。做什么事都要认真，不要马马虎虎对待，但也不应把一切事看得过重，那样会使自己心情紧张。教学方法灵活，教学上有独到之处。性格热情，开朗活泼，有朝气，有主见，动作大方自然。风趣幽默，上课时最好面带笑容，不要遇事就生气。

讲课、评课对师范生来说并不是难事，可能有时就是没有很好地突破自己。师范学校专门开了一门课——说话训练。就教育工作说，语言是教学的一种工具。老师教学生，除了身教，就是言教。老师多次在课堂上强调：你们这些未来的小学老师，语言示范特别重要，因为小学阶段是少年儿童学习说话的最好时期，他们的语言模式没有定型，模仿能力又很强。

伍六一是进行过系统的说话技巧训练的，像什么发音控制、声音技巧、语调语感、表情姿态。伍六一还记得，当时老师强调的吐字归音一般以"枣核形"为规范。所谓的"枣核形"，就是声母、韵头为一端，韵尾为一端，韵腹为核心。他们和相声演员一样，不断地用各种语气说话：

你说的话是真的吗？（怀疑）
你难道还不相信？（反诘）

怎么，连这个问题也不了解！（惊讶）

从哪里拿来的，放到哪里去！（命令）

我们的四化建设一定能实现！（满怀信心）

我们胜利了！（激动）

文丢云却在上第一节实习课时哭了两回。

第一次哭是找实习班班主任赵老师给教案签字，赵老师不签，说你上就行了，我相信你。她回来，向伍六一说完就哭了，伍六一和她又去找赵老师，终于签了字。

她上的是《四则应用题的混合运算》，那天，文丢云也做好了充分准备，对着教材教案自己讲了好几遍，而且还设计了不少提问环节。可是一上讲台，她望着下面的学生和听课的老师，一下子就全乱了。

开始是学生起立，说完老师好，同学们好，她竟然忘记叫同学们坐下，就翻开书开始讲起课来，等大家坐下后，她头脑一片混乱，就把讲课顺序搞乱了，提问也就不知道提了。课一讲完，发现还有二十分钟，不知该说什么，只好叫大家自习。

课上完后，带队老师组织大家评课。文丢云低着头在桌面的草稿纸上乱画。带队老师看了她一眼，发现她在那里抹眼泪。

带队老师一看，停了下来了说："今天的课还不是很糟糕，我第一次上课时，更加乱，一上讲台，我作自我介绍，说我姓王，你们可以叫我张老师或是李老师，我比你们大不了多少，你们可以叫我哥哥或姐姐。"

老师一说完，大家都笑了起来，文丢云也笑了，因为刚刚还在哭，这一笑她的鼻子竟然冒出了两个泡，大家看到更是笑坏了。

之后的课大家都上得不错，由于和学生年龄差距不大，学生们和大家无话不说，大家也就更好地了解学生的所思所想，讲起课来，比原来的老师更受欢迎。实习结束时，好多学生还抱着实习老师哭。

当晚，伍六一请文丢云去看电影，电影放的是什么内容他不知道，甚至连影片名字也没记住，他只是记住了自己第一次单独和一个女孩看电影。整个晚上，伍六一的心跳加速，不知是临近毕业，还是已到多情季节，这段时间，他总会记起以前沙中金和他说的一句话：现在找不到女朋友，毕业后就难找了。他想趁黑去抓文丢云的手，但又没勇气，直到电影结束，他也没敢伸手。

两人默默地走在回来的路上，谁也不说话，影子在前面，就那么各自踩着影子走，快到住地时，伍六一从口袋掏出一张叠得很好的纸条，慌乱地塞给了文丢云。

那晚，伍六一失眠了，他担心他递去的纸条会得罪了文丢云，他又担心文丢云看不懂其中的意思，那是长长的一串：

> 我对你表达的爱
>
> 已经消逝，我对你的厌倦
>
> 与日俱增，当我看到你时
>
> 很不喜欢你的那副样子
>
> 我想做的一件事就是
>
> 把目光移往别处，我绝对不会
>
> 和你相爱，我们的最后一次聊天
>
> 枯燥乏味，因此再也无法
>
> 让我渴望再与你相见
>
> 你心中只有自己
>
> 假如我们相恋，我相信我将
>
> 生活得非常艰难，我也无法

愉快的和你生活在一起

我诚挚的要你明白

我讲的是真话，请你助我一臂之力

请结束我们之间的关系，别试图

答复此信，你的心充满着

使我兴味索然的事情，你不可能怀有

对我的真诚关心

再见，请相信我并不喜欢你，请不要以为

我仍然爱着你

第二天，文丢云看到了伍六一，便转身走开，留下一个背影，像一条青竹，让他心痛。

伍六一知道，他弄巧成拙，不该不说清楚，他给她的纸条，只有隔行读出，才是他的心声。

十、灯芯草

实习结束，又是在灵溪，伍六一见到了李如月的妈妈——唐叶梅。而她的身份让伍六一惊叹。

她是伍六一、李如月班主任王吉燕的小学老师，这样的话，伍六一要叫她师奶了，可是，她现在又来到灵溪师范进修，伍六一和她是同学，她要叫自己的学生为老师了。

伍六一平时很少关注别的事物，学校多了一些年纪大的学生。他还以为是老师，实际上他们也真的是老师——民办老师，现在来这里进修就是能转正的民办老师。

那天，伍六一一个人静静地在那里看灯芯草，这种淡绿色植物，一簇一簇地，生长在水边，分不清向上生长的是茎还是叶，虽然细小，却是腰杆直挺。伍六一用手轻轻扫过灯芯草，却有了意外发现，细小的灯芯草茎上，竟然开出了不少的花，那花也是淡绿色的，呈聚伞状，而且很多花，密集或疏散。"苔花如米小，也学牡丹开。"

"你也喜欢灯芯草？"

伍六一抬起头，见到一个中年女人，那脸庞十分和善，似乎在什么地方见过。

"老师好！"

"你叫我老师，我和你一样，现在也是灵师的学生，我们应该是同学。"

"老同学。"伍六一开起了玩笑。

"我们是进修班的。你是多少班，会不会和我女儿一个班？"

"我是37班。"

"真是和我女儿一个班，我女儿是李如月啊！"

怪不得刚才见到这张脸，伍六一有些面熟。在这同一个地方，见一母女，伍六一觉得有些神奇。

"这灯芯草可是个好东西！具有清热、利水渗湿之功效，可用于水肿、心烦不寐、喉痹、创伤等症。"当过老师的人就不一样，什么时候说话都是一套一套的。"我还知道一个灯芯草传说呢！"

传说在灯芯塘有个良家妇女陈氏，正直、善良、勤劳，父亲是远近闻名的医生，她自然学到不少医学知识，谁家有人生病，她有求必应，药到病除，无不治愈的。自从父母亡故后，她嫁给一个老实本分的农民为妻，婚后生下一男孩，日子过得挺不错。

另外有对夫妻喜添一女儿，白白胖胖的，夫妻视为掌上明珠，可是小女儿出生不久就发生不幸的事：小女儿不吮奶，不哭也不动，继而双目紧闭，口角流水，心跳微弱，面色苍白，已经不省人事了。夫妻舍不得丢掉自己的亲骨肉，请来村里、县里的医生，都久治无效，眼看小女儿活不成了，夫妻急得哭了。村里人赶来看望，有人打听到陈氏能治好小孩的病，叫他们赶快去请她来。

陈氏知道后，马上带上几条白色细长柔软的草药，朝小孩家赶去。陈氏边诊边问病情，诊完后，劝小孩爹妈不要担心，她会治好小孩的病，并叫人准备所需要的东西。她找来一个浴盆，倒入热水，把采来的新鲜药物搓碎搅拌，然后帮小儿洗头、擦身，接着便是烫点。然而小孩却无响也无动。此时，陈氏说过几天小孩的病就会好的，她过几天再来看。并嘱咐小孩爹妈严加照顾，说完就告辞了，小孩爹妈再三请她吃了饭再走，陈氏便吃了饭，小孩她爹又给些钱作酬谢。不久，小孩的病竟奇迹般好起来了，谢天谢地，宝贝儿已开眼了会吮奶，长得更加可爱了，夫妻心里乐极了。后来，陈氏又来看过几次，见小孩无事，也就放心了。孩子的爹妈真不知怎样感谢这位神医，救活了他们的女儿。

后来，不知哪个顽皮鬼竟拾起弃落的白色草药，拿回家试作灯芯点灯，灯光明亮。由于它可以作灯点，又因它是陈氏医生从她家灯芯塘带来的，于是灯芯草这个名字不胫而走，从此就叫开了。

伍六一没有被故事感动，倒是再次印证了灯芯草真的可以做灯芯的事。

"我听如月说，你们班上有些同学为选择当老师而后悔，到底是不是啊？"唐叶梅问。

伍六一听到这话，好像有人窥探到自己的秘密，他伸手掐了一根灯芯草，拿到嘴上吹了一下，说："这灯芯草还真是虚心，怪不得能做灯芯。"

"你还没回答我的问题呢。"

"你又不是我老师，我们是同学啊！"

"那就算是讨论这个问题吧！"

"应该有不少人有这个想法，明年七月，我们就要毕业，回到自己乡里当一名小学老师，而我们的初中同学，高中毕业，他们将考上大学，几年后将分配到大城市工作，过上理想的生活。你应该知道，当年，我们的学习成绩可都是班上数一数二的，想想我们的未来，谁又没有想法？"

"李如月应该不在此列，她可是自己要求报考师范的。"

"我看她平常确实是挺喜欢当老师的。"

"不过，在报考前，她也曾有过不当老师的想法。是她的一个老师让她改变了对老师的认识。"

"三年前，她的班主任得了病，无法站立，可他怕耽误学生们中考，跪在讲台给大家上课。因为错过了最佳的治疗时间，这个老师后来还真的站不起来了。他那个班，有八个学生考上了中专，十五个中学考上了重点高中，其他的也上了普通高中。也许是因为这个，李如月懂得老师的伟大。"

"你知道我为什么这个年纪还来和你们读书吗？我是一个民办老师，像我这样的民办老师太多了。当年，农村没有那么多老师，我们这些高中毕业的学生，就当起了民办老师，民办老师的工资很低，每个月才三十元，街上摆摊的也比我们收入高，我还要从家里背米去教书。你们毕业后工资就有六十多。我们也想过辞职不干，可每次看到，那么多农村孩子，没有我们，他们也就没老师教了，就又回学校了。就这样坚持了二十年。现在好了，等你们毕业，就可以取代我们了。"

唐叶梅边说边伸手扯下一根灯芯草："我们也就是根灯芯草，曾经也这么绿过，一旦成了灯芯，燃完后也就是一段白白的灰，一吹，就不见了。"

"你们毕业后，我们高兴，但更多的是担心，用不了几年，你们就会替代我们，我们没有文凭，我们不是正式老师，回去，我们就是农民，好多人也想不通，就是他们，曾经呕心沥血地教出了你们这批学生，最后换来的是自己回去。这也是没办法啊！"

伍六一又盯着那一蔟灯芯草，说："唐老师，你看，灯芯草开着好多花呢。"

伍六一向班主任建议，请唐叶梅老师来给大家上一堂思政课，班主任采纳了。

那天唐叶梅来到教室，她那身打扮还是像一个民办老师。可她一开口，却让所有的未来老师惊叹，这才是一个真正的优秀老师。

"今天很高兴能站上这个讲台，作为一名教师，最离不开的就是讲台。讲台到底是什么？

"那是矮矮的台。站上去不会威风凛凛，只能和蔼可亲；站上去不会发号施令，只是作为普通的撑船人。

"那是一个高高的台。没有丰富的知识，难以站稳，没有炽热的爱心，不受人欢迎。

"台上，永远是夏，台下，永远是春。"

她给大家讲起了《跪着讲课的人》的故事，她话语平实却又感人，音量不大，却又让人感到人物的伟岸。台下，有的同学鼻子开始抽动，有人眼眶开始发红，后来教室里有了哭泣声。

哭泣的是李如月。同桌劝她，她说，台上的是她妈妈。唐叶梅说的老师其实就是她自己。

最后，唐叶梅声情并茂地说："老师是什么？

"老师是一棵树，每年结一次果。而人们收去的是果，谈论的是果，喜欢的是果。忘记了结果的树。而那树没有言语，只是将根伸得更远，默默地孕育，为着下一次开花结果。

"老师是一双鞋，载着希望，行在坎坷的道路上，磨损自己。而到达平坦大道时，又回到起点，开始下次行程。

"只为，有一颗爱心。

"亲爱的同学们，我未来的同事们，让我们一起记住陶行知先生的话——'捧着一颗心来，不带半根草去'。让这句话像一个顽固的'瘤'长在每个人头上，一直到'去'之日。"

教室里掌声响了很长一段时间，班主任走上讲台，抓住唐叶梅的手久久不放。

无问斜阳

广西北海有个斜阳岛，只有2平方公里，有一支100多人枪的革命部队，1927年上岛，在这里坚持战斗了5年，当年，敌人为了扑灭这红色火种，竟不惜出动了海、陆、空部队，猛烈攻击。

赤

（1927年9月）

余船生跟随陈光里去往斜阳岛时，陈光里反复强调，他的身份是渔民。

余船生本来就是渔民，而且还是疍家人，祖辈们常年以船为家，生活在海上，就像一枚蛋壳漂泊在海上。他的古铜色皮肤，特别是壮硕的手臂和肩膀，一看就是撑船摇橹的，从小就知道"渔家靠海边，不用问神仙""海是聚宝盆，全在取宝人"。倒是陈光里身材高挑、眉清目秀、斯文儒雅，一眼就让人看出是一介书生。余船生知道，陈光里这些多余的交代，是他担心上岛后回不来，余船生好有脱身的机会。

陈光里只身上岛，面对的却是传说中杀人不眨眼的海盗——符震岳。但依目前的形势，部队也就只有上岛这条路可行。

余船生听人说，符震岳当年上岛，也是火拼一场，打败了盘踞岛上多年的陈均利部，才成为斜阳岛岛主。

有人向陈光里建议，带部队把斜阳岛打下来。陈光里不同意，他说："斜阳岛就是一个铁锅，四围暴崖陡壁，只有仙人掌、茅草、杂树在上面疯长，上去的路只有两条，一条是北面的三条柴，一条是东埠的小港汉，听这名字就知道是多宽的道了，一夫当关，万夫莫开，若是强攻，会死伤不少战士，我们上岛的目的就是为了保存力量，不能再有伤亡。况且，如能争取到符震岳，以后对农军也不无好处。"

大家本来要反对的，经陈光里这么一说，也便不再反对了，而且，陈光里提出，自己先上岛说服符震岳。

小船离岛不到一里了。

此时，余船生能很清楚地看到海蚀崖壁和海蚀洞。那黑色、褐色、暗红色交错的崖壁岩石，纹路层层叠叠，崖壁中间嵌着大大小小的海蚀洞，远远看去，凹凹凸凸显得无比狰狞，似乎传说中的魑魅魍魉都藏在了那里。

在船上看岛，岛上没有一丝动静，只有岛上空的白云在飘，偶有几只海鸥擦着岛边飞过，如此宁静，却让余船生感到这比有动静更让人不安。

余船生见陈光里还是那么镇定地坐在船头，便找话说："大队长，这岛还真不错！"

"你知道这岛是怎么来的吗？"

"它不就生在这里。"

"不，它不是生在这里，这里以前就没有什么岛。"

"莫非以前也是海，后来长出来的。"

"以前是海，但岛不是长出来的，是火山爆发后才有的。亿万年前，在茫茫无际的大海深处，一股股巨大的热浪冲击着上覆的岩石，那岩石却不断地向下加压，越是加压，岩浆体内气体能量越是增加，巨大的洪流谁也无法挡住，它要爆炸，要猛烈爆炸，它要使岩石破碎，它要打开火山喷发的通道，相继而来的就是喷发，让沧海变为岛屿。"

陈光里说的，余船生听着虽然觉得有些深奥，但大致也明白了，这岛是火山爆发后才有的。怪不得远远看去，呈现的是被高温赤化的岩石，以及被烧焦成的红色、褐色、黑色的怪石。

余船生对陈光里打心里佩服，第一次见到陈光里他就认定陈光里是可以依靠的人。那天，他提着一网鱼到民乐圩想换点油和盐，几个当地混混一见他相貌，便知他是疍家人，就想诓走他的鱼，陈光里路过，几句话就把几个混混吓跑了。陈光里还拍了拍他的肩膀叫他兄弟，看着陈光里，余船生没想到陈光里那略显单薄的身躯能隐藏那么大的力量。

就是这一面之交，刚满二十岁的余船生就跟定了陈光里，他跟随陈光里做着做不完的新鲜事，特别是组织演出，让他明白了好多好多道理。看了《自由女》《卖国贼》，知道了妇女要解放，男女要平等；看了《农民泪》《仇恨》，懂得了农民有苦难，农民要斗争。每次演出，演到悲惨之时，演员哽咽，观众垂泪。此时，陈光里便上台作即兴演说，作革命宣传，唱《国际歌》《国民革命军歌》，高呼"打倒帝国主义，打倒土豪劣绅!"。每当此时，余船生心中便燃起了一团火，全身沸腾。

以前的余船生只知道海风、只知道潮水。他从小就背得"初三潮，十八水，二十两边鬼一鬼"。知道每月初三、十八是大汛期，到了二十一、二十二的时候，潮水也只是冒一冒了。而对于海风，小时候，余船生觉得好玩，迎着海风跑，并不断地改变嘴型，让海风吹进嘴里发出不同的声音，感受到海风的神奇。稍大些时候，发现海风改变了很多东西，海边落下的雨都是横着飞的，地上的水迹也像鞭子样的条状斜纹。海风总是让渔民弓着身子走路，头发向后飞，就像海边歪斜的树。直到十岁那年，祖父在一次风暴中船毁人亡，他才知道海风的厉害，飓风抬起的巨浪有几十米高，浪头落下来，渔船就成了碎片，水性再好的人也抵挡不住这让人无法呼吸的海浪，他们再也不能回来，家人只能含泪捧出几件祖父生前穿过的衣服下葬，做成衣冠冢。余船生从小跟人唱渔歌："岭上土饽饽，一人来一个，有馅没有馅，别嫌没滋味。"直到祖父去世时，他才明白渔歌里的真正意思。

自从跟随陈光里，余船生才知道，这世上，除了潮水、海风，还有更多唤醒人的东西。后来，余船生晓得陈光里就是共产党员，但他想不明白的是，陈光里还以个人身份加入了国民党，在海城县国民党党部中担任重要职位。当年，陈光里和他的战友只用了三个月的时间，就在全县十九个区成立了农会，会员达一万多户。紧接着又开展了轰轰烈烈的减租运动，陈光里将原来田租的六成交田主，改为四成交田主，三成归佃农，一成交农会，这一行动受到贫苦农民的热烈拥护，却让地主土豪害怕。

地主土豪觉得这简直就是"乱世无主，强奴反主，大祸压眉，武力反抗"，于是寻机捣乱和破坏。一天凌晨，一伙凶徒窜到海城县党部，意图谋杀陈光里。他们知道，陈光里经常独自在县党部处理文件。陈光里在院门口设置的破盆让他立即觉察情况不对，可他环顾四周，小小的房间根本无法藏身，一人难敌众凶，不能硬拼，于是他马上吹灭油灯，好在他平时对周围环境进行了察看，便趁机从窗户跳到隔壁人家的房顶，在黑暗处躲了起来。不一会儿，凶徒蜂拥上楼，四处搜索不见人影，心有不甘便敲砸窗户，肆意破坏，直至凌晨三点钟才悻悻离去。

陈光里的一声"上岸吧！"把余船生从回忆中拉了回来。他们从小汊港拾级而上，踏上的每一块形态各异、错落有致的岩石都有被火烧过的痕迹，如炼钢出炉的焦炭，大的岩石有几百上千吨，上面清晰显现岩浆的流淌路线，小的已如化石散落在路边，却还让人依稀感觉到余温。

就在余船生暗想这么顺利上岛，完全没有想象中的那么危险时，突然，几条枪已经指向了两人头顶。也是，上岛的路根本就不是路，能手脚并用爬得上就不错了，刚才只顾寻路，哪里还顾得了看上面。

他们被带到符震岳面前。符震岳竟然像设公堂一样，空旷的大厅中间摆上一张大椅，两旁站立着他的两个副手——龙金贵、陈中发。

"你们来岛上干什么的？"符震岳没作声，倒是龙金贵先开口，而且是凶狠的声音。

"我是海城起义农军大队长陈光里，他是我雇佣的渔民。"陈光里见符震岳摆这阵式，明白对方也是有些心虚，于是心里倒是平静了些。"久仰符兄，上岛想和符兄商量个事。"

"你们既然送上门了，也就别想活着离开。"龙金贵继续大吼。余船生看得出来，虽然他们来的只是两人，对方却如临大敌。

"自古交战不杀使者，我们和你们也无仇无怨，何况我来是和你们商量事的，你吼什么？"陈光里厉声说。

余船生本来也生出一些害怕，可他见书生意气的陈光里却毫无惧色，暗暗佩服。

此话一出，符震岳才说："你要与我商量什么？"

陈光里没开口，而是用目光扫视了四周，最后又把目光收回到符震岳头上。符震岳头上扎着一条黑色头巾，本想遮住额上那道伤疤，却让它变得格外醒目，好像是多长了一只眼。下面是两道浓眉，眼窝有些内陷，眼珠却透出成人少有的干净，而且能看出，眼中有些期待。

符震岳似乎接收到了陈光里目光里的东西，叫手下拿来了凳子。陈光里坐下后，说："符兄，早闻大名，当年，你也是被逼上梁山啊！要不是地主老财杀害你父母，你也不会起来反抗，要不是他们要赶尽杀绝，你们也不会到这里，我们的队伍也是反对这些欺压百姓的财主，你我应该算是一家人，你可以去打听打听。要是我们来到岛上，还可以联手战斗。"

符震岳没想到陈光里知道他的底细，但这一番话，倒是让他想起当年，他不自觉地摸了摸额上的伤疤。隐藏在他内心的痛楚，不是陈光里三言两语就说得清的。他记得，那年大旱，庄稼只是稀稀拉拉挂着几粒谷子，几近绝收，他家未能按时给地主交租，地主便带着几个如狼似虎的家丁闯入家中，父亲端出一筐半干半瘪的粮食，还没来得及辩解就遭毒打，谷子洒满一地。他刚冲上去，就被人往额上抽了一鞭，顿时感到火辣的痛，用手一抹，满手是血，年少气盛的他要和他们拼命，母亲赶紧死死抱住了他。父亲被他们打得全身是伤，由于无钱医治，不久后父亲去世，母亲因无人求救而跳入海中。父母死时，他只有十二岁，他被地主抓去打工抵债，他想反抗，但是自己力量单薄，便强忍住一切为地主打了八年工，终于有一天，他拉起了十多人的队伍，奋起反抗，逃出地主家，本以为别人不敢再欺负他，可是，却遭到了更大的追杀，没有地方可躲，才来到这岛上。

"你们也是被人逼得没地方跑了，才想到来这里吧！"

"不！我们只是暂时来这里休整，我们不想占山为王，我们是想让天下穷人都能吃上饭。"

"捡根灯草，说得轻巧。"陈中发一直没说话，突然冒出一句。

符震岳抬手，陈中发马上停止。

"还有这样的事？"符震岳倒想听下去。

陈光里滔滔不绝地说了十多分钟，说得几个人眼里有了光。最后，他说："我们海边人常说，庄稼人看天，打鱼人看潮，社会发展就是这样，我们就是顺潮行事。"

符震岳盯着陈光里看了几分钟，说："我可以让你们上岛，但有一句话必须说在前面，你干你的革命，我捞我的世界，我们互不干扰！"

余船生没想到会是这么好的结果，想到来的时候，自己在船上做的小动作，或许起了作用，便暗自有些欢喜。在回来的船上，他说："大队长，你太威水了，一下就把符震岳降伏了。"

"这还只是开始。"陈光里目光仍望向斜阳岛。

斜阳岛在余晖的照耀下，似一朵盛开的莲花，中部凹陷，四周凸出，在万丈光焰映照下，熠熠生辉。"如果有一天，我们能把斜阳岛建成一个世外桃源，那该多好啊！"

余船生见陈光里沉浸在自己的遐想中，自己这个秘密也就不说了，他用手摸摸船头上的两枚铜钱，那是船之眼，祖父和他说过，作用可大了。

陈光里、余船生平静地离开了斜阳岛，斜阳岛上却不平静起来。

龙金贵与符震岳开始发生争执。

龙金贵说："大哥，你看出来没有，这姓陈的可没那么简单。"

"他能吃了我们？"符振岳瞪他一眼。

"我就是担心这个，要不，安排弟兄们准备准备？"

"大丈夫岂能言而不信，出尔反尔。"

"大哥，我是为你着想，我可是为大哥不要脑袋的人啊！"

"我已经说过，井水不犯河水。"

"我们不知道他们的底细，他们倒是了解我们的家底。这不行，老子也出去问问。"

符震岳以为龙金贵说说而已，没想到晚上吃饭时不见他，问陈中发，陈中发说龙金贵与一个手下划船离岛了。

九月十六日晚上，海上生出的月光像一个大的玉盘，映在海面上，趁着这月光，一百多人的农军队伍登上斜阳岛。

橙

（1927年9月）

那天晚上，余船生睡得很好，可以算是秒睡。也许是在船上的颠簸产生的疲劳，也许是上岛的安静让人安宁，尽管当晚住在那临时搭建的简易棚里，但他睡得很熟，竟然梦见自己骑着铁锚飞翔在海天之际，他双手抓住铁爪，锚环后挂着几节铁链，铁链在疾飞中绷得笔直。

铁锚的力量是人永远也无法达到的，像是船的一只无形的手，它能飞跃到船不能靠近的地方。当渔夫用力把它抛向岸边，它便以自己全部之力稳住整条船。铁锚把岸上的泥沙抓得紧紧的，它的红色锈迹渗入泥沙，那是它的血和泪。余船生骑着铁锚，看着船儿越来越小，最后变成一个黑点，自己向着月亮中飞去。突然一束光照来，吓得他双手撒开了铁锚，从空中跌落下来。

他睁开眼，一束阳光洒在他脸上。

昨晚上岸时，是余船生将铁锚抛向了斜阳岛，铁锚紧紧地扣在泥土中，他的心才安稳下来，难怪这场景会在梦中出现。

余船生出了帐篷，伸了个长长的懒腰，这样伸懒腰好像是很久以前的事了。

刚加入农军的余船生，晚上总是睡不好觉。疍家人长期生活在船上，都是在摇摇晃晃中睡觉，到了陆地上睡在床上倒是不太适应。等他稍微适应了，每天却是紧张忙碌，陈光里还专门提醒他，要时刻提防会有敌人来袭。这么一说，余船生总想着身后能长双眼睛，再多生一双腿就好了，一旦发现动静，就跑得飞快，因此总处在半睡半醒之间，更别说有时间去伸懒腰了。

当余船生伸第二个懒腰时，陈光里叫住了他："船生，我们去村里走走。"

九月的小岛上，天气正好，不冷不热。一缕缕阳光洒在一株株相思树、马尾松、小叶榕、仙人掌上，好像在催促着它们不断向上生长，展示自己生命的顽强。

余船生扫视一下，只见岛上也就一二十座房子，零零散散洒落在四周，不仅相当的简陋，而且还杂乱无章。

他们的帐篷后面就是妈祖庙。余船生知道，有渔民的地方就有妈祖庙。昨晚上岛时，陈光里就下令不得惊扰岛上居民，符震岳部虽然有人在一旁观察，但是没有过来打招呼，只是远远地监视他们的动静。大家上来后，就选在这庙边安置下来，也就是这一片比较平坦。

余船生见庙两边有一楹联，问陈光里写的是什么，陈光里便念出来："神庙朝朝朝朝朝应，海水长长长长长流。"念完后，连说："好联！好联！"

他俩便向最近的屋子走去，余船生发现，那砌房子的砖与平常见的不一样，是用火山灰和珊瑚碎片揉合而成的，还有的是用直接凿好的珊瑚石。屋子旁边，几根木棍支起一张破网，网上晒着一些小鱼小虾，散发出难闻的腥味，这腥味，却是余船生从小就闻惯了的熟悉味道，那时，他日夜相伴的船上都是这个味，要是没有这个味，还真是打不到鱼，那也就没法生活了。

门口站着一个六七岁的小孩子，光着上身，黑不溜秋的，他是看着他们远远地走过来的，因此并不害怕，余船生问他姓什么，说姓纪，问他叫什么名字，他说叫小梭鱼。余船生笑了，仿佛看见一条生性活泼、善于跳跃、经常溯水而上的小梭鱼。小梭鱼把他们带进家中，主人是个四十来岁的男子，见到他们倒很是吃惊，一夜之间来了这么多人，想来也是和姓符的想的是一样的，有些担心二虎相争，殃及百姓。

"老乡，我们是穷人的队伍，是为老百姓打天下的。"余船生说。

那人听了，脸上没有多少表情。

"我姓陈，叫陈光里。"陈光里用当地话介绍自己，那人才说自己叫纪和良，家中三口人，他、孩子和孩子奶奶，当年他老婆难产，在这岛上，也没个大夫，只能眼睁睁地看着老婆死去。

"又来这么多人，这岛上也没那么多吃的啊！"

"我们一起做吧！大家都有一双手，这岛上除了你们姓纪，还有哪几家？"

"还有杨家、唐家，是从民乐和海康搬来的，都是贫苦人，条件好的话，也不会躲到这岛上了。"

余船生却想到一个问题："那帮海盗欺负你们吗？"

"那倒没有，他们还经常拿些东西给我们，有一次，他们不知从哪里搞了一头猪，还分给我们一半。"

对于这个回答，余船生听后有些不信，但陈光里却暗暗在点头。

"但是不允许我们进入他们的领地，哪怕是头牛也不行，也不知道他们怕什么。"

他们出门时，纪和良却出门送了送，小梭鱼也跟了出来。当小梭鱼好奇地要跟着余船生走时，他又把小梭鱼叫回去了。

陈光里还想再走访几户，却被符震岳手下叫住，说符司令有请。陈光里准备晚些时候去拜会，既然这样，就先去，走到妈祖庙前，陈光里停下，让余船生去叫上副队长经飞。

远远地，余船生看到经飞正在和战士们商议在岛上开荒种地的事，大家说，种些玉米、红薯就有吃啦。可是现在已是九月，也只能种些萝卜、冬瓜、白菜之类的菜了，有人还拿出了带来的种子。又有人提议养鸡、养鸭、养猪，但还得去买种苗，最实在的还是去捕鱼，好多战士以前就是渔民，做这一行现成。

余船生过来，对经飞说明来意，经飞反身对大家说："你们先分分工，找找地，回头我再来安排。"

来到符震岳处，还是上次那地方，但符震岳背身而站。

"承蒙符兄相助，我和经飞前来感谢！"陈光里说。

半天没有回音，陈光里纳闷，那天谈得好好的，莫不是要反悔？

"来人，给我拿下！"符震岳一声令下，几个五大三粗的汉子拿着枪进来。

陈光里没想到符震岳会来这一手，把他们骗上岛，再动手。经飞、余船生伸手掏枪，他忙示意停止。

"符兄，你这样不够意思了吧？"

符震岳反过身来，说："是我不够意思还是你们不够意思？我同情你们，好心好意让你们上岛躲避一时，可你们把龙金贵怎么了？"

"龙金贵怎么啦？"

"他出岛打听你们的情况，都两天了，没回，你们倒上来了，是不是那天他当面反对你们上岛，你们把他给灭了？"

"我们明人不做暗事，你可以派人去打听打听。这样行不行，我们也安排人去找找，要是我们做了什么手脚，我们立马离开这里。"经飞说。见符震岳仍在思忖，便看了陈光里一眼，接着说："那你们把我扣下，如果查出是我们干的，我愿以命偿命。"说完，竟在椅子上坐了下来。

符震岳像上次一样，盯着他们三人看了很久，才说："那就这样，你留下，我暂且再信你们一回。"

就在陈光里、余船生迈脚出门时，有人从他们身边匆匆跑过。余船生反身去看，只见那人跑到符震岳身边，附着耳朵说了什么。

"陈队长，别走！"符震岳追出门外，拉着陈光里说，"误会啦！误会啦！快去，给我把龙金贵叫过来！"

龙金贵一进来，脸是青色的，两天不见，整个人像被人扒了一层皮。原来，这两天，龙金贵跑到涠洲岛，进了赌场，连赌两天，把带去的钱输光了，差点还和人火拼，见对方人多，他才不敢硬拼，真要是出了事，被人丢进海里，陈光里他们就算有再多的嘴也说不清了。

"我佩服两位兄弟，做事不含糊，今天我请客，你们去羊咩洞，给我取猪肉和酒来，再搞几条鱼，晚上我们兄弟们喝几杯。"

此时，陈光里这才向符震岳介绍副队长经飞，符震岳再次说："你们的人真不错，有血性，佩服、佩服。"

当晚的饭桌上，符震岳十分的豪爽，陈光里、经飞不得不放开了和他喝。席间，符震岳不断地向他们打听外面世界的事，也不断地打听他们干的事。

特别是听到阶级、剥削这些新鲜词时，他竟好奇地打破沙锅要问到底，经飞的解释让他不住地点头。

经飞说："阶级好比是上岛的台阶，我们一级一级地往上走，一些人站在高一点儿的台阶上，他们看上去就会高一些，如果站在矮一点的台阶上，看上去就会矮一些。不过，我们讲的阶级，不是石头台阶，而是社会阶级地位。有些占有生产资料的团体比较强大，能够压迫其他团体，就叫统治阶级，没有生产资料的团体就是被统治阶级。"

"什么是剥削呢？农民要种地必须租地主的地，地主就要农民把自己的粮食交出很大一部分，地主自己不劳动，仗着自己有地，就占有了农民的粮食，这就是剥削。符司令，当年，你给人打了八年工，就被人剥削了八年。"

听了经飞这些话，符震岳用力地拍了拍额头，叫人倒上一碗酒，站起来，自己一口干了，再叫人把两个碗倒满酒，说要和经飞结拜兄弟。

余船生回到营地，本以为喝了点酒会更快入睡，可是脑中不断涌现往事。

他想起了黄广源，黄广源是农军的总指挥，他带着部分农军在海城与敌人战斗。他想起了黄广源的妈妈黄凌氏。大家都亲切地叫黄凌氏——"黄妈妈"，平时的黄妈妈对每个战士都像对待儿子一样，关心大家的冷暖温饱，是个慈祥和蔼的母亲，战斗时，她却拿着双枪冲在了最前面，是一个英姿飒爽的将领。

那几天，余船生听黄广源、陈光里愤慨地抨击蒋介石在上海发动了四一二反革命政变时，很是震惊，但他还是有些想不通，大家合作共事得好好的，怎么会相互残杀。可是让他更想不到的是，三天后，余船生听说国民党反动派也在省城进行了"四一五"大屠杀，这时，他才感觉到这种场面会很快降临海城。

外面的空气中充满血腥味，但仍未阻挡大家的革命激情。

黄广源说："这次国民党反革命实行大屠杀，让我们进一步看清了国民党反动派的真面目，我们要丢掉幻想，奋起反抗。我们要成立海城农民革命委员会。"

那天，黄广源、陈光里等人正在海山村研究武装斗争问题，让余船生在屋子外面放哨。余船生看到有人向这边跑来，以为出了情况，正想进去报告，仔细一看是自己人，便拦住问，那人说第六区署区长潘林雄带领警兵到新圩仔缴了他们几个农军的枪。

原来，潘林雄带领警兵七人到新圩仔强行派捐抽税，商贩不服，便和他们争执起来，三个农军战士正好路过，听到争吵声便前去交涉，谁知潘林雄不仅不理会，还以查枪证为由，缴去他们的枪。其中一人回去报信，可潘林雄说："你们去叫吧，来一个抓一个。"

新圩仔离海山村不到两里地，黄广源派经飞带余船生和一小队农军前往新圩仔与潘林雄交涉，当经飞十多人来到时，潘林雄不但不交还枪支，反而对农军进行恐吓："上头有令，你们马上解散，如不解散，上报，抓去坐牢。"

"我也命令你，先把枪还给我们，不然，就先抓了你。"

潘林雄拍了拍手上的枪："那要看它答不答应。"

经飞可不信他那一套，一挥手，大家一拥而上，缴去潘林雄和警兵的武器，把他们押回海山村。

就在当天晚上九点多，有人从乐民圩带来消息，说敌人从海城、海康两县组织地方反动武装和驻防军两个连一千多人，准备围攻海山村，他们自恃兵多武器好，叫嚣着明天打到海山村吃早饭。

当听说敌人有一千多人时，有人说："敌人人多、武器好，力量太大，我们一个抵几个，这仗恐怕不好打，还是撤退吧！"

经飞马上站了起来进行反驳："不能撤，我们的队伍虽少，也没有作战经验，但我们占据优势地形，海山村三面临海，易守难攻，敌人再多，也能把他们打败。我们打鱼讲究抢风头，赶风尾，没风没浪看溜水，这次就是要打打敌人的风头。"

陈光里马上布置起来：集中所有劳力，加修护村围墙，构筑防御工事，立即疏散安置好村中老弱妇孺，派人通知乐民、余村、田西等乡村部分农军武装来海山村集中，把三百多名农军分成六个战斗编队。

余船生发觉，陈光里此时就像一个船老大。每当飓风来时，船老大毫不惊慌，不会躲避，而是立即振奋起来。他会立马走向船头，哪怕大风把他的衣服掀开，他也会从腰里拿出绳子把衣角捆结实，他会抬头望着风来的方向，有条不紊地指挥水手们各就各位。

指挥机构马上成立了，黄广源负责全面指挥，陈光里、经飞负责具体布置火力，在村中的东、西、南三个出入关口设置前沿指挥点，三百多名农军战士严阵以待，把守着各个阵地，准备狠狠抗击进犯之敌。

果然，第二天清早，一千多敌人开进乐民圩，并兵分两路进犯海山村。

敌人从村南发动进攻，来势汹汹，端着枪乱放，当农军的枪响起时。他们又个个往回跑，好久没有动静。

余船生跟着经飞扼守村南关口，他第一次面临大战，心里多少有些紧张，倒是双方枪响之后，害怕减少了许多。

余船生见敌人退后不攻，便心生一计，点燃一撮火药，故意制造失枪假象，并大声惊叫："抬枪点火不响啦！"敌人听他这么一喊，又见围墙内有一股浓烟骤起，以为反扑时机已到，于是一哄而上，再次向村南关口发起进攻。

等到敌人近前，余船生当即抬枪向敌人射击，当场击倒五六个敌人。其余敌兵见状，慌忙弃尸后退。

战斗打到中午时分，没吃早饭的敌人饿得发了疯，一名敌兵爬到村北面的番薯地去挖生番薯充饥，被农军战士发现开枪将其击毙。

余船生想起以前打鱼碰到的飓风，敌人就像飓风一样，贴着水面来，气势汹汹地好像要扫平水面的异物，那巨浪过来，一半拍打着船身，一半冲进了船里。但水手们会全力稳住，很快，大风会无计可施，仓促而逃。

没想到敌人会连续围攻两天两夜。

黄广源把几个队长叫来，说："敌我力量过于悬殊，我们目前没有外援，再说，敌人攻打海山半岛，村里会受到重大损失，虽然我们一次又一次地粉碎敌人的进攻，但毕竟我们实力不够，不能作无畏的牺牲，我们还是作撤退的准备。"

就在大家准备撤退时，见有人从外面摇一小旗过来。

原来，海城县县长林应礼无计可施，只好请海康乌石盐务区署区长黄兆昌来，利用黄氏宗族关系到海山村进行调解。

论辈分，黄兆昌是黄广源的叔叔。

黄兆昌一进村，就拉着黄广源说："你可是给黄家惹大祸了！"

黄广源说："那也是他们先惹出事来的啊！"

"好了，现在让我来调解，你们把潘林雄放了，他们就撤。"

黄兆昌把黄广源拉到一边，小声说："林应礼已经电请驻梅茂的国民党三十一团团长余汉谋派重炮增援，大家还是见风使舵，顺水推舟，接受调解吧！"

在达成协议之后，当晚，农军释放了潘林雄，敌军撤退。

绿

（1928年—1929年）

余船生在海蚀平台找到经飞时，经飞正向海远眺。

斜阳岛南面海边的海蚀平台十分舒展开阔，黑褐色的海蚀台平平坦坦地伸向海的深处，好多地方密布着大小相近的海蚀小氹，好像人工制作的一样，让人不可思议。

余船生跳过一个个凹坑往前走，因为是刚退潮，平台凹坑里的坑壁上附着五颜六色、形态各异的活体珊瑚、小螺、小蟹，一些小鱼小虾也在往来穿梭，别看是些小虾小蟹，做成酱也是很好吃的，如果不是急着叫经飞回去议事，他会蹲下捉一些回去。

经飞，身材不高，略带点胖，浓眉方脸，或许因为从黄埔军校出来，看上去总有些威严，他遇事果敢，性刚而勇，余船生觉得他最有军人风范。

经飞出生在乐民圩的一个富裕家庭，因为家庭条件优越，经飞读的是县立小学，和陈光里是同学，小学毕业后，父母把他送到广州去念中学。当时的广州是南方的革命中心，经飞在这里又碰上了陈光里，两人受到进步思想的影响，开阔了眼界，特别是五四运动爆发后，马列主义思想在中国广泛传播，他们接受了马列主义思想的洗礼，决心为推翻罪恶的旧社会而斗争。

余船生听人说，1924年，22岁的经飞就进入孙中山创办的黄埔军校学习，家中出了军官，家里人得知后十分高兴，还专门请了亲戚摆了几桌。可是，没过多久，家中得知消息，他被捕入狱了。因为在学习期间，他参加秘密的革命活动，被人告密，后来越狱逃回到海城。1925年，经飞加入中国共产党。

上斜阳岛这一年，经飞二十五岁。

余船生猜测，经飞凝望大海，一定是在想如何从这岛上再打回海城去。

其实，余船生不知道，经飞坐在这海边，默默承受着一个巨大的痛苦，他只想听听海浪拍打岩石的声音，减轻内心的痛苦。

原来，他们上岛后不到半个月，由于水妥村流氓分子陈文应告密，潘林雄率兵突然袭击黄广源起义农军，农军仓促应战，黄广源在突围中壮烈牺牲，敌人残忍地砍下他的头颅，挂到城头上，用以示儆。黄凌氏和部分农军脱险撤到东海调那村秘密建立农会。不多久，黄凌氏和农军也突然遭到法帝殖民军的包围袭击，全部被捕。黄凌氏被押回海城，被杀害于海城傍陀岭。

只有陈光里、经飞两人知悉这噩耗，他俩强忍悲伤，决定暂时不将这消息说出来。

他们担心有些战士会产生悲观思想，会寻找理由离开部队，同时又担心战士们报仇心切，要求打回去。

现在是敌人势力正强的时候，本来农军在岛上还未立稳脚跟，这样一走，符震岳要是一变卦，下一步还能否回来就难说了。因此，两人商议，暂时隐瞒，在一个合适的时间，再告诉大家。

自从农军来了后，斜阳岛开始热闹起来。陈光里和战士们在岛上开垦了八十多亩荒地，种上了庄稼。女战士和家属在岛上养了猪、牛和山羊，她们还有了新的发明——采摘仙人掌上紫红色的仙人果和玉米糠、薯苗、鸡冠草煮熟捏成菜团，那五色的菜团成了战士们的主食。

为了改善生活，战士们常和渔民一起出海，捕了鱼就分着吃。

尽管大家努力生产，但斜阳岛人多地少，粮食收成有限，日子过得还相当苦，穿的还是上岛时带来的两套破旧的粗布衣服，衣不蔽体、食不果腹。每天早上，农军都会出操，那整齐划一的动作引来很多岛民来观看，甚至还引起了海盗们的兴趣。晚上，战士们又集中起来，在昏暗的灯下学文化，陈光里、经飞给大家讲俄国十月革命和列宁的故事，讲地主军阀、外国人压迫我们穷兄弟，穷兄弟要团结起来革命的道理，还教起了简单易记的《工农兵三字经》，这三字经念起来朗朗上口，余船生认不得几个字，也不用几天就背得了：

天地间，人最灵；

创造者，工农兵。

男和女，都是人；

一不平，大家鸣。

入共党，组红军，

打土豪，除劣绅，

毙军阀，莫容情，

阶级敌，一扫清。

就是这些举动，引来了符震岳关注。

每次他都坐在后面角落，不想让人知道的样子，但他听得津津有味，散会后，他从黑暗的角落里走出来，拉着陈光里的手，说要再聊一聊。

陈光里耐心地跟符震岳讲一些共产主义美好的东西，他想让符震岳明白贫苦民众只有团结起来，跟着共产党干革命，推翻反动政府的反动统治，才有出路。符震岳听了有时点头，有时摇头，有时急了没话说，就蹦出那句话："你搞你的革命，我捞我的世界，互不干扰。"

陈光里反问他："你想捞世界，过好日子，是吧！但国民党反动派、官僚劣绅能让你如愿吗？你们一家辛苦劳作，非但没能过上好日子，反被逼得家破人亡。我们农军兄弟大多也像你一样，打鱼种地，最大的希望，就是能过上好日子。但反动军警、地主恶霸答应吗？他们烧我们的房子，杀我们的亲人，我们也是被迫拿起武器反抗啊！"

"海里的大鲸鱼，看得到，可抓不到啊！就像你说的那个共产主义，要哪一天才看得到啊？"

"我们也许看不到那美好的明天，但是我相信，只要我们团结一心，跟着共产党走，与国民党反动派抗争到底，我们的子孙后代一定能翻身解放，过上共产主义的美好生活。我们就算流血牺牲，也是值得的！"

就在双方关系有所改善时，农军和符震岳部又差点交起火。

那次，纪和良家的牛到了符的领地，偷吃了他们的红薯，龙金贵下令把牛扣下了。纪和良去求龙金贵，可怎么说都没用，他急坏了，拿走他的牛就是要了他的命，想到余船生到过他家，便找到余船生。余船生找到龙金贵，让他把牛还给纪和良，龙金贵不仅不归还，还说："你多管闲事，这牛吃了我们的东西，我准备杀了，给兄弟们改善伙食。"说完，掏出枪来，对准了牛，余船生也把枪拿出来，对准龙金贵，双方僵持不下。

此时，经飞找到符震岳，劝他要约束部下，不要干侵害百姓利益的事。符震岳有些不高兴，说："我们按我们的规矩办，与你们无干。"这时，他老婆梁四妹出来，拉了拉他衣袖，轻轻说："都是穷人。"符震岳才挥了挥手，让龙金贵把牛还给纪和良。

余船生来海边叫经飞回来，是准备在斜阳岛上举行一个农兵联欢大会。

会场就在妈祖庙前的空坪上，没有设主席台，大家就围坐在四周。岛上的村民几乎都来了，符震岳也带着那帮兄弟坐在一边，三百多人聚集在一起，怕是岛上第一次有这场面。

陈光里站起来，走到中间，说："今天这个会，我们就叫农兵联欢会，农兵处在一个什么地位，同在一个什么阶级呢？农民是尽力耕田，把粮食供给大家，是处在一个极有功劳的地位。兵士是牺牲自己，用生命捍卫老百姓，也是一个最有功劳的地位。"下面掌声不断。

"我们农民、士兵们都同在一个极有功劳的地位，也同处在一个被贱视、被压迫的阶级，境遇非常痛苦，家徒四壁，衣食不足，我们生命实在不知死于何时何地。今天大家既同在一个地方，就应该联合起来，从今日起，农民们、兵士们，让我们紧密联合团结起来，进行革命，共同解除自己阶级痛苦。"

这番话一说完，下面掌声雷动。余船生见符震岳突然站起，以为他又要搞什么名堂，便有些紧张，也跟着站了起来。

符震岳向全场扫视一遍，说："陈队长，我要和我的弟兄们加入农军。"场上突然静了下来，之后掌声更加热烈。

陈光里当场宣布，符震岳部编为农军的第一营，符震岳任营长。

过了一会，经飞站到了中间，他往四周环视了好久，才慢慢说出黄广源、黄凌氏英勇就义的消息，说："你们知道吗？黄广源死后，眼睛睁得大大的，他心有不甘啊！"全场战士立即站了起来，高声呐喊："杀回海城去，为死难的亲人报仇！"

此时，余船生才知，乐民起义农军撤去斜阳岛后，潘林雄部更肆无忌惮大举清剿，遍地腥风血雨，不少农会骨干和群众被逮捕杀害，财物被洗劫，房屋被烧毁。经飞的家也被洗劫一空，父母得信早，躲到他姐姐家里去了。余船生后悔当初没有杀掉潘林雄这狗东西，他暗暗发誓，一定要除掉潘林雄。

本以为陈光里会趁机带领大家打回海城，可陈光里却说："我们要把目光放远一些，我们不是害怕敌人，要寻找最好的时机出击！"

之后余船生和战友们每天打鱼、晒网，种地、锄草，似乎又成了渔民，如果不是每天出操，他快忘记自己是个战士。

那天，他们进行围网捕捞，把围网的一端固定的一条船上，余船生和几个战士拉着围网的另一端，开着船转了一个圆圈，等他们开回出发点时，好多的鱼虾就在网中了，他们把围网慢慢收拢，此时，水好像烧开了一样，顿时沸腾起来，鱼虾发现上了当，便拼了命地往外窜，可一触到网边，又被弹了回来。只有几只异常生猛的大鱼飞跃起来，冲出了网圈。

那天收获特别多有龙虾、花虾、弹虾、皮皮虾，也有石斑鱼、鱿鱼、鲳鱼、墨鱼、八爪鱼，还有花蟹、青蟹、香螺、蛏子螺、花甲螺等。

回来时，碰到龙金贵，龙金贵却扭头不看他，说能打鱼算什么本事，随便出去做一单，也不只这点。

龙金贵加入农军后，成了一营一连连长，连续几个月没得出海，整天嚷嚷着要打出去，说没想到农军的人这么胆小。有一天，他偷偷带了几个人跑到涠洲岛，打劫了一家土豪，运回了一些物资，本以为会得到奖赏，没想到，因严重违犯纪律，被关了三天禁闭。

终于等来了报仇的机会。

就在第二年春的一个夜里，陈光里、经飞带领斜阳岛农军一百多人乘两张帆船，从涠洲岛出发，在介炮区的斗伦登陆，海城的武装队伍前来接应，当晚开至安铺。

原定下半夜两点出发，进攻海城。龙金贵心急，便自作主张，率领驳壳队十二人，提前于午夜偷偷起程，到达海城，把铁锚抛向西门城墙爬入城中，分东西南北四向一齐开火。敌人从梦中惊醒，乱作一团，纷纷狼狈逃窜。后来敌人发现来人不多，又组织兵力反攻，龙金贵有些顶不住了。还好，陈光里、经飞率领队伍赶到，消灭了一批敌军，攻占了县城，俘虏了部分来不及逃跑的敌人，缴获了一批枪弹及其他物资，海城县县长林应礼带着残兵向赤坎方向溃退。

经飞带余船生打开了海城监牢，解救了被关押的人，其中大部分是农会骨干和革命群众。之后他们在街上张贴宣传标语和安民告示，安民告示写着：

> 照得蒋贼介石，卖国反党殃民，
>
> 勾结帝国主义，一意媚外求荣，
>
> 本军奉命讨伐，是为顺应民情。
>
> 倘有军士不法，准到本部指明，
>
> 一经查实有据，立即按法究算，
>
> ⋯⋯⋯⋯
>
> 不准捏诬控告，反坐刑律非轻，
>
> 特此告示群众，务宜切守依遵。

第二天早上，周围二三十里的群众拿着鸡、鸭、猪肉等纷纷来慰问农军，庆祝胜利，并控诉敌人的血腥罪行，请求农军为他们报仇。农军打开粮仓，将粮食及缴获的物资分发给群众。

这些场面，让符震岳感受到农军真正是受老百姓欢迎的队伍，更坚定了自己的选择。

农军当众枪决了一些罪大恶极的刽子手，公祭黄广源、黄凌氏等革命烈士。

林应礼率残部逃跑被农军跟踪追击，被打得七零八落，退到麻章圩，龟缩在当铺里，与该区反动民团一起负隅顽抗。龙金贵求胜心切，带了一班人追了过去。接连几次进攻，那当铺十分坚固，到第二日凌晨还攻打不下，大家正想在地下挖洞，突然接到情报，敌人援军从廉江开来。陈光里提出主动撤回海城，因考虑海城也难以据守，接着又撤到安铺。

本以为到了安铺会相对安全些，队伍想休整一下。谁知，反动头子戴朝恩却尾随而来，戴朝恩诨名叫"铁胆"，号称打起仗来不要命。双方在安铺的后坡接火，激战了两小时左右。农军战士奋勇冲杀，终于把敌军击退，陈中发等几人在这次战斗中负伤。此时得知，前方被敌兵堵塞，后面又遭敌兵尾随追击，腹背受敌大家不敢恋战，立即撤回斜阳岛。

余船生觉得这次攻打海城非常解恨，大家都沉浸在胜利的喜悦中，说找机会再去打。

有人带来了一个不好消息：一个叫陈可章的带了一批武器，回到家乡海城，以经商为业，常住安铺。据了解，陈可章原是陈炯明部下的一个团长，国民革命军东征南讨胜利后，他不满国民党政权，暗中组织了一批武装队伍，在海城占地为王。

这还不是大家所担忧的，大家担心的是林应礼会不会去拉拢陈可章，陈可章那批武器比较先进，而他会军事，又身经百战，到时一起攻打斜阳岛，农军会有些吃不消。

龙金贵又主动请缨，他说带几个人去把陈可章除掉。陈光里不同意，他决定自己出马。陈光里化装成商人回介炮、安铺等地活动，很快，陈光里成了陈可章家雅座上的常客，在这里，陈光里谈笑风生，不知他和陈可章说了什么，不久，陈可章就被农军争取过来。陈可章多次秘密地给农军买粮食、枪支弹药和毛毡等物资，用船偷运到斜阳岛。通过陈可章，农军又争取了涠洲岛的周作杵，农军和他取得联系后，在经济上得到一定的支持。

相对于斜阳岛，涠洲岛可就大多了，它有二十个斜阳岛那么大。余船生听陈光里说，涠洲岛自古以来就是文人墨客青睐的地方，明代大戏剧家汤显祖就到过涠洲岛，还专门写了一首诗：

> 日射涠洲郭，
> 风斜别岛洋。
> 交池悬宝藏，
> 长夜发珠光。

涠洲岛与斜阳岛相距只有九海里，余船生说，他闭着眼睛也可以游过去。这绝不是吹牛，余船生从小就泡在海水中，这对他来说是家常便饭。

自从与涠洲岛建立了联系，大家的消息比以前灵通多了。

八月的一天，有人送来情报：国民党反动派从安铺、海城等地集结兵力近千人，向乐民圩方向开来，企图又一次侵犯斜阳岛。

陈光里召集大家开会商议，决定主动出击。

经飞、龙金贵等率领农军潜回陆地，兵分三路在桂坡伏击，待敌人过了半数，中路突然袭击，把敌人分成两截，前后两路一齐歼击，打得敌人晕头转向，乱成一窝蜂，死伤无数，仅龙金贵就生擒了敌兵三人，缴了七条枪。黄昏后，农军主动撤出，将俘虏押回乐民圩发路费遣送回家，敌人追来包围乐民圩，农军坚持战斗到午夜，掩护着全城群众从西北角撤退后，又回到斜阳岛。

之后，斜阳农军两次袭击了海山、乐民等地的反动武装，烧毁了反动豪绅潘林雄、林应礼的房屋，缴获了一批枪支弹药和其他物资，伤毙敌军多人，林应礼吓得把全家搬到法国租界广州湾西营定居去了。

这几次战斗，陈可章发挥很大作用，他和他的部队，穿着国民党服装，大摇大摆地进城，然后进行袭击。

陈光里极力争取陈可章继续与农军合作，一同撤离陆地，去到斜阳岛，但陈可章缺乏信心，不愿过艰苦的斗争生活，不久，他把队伍解散，自己逃往香港，路经广州时，被敌人缉捕杀害。

黄

（1930年）

攻打海城后，给敌人以沉重的打击，大大鼓舞了群众的斗志，不少群众参加了农军队伍，队伍扩大到了六百多人，而且还缴获了一批武器，增强了战斗力。余船生也当上了排长。

余船生和大家的心情一样高涨，他认为现在就是涨潮的时候。关于涨潮，小时候，余船生听母亲说是海滩上跑来跑去的小螃蟹造成的，那么多螃蟹的尖爪搅动，使得潮水不断涨落。当他把这个说法讲给陈光里听时，陈光里笑了。陈光里告诉他是月亮的引力产生了潮汐，农历每月的十五和十六，太阳和月亮在地球的两侧，它们你推我拉就引起了大潮，当农历每月的初八和二十三时，太阳引潮力和月亮引潮力抵消了很多，所以就发生小潮。余船生听不太明白，还觉得螃蟹在海滩扎出那么多的小孔，涌上来的海水却无情地将它覆盖，螃蟹肯定会生气，一生气，便会搅动潮水。

就在余船生情绪高涨时，他却发现陈光里的脸上不仅没有多少喜悦，有时还显露出一些忧愁。

那天，陈光里带余船生沿岛的四周进行了巡逻，说是巡逻，还不如说带他去看火山口。

陈光里似乎对火山有着浓厚的兴趣。他老早就知道，涠洲岛、斜阳岛是第四纪海底火山喷发沉积，再经构造运动上升而露出海面的火山岛。那陡峭耸立、高达数十米的崖壁，尤其是层次清楚的沉积岩中镶嵌的黑色岩块，让陈光里感觉到一种变化如乐谱般的韵律感。

当年，陈光里考入了广东省立第一甲种工业学校，曾立志工业救国，他很努力地学习冶炼，想以后发展钢铁冶炼。他曾专注如何用一千五百多度的高温让矿石在烈焰中化成铁水，又让那一股股红红的铁水凝固成坚硬的钢铁，最后铸造成世上有用的器件。

很快，他发现，他想走工业救国的路，腿还没迈开，就被捆死了。

陈光里此时站在火山岩上，看着海水拍打这岩石，冲击那些红色、黑色、褐色的火山岩，他的目光似乎探索到亿万年前，仿佛看到那水与火搏击交融的旷世战争。

陈光里感觉，他带领的这支队伍就是那股谁也无法阻挡的洪流，他们将冲破并埋葬这个压在头顶的巨石，磅礴而出，向世人展示开天劈地的力量，尽管也有死亡。

余船生听到陈光里在吟诵：

我是宝剑，

> 我是火花，
>
> 我愿生如闪电之耀亮，
>
> 我愿死如彗星之迅忽。

余船生望着陈光里，此时，阳光洒过来，海岛成了金色，陈光里也成了金色，他的影子被拉得很长很长。

攻城拔寨的喜悦没过多久，一些不好的消息不断传来。

先是林应礼带人在沿海高筑炮台，设立检查站，严密封锁海岸，并加派汽艇在海面巡查。

接着，又听到他们在各村建立反动民团武装，许多无辜群众惨遭杀害，无数民房被烧毁，仅乐民圩和海山两地被杀害的就将近百人，反动民团武装还烧毁两地房屋一百多间。

后来还听到新设的农军联络站也遭到了严重破坏，介炮的张亚祖、河头的武其伦、涠洲岛的周作杵等都先后被逮捕杀害。

年底，又听说南路特委遭反动派破坏，黄平民等一批领导人被捕，农军与党组织中断了联系，处境十分困难。

四月，两名农军战士被派回陆地做联系工作，在江洪港面遭到敌人搜查，不幸被捕，壮烈牺牲。

"我们不能只守不攻，我们要反击，打打敌人的嚣张气焰。"

六月十五日，斜阳岛农军得到消息，林应礼带领队伍回海城了。

当晚，经飞率领六十多名农军秘密潜回陆地，攻占了乐民乡公所，击毙敌兵八人，俘十六人，把红旗插在炮楼上。经飞登台宣告："革命火焰是扑不灭的，我们要坚持斗争，革命到底。"

等林应礼带兵赶来时，农军早已撤回斜阳岛，让敌人扑了一个空。

林应礼、潘林雄气急败坏，勾结当地反动民团，强拉了几十艘民船，采用梯队强攻战术向斜阳岛进犯。

斜阳岛被攻的地方有四个：东埠、南埠、三条柴、灶门。东埠开阔些，是敌人的主攻方向。符震岳主动要求把守东埠这一主要阵地，三条柴、灶门、南埠这三个阵地，分别由经飞、龙金贵、余船生带人把守。

这次围攻前后经历了一个多月，斜阳岛固若金汤。

农军和岛上群众，联合奋战，坚守阵地，待敌近岸，枪弹、石头齐发，打得敌军头破血流，最后，潘林雄也被毙溺海中。

那天，是敌人离岛最近的一次，而且攻的是最难攻破的灶门。守护灶门的只有余船生他们十多个人。

潘林雄站在船头，先是向岛上开了几枪，见没有回应，便向船上的人喊："他们没子弹了，弟兄们，给我冲上去！"

潘林雄倒是不怕死，带着三十多人往上冲，而且他还冲在了最前面。

余船生之所以没有开枪，是因为他知道他们的子弹不多，射程远起不了作用。就在崖上等着敌人上岸。

就在潘林雄离灶门口十多米时，余船生一挥手，十多条枪同时开火，冲在前面的有五个人倒下，潘林雄竟然没被打中，余船生叫大家往下砸石头，石头往下一落，敌人抱头往回跑。余船生不想轻易放过潘林雄，就提了枪追了上去，在潘林雄刚爬上船时，对着他开了一枪，潘林雄身子一晃，倒入水中，不一会，他又动了起来，拼命向船游过去，那船却加速往涠洲岛方向驶去，此时一个浪打了过来将其冲倒，没见他再动了。

消灭了潘林雄，此后一段时间，斜阳岛不再受侵扰，似乎恢复了宁静。可是与陆地联系更加困难，形势日趋恶劣，就连岛上百姓的船，敌人只要发现出海也要扣留。

十一月二十七日，陈光里召集大家开会，到会的人个个脸色疑重。

陈光里说："这样下去，岛上没有生活来源，就是老鼠也会死光，我们不能坐以待毙。"

龙金贵站起来说："你给我十个人，我带他们去抢些东西来！"符震岳瞪了他一眼："你以为你还是海盗啊！"

看到符震岳打断龙金贵的话，经飞说："老符，你说说。"

"我看这样守在岛上也不是办法，我们必须和外面取得联系，听说海南那边也有一支和我们一样的队伍。"

"老符说得对。"陈光里说，"海南岛的黄学增，在那边建立了一支琼崖工农红军，我们往那边去，就可避开敌人的围剿，保存我们的力量。"

"让我前往联络。"符震岳说。

"不！还是我去。我和黄学增当年在广州农讲所认识，这样联络起来方便些。要知道，现在组织遭太多破坏，行事必须小心，就是熟人也要考虑，所以我去比较合适。"

"水上闯天下，全靠船老大。你不在不行啊。再说，你去太危险了。"符震岳说。

陈光里来到符震岳身边，拍着他的肩说："这里的工作就由经飞负责，老符，你来协助，做好歼敌保岛的准备工作。"

"大家要记住，要时刻保持坚定的信念和坚强的斗志，任何情况下都不能损害群众的利益，即使牺牲自己，也要设法保护群众，设法留下革命的火种，无论如何，要找到组织，报告斜阳岛的情况，为农军报仇。"陈光里深情地说。

余船生很认真地听着，他知道，陈光里独自出岛那是多么的危险，等待他的不知将会是什么。

他看见大家都不出声，看到经飞转过头去，用衣袖在脸上抹了一下。

陈光里要用纪和良的小船出海，下午，余船生和纪和良检查船时，特意带了瓶黑漆。那船头的两边各钉一枚铜钱，这些铜钱经过千人万人之手，早有了生命的灵性，钉在船头，就成了船之眼。余船生用黑漆在铜钱的外围仔细地描出了睫与眉，让人看了觉得船头上有一双眼睛顾盼生辉。余船生祖父向他说过，铜钱之眼可在危难时开眼视物，水中暗礁一览无余，船会自行躲避，无须人操纵，另外，船眼还会吓退海上兴风作浪的各种海怪，保护船不受沉覆之祸，种种妙用，都是船眼的神异之处。

余船生祈求陈光里能平安归来，他唯一能做的就是再描一描船眼，他还记得，第一次上岛时，他也偷偷做过，只是不敢和陈光里说。

当晚，天很黑，渔民很少会在这种环境中下海的。经飞、符震岳、余船生等几个人送陈光里来到海蚀平台，听到海浪发怒般地拍打着礁石。

余船生提出要和陈光里一起走，说："大队长，当年上岛是我俩一同来的，让我陪你一起走吧，路上也有个照应。"

陈光里说："船生，这几年你进步很大，你要争取加入组织。"停了一下，又拍了拍余船生，"这里的力量不够，更需要你，你得留下。"

陈光里上船后，船离开崖壁，见大家还不离开，反身回来说了一句："我会很快回来的，和大家一起战斗。"

余船生往回走时，跟经飞说："我的左眼怎么跳得厉害。"经飞竟然凶了他一句，别乱说。

得知陈光里牺牲消息那天，岛上台风大作，那艘外出回来的船很难靠岸。也许，纪和良特意选择这么危险的时机才能躲避敌人追过来。

原来，陈光里秘密离开斜阳岛返回乐民，他回了趟家，见了刚会叫爸爸的孩子一面，就匆忙经海康、徐闻前往海南岛寻找上级党组织。他不知道此时的黄学增早已被捕，当他在海口四处打听黄学增消息时，被人盯上，不幸被捕。在狱中，陈光里受尽了敌人的严刑拷打，始终坚贞不屈。敌人无计可施，在海口将年仅二十七岁的陈光里杀害。

那晚，斜阳岛上的树木狂怒地扭拧着，地上灌木扑倒在地，搭建的那些简易的小屋早被刮得不成样子，大家都躲进山洞中，只有那风声、雨声像是见了仇人似的相互对骂着。

余船生整晚没睡。

当风雨离开时，他跑到了海蚀平台，久久地望着海面，总希望有一艘船从远方过来。

青

（1931年）

斜阳岛上疯长的乔木有两种——相思树和合欢树。它们在同一季节开花，相思树是深绿色的长叶片，一朵朵绒绒的黄色小花被托举其间；合欢树开着的却是团团圆圆的白色小花，由众多嫩绿细小叶片组成的张张大叶簇拥在中央，岛上人称它们为"金相思"和"银合欢"。

相思树的嫩芽是一味很好的中药材，可以用来治疗跌打损伤。

余船生发现经飞也会发呆，而且是对着这相思树、合欢树发呆。

他不知道，经飞此时最牵挂的是钟秀贞。

1925年5月，经飞和钟秀贞相识于第四期农民运动讲习所。钟秀贞的齐耳短发、扑闪的眼睛，经常出现在他梦中。一个大家女子那么的刚毅是他所想不到的。

从农讲所毕业后，钟秀贞被任命为海城特委妇女部长。她和一群思想进步的妇女在海城不仅开展农民运动，还进行反天主教和破除封建迷信活动。把原来由教会办的海城"乐道明民"学校改为海城女子初级小学，自己担任校长，很快学校招收到了一百多名学生，有的女子还是丈夫送来读书。后来，海城县妇女解放协会成立，钟秀贞任主席。

经飞、钟秀贞两人没日没夜地工作，虽同处一城，见面机会不多，但心却连得很紧。

那天，钟秀贞突然来找经飞，她的双颊红扑扑的，经飞忍不住去抓她的手，她把手往后缩了一下，但很快又伸出来。经飞抓住那只手，自己心跳却加快了。

两人默默地坐了十多分钟。

"组织安排我去防城开展工作。"

"几个人去？"

"就我一人。"

"你一个女同志，只身前往，可要注意安全。"经飞还想再说点什么，却没话可说。倒是钟秀贞伸出了另一只手紧紧地握住了他的手。他们感受着对方的心跳，通过双手传递着力量。

刚开始，经飞还能听到关于钟秀贞的一些零碎的消息，说钟秀贞只身来到了防城县东兴镇，发展了几个党员，开展建党工作，领导防城的工农运动和妇女解放运动，还被选为妇女解放协会防城分会主席。不久，又组建了中共防城县党支部，钟秀贞任支部书记。

经飞他们登上斜阳岛时，北部湾更是笼罩在一片白色恐怖中，经常传来共产党人遭到屠杀，党的组织被破坏的消息。

经飞非常担心钟秀贞的安全，可是无法打听到她的情况。一次，他们打回海城，看到一张反动当局对她的"严行通缉"，就因看到这张"严行通缉"，倒让经飞放心一些，知道她还继续在东兴芒街一带坚持地下斗争。

陈光里牺牲后，经飞身上的担子重了好多。

他发现一些人开始有动摇的想法，便一个一个找来谈心。他说："你们看，一棵树，就是要经过发芽、长叶、开花，最后才结果，只要努力，总会有收获的。我们干革命就会有困难，有了困难就要克服它，克服困难就是胜利。"

或许是经飞的话起了作用，也许是符震岳后面的支持，整个队伍恢复得很好。

符震岳和陈光里、经飞共同战斗了三年，由佩服到自觉，他自认找到了自己的亲人。有一天，他找到经飞，神态像害羞的大姑娘，小声地对经飞说："我可不可以入党啊！"

见经飞盯着他看了很久，他有些慌，忙说："我只是问问，你不要告诉别人。"

"我们党就需要你这样的同志。"

符震岳抓住经飞的手，眼眶竟然红了，哽咽地说："我又有家了！"

余船生和符震岳同时入党。那天，他们面对墙上鲜红的党旗，跟着经飞举起右手，一字一句地念出入党誓词：

"严守秘密，服从纪律，牺牲个人，阶级斗争，努力革命，永不叛党。"

宣誓完毕，三双手紧紧地握在一起。

符震岳的妻子梁四妹见经飞独身一人，要把自己的表妹黄梅秀介绍给他。经飞说："我已经有了心爱的人了。"

当经飞和梁四妹说出钟秀贞时，梁四妹说："我想办法帮你打听她的消息。"

梁四妹平时不怎么说话，但关键时候，她会说话，好多时候符震岳也是听她的。她和符震岳商量，让他请以前道上的朋友帮忙，符震岳说自己是党员，不能胡乱行事。

"这怎么是胡乱行事，正因为你是党员，更应该关心，你就说是找我失散的表妹。"

这么一说，符震岳还真行动起来。他通过以前的关系，用了一个月时间，终于打听到了钟秀贞的下落。

由于叛徒出卖，钟秀贞被敌人秘密逮捕，被作为"共党要犯"押往海城。在狱中，敌人对她威胁利诱和酷刑折磨，宣称"只要你公开宣布脱离共产党，供出共党内部的机密，金钱、地位、享受都有"。面对凶恶的敌人，钟秀贞回答："革命不会完！最终完的是你们这伙人面兽心的反动派！我早已把生死置之度外，难道还怕你们几个反动派？要宰要割任你。但是，你们休想从我口中得到任何东西！"

1929年7月，钟秀贞高呼着"中国共产党万岁！""打倒国民党反动派！"的口号，于海城西炮台刑场英勇就义，年仅二十六岁。

经飞听到此消息后，又独自到了海浊平台。

余船生想跟过去，符震岳拉住他，说，让他一个人静一静。

直到残阳洒到小岛，余船生才来到经飞身边，他看见经飞紧咬着嘴唇，眼睛已经红肿。这个在他眼中最有军人气质的男人，也显露出了自己柔弱的一面。

余船生刚要张嘴，经飞说："你不用说什么，我和秀贞早就知道会有这一天，我们选择了革命这条道路，也就选择了随时献出生命，她只是比我走的早些。"

"我们革命就要牺牲吗？"

"是啊，随时都有牺牲，光里牺牲了，秀贞牺牲了，但他们没有白白牺牲，他们的牺牲会让更多人觉醒，会给我们更多力量。你看，这里，海水不断地拍打，这么硬的石头，不也被打得千疮百孔。"

余船生再把目光投向海浊平台，原来，他只注意到这海浊平台每次涨潮后，那些小洞里的小鱼小虾，不曾想过这些大大小小的洞是海水拍打而成。

余船生见经飞的右手一直握着拳，感受着他是在积聚力量，回来的路上，仍是拳头紧握，便问了一句："经队长，你手里拿着什么？"

"没有什么。"

"我不信。"

余船生去抓经飞的手。

经飞把手张开，手掌心里是一个鱼骨雕成的橹，橹上还拴了根红线。

"这是秀贞在最后告别时送给我的，这也是她给我的唯一礼物。"

余船生知道橹的含义。

从小，他看到赶夜海的人回家时，总喜欢拿一支橹，或扛在肩上，或倒拖在地上，为的是防迷路。祖父说，有一种海怪，是渔夫赶夜海回来经常会遇到的，那是青螺在作怪，脚下的路明明是直线，可走来走去却在转圈，绕来绕去迷了路，走到半夜也找不到回家的路。有经验的老渔夫会猛然醒悟，一定是走进螺壳里了。于是把肩上的橹把柄朝下，往地上狠狠砸下去，螺壳就破了，刹那间，混沌散去，又见漫天星斗月光，也就能找到回家的路。

海边人也对橹有了特别的看法。

"橹，就是路，她是希望这支橹时刻陪伴我左右，在妖魔环伺的黑暗中，找到一条出路。"

三个月后，梁四妹又找到经飞，再次提出将表妹黄梅秀介绍给他，经飞说现在还不是考虑个人事情的时候。

黄梅秀倒是经常出现在经飞面前，帮他做一些洗洗补补的活，还给经飞做了一双最合脚的鞋。面对秀梅那双火热的眼睛，经飞虽不拒绝，但总是一脸严肃。后来，还劝她另找他人。

黄秀梅遭到拒绝，受了委屈，哭了。

梁四妹没有放弃，她教黄梅秀，再冷的石头也会捂热，他越是这样，你就要贴得越近。

经飞现在考虑的最大问题是解决吃饭问题。他把自己值钱的东西都变卖了，但是换回的粮食也维持不了多久。军队经常会断了炊烟，有时只能吃野菜，啃树皮。

那天，梁四妹拿着一个小布包来到他这里，经飞打开布包，见是几件首饰。梁四妹说："把它们拿去换点粮食回来吧！"经飞摆摆手，说："你留下以备急用。"梁四妹却坚定地说："我和符震岳留钱没有用，为了农军，陈队长牺牲了生命，我们留这些东西做什么，我和老符早商量好了。"

经飞接过这包沉甸甸的首饰，激动地说："真是好同志！"可是，梁四妹在出门时，却突然想起了什么，便又返回，打开小包，从中挑出一个金手镯，说："我还想留一个。"见经飞望着她，梁四妹不好意思地说："我是给黄梅秀，将来她出嫁时，也得有件首饰。"

梁四妹的举动让更多的群众看到，他们也献出了自己值钱的东西，经飞立即派人在晚上偷渡前往涠洲，买回一批米和子弹，支撑了一段时间。

一天，梁四妹见经飞主动去找到黄梅秀，等他从秀梅那离开后，梁四妹忙过去，一进门，就说："梅秀，我说的没错吧，看，他主动来找你了。"见秀梅用手捂住脸，半天不说话，梁四妹便拿开她的手，一看，在哭。

"他对你说什么了？"

"他说，秀梅，把你的金手镯给我吧，我托人去陆地给大家换吃的。"

"不哭了，这不是已经把你当家里人了吗？"

纪和良拉来一头牛交给经飞："经指挥，把牛杀了，让战士们吃一顿吧。"经飞摸了摸牛，这头牛当年差点被龙金贵杀掉，当年，纪和良把它当成了自己的命根子，求他们把它救下来，如今，却是主动献出来。看着这些因战争而受苦的群众，经飞不禁潸然泪下，他说："我们一定能打败敌人！牛是生产工具，我们再饿，也不能杀老百姓的耕牛。"

战士们也表示："我们宁可啃树皮，也不能把耕牛杀掉！"

纪和良把牛牵回去，但是到半夜，他拿着一把大锤，闭上眼，砸向牛头。

三个月后，还是发生了不该发生的事。

龙金贵要被军法处置。

龙金贵在几次战斗中表现非常勇敢，他总说他消灭的敌人、缴获的枪支，谁也没他多。

那年上元节，他知道涠洲岛的敌军已经撤防，当地人很注重过这个节日，杀牲祭祖是家家常例，渔民疍家特别隆重，多用金猪祭神祈福，而且还有"偷青"的风俗。晚饭后，妇女携儿带女到菜地中随意拔生菜、生葱、芹菜、红萝卜，代表生财、聪明、勤劳、采头之意。

龙金贵趁这机会偷偷跑去涠洲岛。他包烟馆赌博，并勒索群众财物，开枪打伤了人，造成很坏影响，有人拿着安民告示告到岛上。

经飞立即召集开会，决定对他进行枪决。

龙金贵被关押进来，此时的他早没了往日的气焰，他要求见符震岳。

符震岳说："我们每到一处，就张贴了安民告示，上面写得很清楚，如有军士不法，准到本部指明，一经查实有据，立即按法究算。是你糊涂啊，我也保不了你。"

"大哥，你让我去和敌人拼命，我绝不会逃跑。"

符震岳回头找经飞，经飞说："在老百姓面前，我们就要表明是他们的亲人，每时每刻都要保护他们的利益。我们说的话，比其他任何政党说的话，更让老百姓信服。处理龙金贵，也是让老百姓信服我们，什么也别说了，执行吧。"

符震岳理解了经飞说的道理，这就是纪律，这就是这支队伍打不垮的秘诀。

当符震岳面对龙金贵时，他说："你走后，我会每年替你看老娘。"龙金贵对着符震岳跪下。

蓝

（1932年）

余船生在想念陈光里时会独自一人来到崖边，陈光里曾经在这里给他说火山爆发，给他说苍海桑田，坐在这里，仿佛陈光里就在身边，因此，有时他一坐就是大半天。

那天，他又来到崖边，他的目光由近及远，他看到岩石上有许多火山喷发时留下的圆圆的小坑，海潮过后，坑里蓄满了海水，在阳光的折射下，像一个个蓝色的宝石散落在岩石上，成了最美丽的点缀。他看到斜阳岛周边的海水蓝得有点发绿，清澈见底，只要站在岩石边上就能看到一群群五彩斑斓的小海鱼。

就在他凝神关注那一群群小鱼时，天上飞来了一群海鸥，那么大群的海鸥他是第一次见。突然，从下面升腾起两个庞然大物——鲸！

那是两条布氏鲸。余船生以前听老人说过，有海鸥的地方会有鲸，因为海鸥要借助鲸捕食。只见两头鲸在大海里时而下潜，时而张开大嘴，甚至将身体探出水面玩耍、进食，十分怡然自得。

就在余船生专注这神奇的鲸鱼，想着什么时候能过上不受欺负，打打鱼、晒晒太阳的日子时，他的头顶突然刮来一阵大风，像是台风却不是台风，台风来都是有预兆的，这股风却来得突然。

他忙抬起头来，是两只"大鸟"，两只从未见过的"大鸟"。那"大鸟"像饿极了似的，从他头顶飞过，他的目光跟随过去，只见"大鸟"

下起蛋来，一颗落在那相思树上，在那里落了窝，一颗掉在妈祖庙前，炸开了花。

余船生赶紧往回跑，知道出大事了。从经飞那得知，这不是什么鸟，是两架飞机，是专门来轰炸斜阳岛的战斗机。经飞说，敌人是疯了，为对付我们，使大招了。

大家都没见过这么厉害的东西，整个岛上一片混乱。又是几个炸弹在岛上开了花，几间本来破陋的民房在爆炸声中倒了，好几个战士也受了伤，那几头牛更是吓得四处乱撞，最后钻进芭蕉林里，过后，怎么也拉不出来。

好在经飞见过世面，指挥大家分散趴下，并往岩洞里躲。

经飞很清楚，敌人的狂轰滥炸并不是简单的破坏，他们是想攻下斜阳岛，他们是想斩尽杀绝，他们容不了岛上的宁静。

果然，从这天开始，敌军调集海、陆、空军对斜阳岛展开了惨无人道的围攻。天上飞机滥炸，海上军舰狂轰，战火映红了海空，斜阳岛又一次成了活火山。

经飞让大家清点武器弹药，其实，他也知道，再怎么清点，也没有多少。由于敌人的封锁，岛上的武器和粮食供应勾勾手指就能一清二楚。

岛上的石头和四壁绝崖成了他们的武器。余船生他们在每个通口用石头筑起又长又厚的闸门，在闸门的上面又堆满了石头。当敌人的飞机军舰轰炸时，大家就隐藏在岩洞隧道里，任由敌人轰炸。等敌人轰炸完，开始冲上岸时，他们就将石闸上的石头推下去。这些来自海底、经过烈焰锻烧过的火山石，像暴雨般砸向敌人，接着给敌人的又是一顿枪弹土炮，打得敌人抱头鼠窜。

余船生记得，从五月十二日起，敌人便对斜阳岛进行更大规模的围攻，这次加派了国民党第一集团军独立第三团王敬贤一个营的兵力主攻，那个号称"铁胆"的戴朝恩率领了六艘军船前来助战，海城大土豪王广轩赠送了两艘汽船，还抢来了渔民八十艘帆船，戴朝恩凭借这些力量，叫嚣着十天内攻下斜阳岛。

戴朝恩采用铁壁合围，天天攻打，密密围困，逼使农军弹尽粮绝，妄图一举歼灭革命力量的残酷手段，敌人每天早上就出发围攻，晚上才收队回涠洲岛，总以为第二天便会攻下，却总是有无数的第二天。

一个月、两个月、三个月……过去了，敌人也无法踏上孤岛半步，农军藏在岛上的岩洞里，敌人一靠岸，石头就像暴雨滚下，接着是枪弹的密射，不少敌兵丧了生，涠洲岛群众编了一首山歌，讽刺打败仗而回的水师队伍：

> 涠洲对面岭仔墩，
> 四面海水围匀匀。
> 兴起千兵打不倒，
> 生生气死戴朝恩。

余船生怎么也想不到，一个巴掌大的小岛，每天会有五架飞机轮番轰炸，而且又增派了"安北""广金""海虎"三艘军舰来配合进攻，小小的斜阳岛在不断的攻击中颤抖。

后来听说敌军还派来了参谋长、作战处长亲临涠洲岛督战，每天都有飞机来斜阳岛扫射、轰炸，军舰、汽船一近岛就用炮轰击，用机枪扫射，掩护陆军登岸，但一个月又过去了，岛还是那个岛，只是岛上少了好多火山石，它们都落入大海，有的是和敌人一起落入大海。

敌人用武力攻不下斜阳岛，又采取攻心战术，每次进犯，离岸很远就开始叫喊："农军是土匪，接近支援者以'窝匪'论罪，打上岛就烧光杀尽，鸡犬不留。""帮助国军剿'匪'者，既往不咎，按功受奖。"

余船生看着叫嚣的敌人心中暗暗地骂，你们这是狂犬吠日，枉费心机。纪和良早就和农军一同战斗了，他一边用石头痛击敌人，一边指着敌人大喝："你们不怕死就来吧！我们已经准备了一座龙宫，等着你们与龙王见面。"

那天，当地土豪王广轩自恃是当地绅士，便跟着舰艇前来，他对着岛上喊："大家都是乡里乡亲的，放下武器，我担保你们没事。"符震岳可不信他那套，想起当年，也就是王广轩带人围剿他，老恨新仇涌上心头，便一抬枪将他击毙。在另一次反"围剿"中，"海虎"无线电官谭奇也被打死了。

岛上安静了几天，可是很快又有不怕死的来了。

那天，敌人五架飞机同时飞来，大家赶紧藏入洞，外面的轰炸和扫射，大家不敢出来，等到轰炸过后，一艘舰艇上了岸，几十个敌人端着枪快步往岛上冲上来。

符震岳带领队伍赶紧往前阻击，大家一边开枪，一边投放石块，没想到这次敌人不仅不后退，还一个劲地往前冲，而且，明明看见子弹打到了敌人身上，却不见敌人倒下。

大家的子弹很快打光，石头也没多少了。

符震岳拿出了鱼叉向前冲，一颗子弹打来，击中他的鼻部并穿过他的后脑勺，他倒了下去。敌人见符震岳倒下，一个劲向前冲，眼看就要上岛，幸好经飞带人赶来，他将仅有的两个手榴弹扔了过去，手榴弹一炸，敌人倒下几个，其他纷纷抱头往船上跑。两个跑得慢的被活捉了。

余船生带人审问被捉的人。刚一审，就全说了。

那俩人一见余船生，就跪下了："饶了我们吧！我们也是他们买来的。"

原来，戴朝恩为攻下斜阳岛，用重金收买自己部下，并封官许愿，笼络军心。只要打上斜阳岛，奖励每人三十块光洋，晋升两级，任抢任吃，而且提前预支十块光洋，但士兵看到天天载回的死尸已丧失了信心，怕有命去没命回，出发前就把预支的钱用来吃喝嫖赌，花光了。

"明知是来送死，还一而再，再而三的来？"

其中一个有些结巴的回答："戴……戴朝恩帮……帮我们求……求了神……神符。"

余船生听得有些不舒服，就叫另一个人说，那人说："戴朝恩办法用完了，最后只得求助神鬼，他听说涠洲岛南湾港边的三婆庙很灵验，就杀了猪、牛、羊，专程前往，并且自己跪拜求签，祈求神明保佑，取回一堆神符，让大家贴在船上。他还把三婆庙里的香灰拿回来，煮水给官兵喝。他以为这样一来，就一定能攻下斜阳岛，可是我们还没靠岸，就被石头砸得皮开肉绽，叫苦连天，有的丢了性命，有的抱头鼠窜，缩回船里。可是，戴朝恩还不死心，干脆叫人搬来观音菩萨像放在船头上，给士兵壮胆，但同样是煞费苦心，并未能把斜阳岛攻下。"

有人提出要把两个俘虏杀了，用来祭奠符震岳，经飞立马制止，说："我们不仅不杀他们，还要放了他们，让他们回去，他们会帮我们说话的。"

符震岳牺牲了，战士们万分悲愤，群众献出床板来制作棺材，准备将符震岳葬在南埠山坡上。

埋葬那天，岛上的群众也都来了，符震岳的棺材上，经飞亲手给他盖上一面红旗。

梁四妹伏在棺材上，虽然她没有哭出声，但她的眼泪止不住地流，黄秀梅上前抱住了她。

经飞让人抓来一只鸡，杀了，鸡血流进碗中，趁鸡血未曾流完，他提着鸡围着棺材走了一圈，一滴一滴的鸡血洒在棺材周围。

碗中的鸡血被分成了多份，经飞拿起一碗，一饮而尽。说："我们要誓死杀敌，为营长报仇，战斗到最后一口气，绝不屈服。"

梁四妹、余船生、陈中发都喝下一碗，纪和良也上前抢到一碗一口喝下，大家喝完后齐声说："斜阳岛是我们的，我们有人出人，有粮出粮，同生共死，守岛保家。"

岛上的青壮年一同参加巡逻放哨，监视敌人，修筑工事，他们在东埠主要阵地挖了许多掩体坑，每个坑四尺长，二尺宽，二尺深。

岛上的老人、妇女、孩子也行动进来，拾起石头堆在防御工事旁边，已经十一岁的小梭鱼更是冲在前面。

岛上群众主动献出蕃薯、粟仔、玉米等来支援农军，这些吃光了又献出花生、黄豆给农军。

战斗越来越激烈，海面已被封锁，飞机天天在头上转，大小炮天天轰炸，发现树摇草动都狂轰乱射，子弹、炮弹纷纷落在岛上，有一只南瓜甚至被打了十几个洞。群众不能下地生产，要躲进洞里，纪和良的母亲来不及躲避被打死了。

大家的子弹越来越少，伤员和阵亡的人数不断增加，粮食也吃光了。

经飞找来余船生、陈中发商议，农军要尽快转移，于是安排一个小艇乘黑夜出海，可是海上已被敌人封锁，又因风浪太大，折了回来。

11月21日，农军派出两只小艇，纪和良和几个岛上的渔民主动提出一同出海，他说，他们熟悉航线，开船更没问题，经飞同意了。

余船生也想前往，经飞没有同意，说这几天还有硬仗要打，让李永春、李永才等十几个农军战士，趁黑夜冒险离岛，往江洪港取船，准备把队伍全部撤离斜阳岛。

他们离开南埠时，经飞和其他战士还有家属一百多人到岩边为他们送行。余船生又去摸了摸那船眼，望着漆黑的海天，听到汹涌的浪涛，一股悲壮之情掠过心头。

敌人早已经把船看守起来。经过四天，李永春等人才从江洪港取到四张帆船，立即返回斜阳岛，黑夜里驶到中途，发现岛上火光冲天，知道孤岛已被攻占，敌人看到帆船上的灯光便开枪扫射，他们在海中转了很久，无法登陆，只得忍痛折回江洪港。

紫

（1932年11月）

入秋后的北部湾，一向都是风和日丽的，但1932年的11月25日，老天爷却故意与人作对，下起了暴雨。

敌人也是疯了似的，在这大雨中组织队伍再次进攻斜阳岛，光大号篷船就有十三艇，而且，每艇篷船都打着字号：冲锋队、前兵队、敢死队、强攻队。岛上枪声、炮声、哭声连成一片，火光映红了整个小岛的上空。

而岛上的仙人掌似乎忽视了这惨烈的战斗，仍顽强地生长着，那一大片一大片的仙人掌长满在角角落落，厚厚的肉身展示着强壮的体格，尖尖的小刺显示着它的性格，紫红的果实突出了它的奉献。仙人掌永远不会死，只要有泥土，哪怕再贫瘠，只要有雨水，哪怕是几滴，只要有阳光，哪怕多炙热，既使倒下了，也会重新长出，而且长出的还不只一株。

这场暴雨，仙人掌没有倒下。但就是这场暴雨，让敌人攻上了斜阳岛。

多年以后，有人从海城县志得知，当年，戴朝恩累次攻岛不得逞，上峰恼羞成怒，便给他下了死命令，限十五天内攻下斜阳岛，攻不下就杀头。戴朝恩在上峰的压力下，下了血本，用五千大洋收买了一百多人的敢死队，每人发了一个钢片盾牌，说枪打不入，以定军心，但这支敢死队也多次遭到失败，不少人沉入大海，葬身鱼腹。

直到11月25日，敢死队又坐上一艘大船开往斜阳岛。那天，突然吹西北风，行驶了几小时还在海中转，敌人以为是艄公在搞鬼，把他杀了，艄公一死，风向便转了，一下子，将船推到了斜阳岛东埠港口，夹在暗礁的中间，船退不出，又没人驾驶。此时，他们已经没有了退路，只得冒险下船登陆，拼命冲击。

农军在弹尽粮断、人员伤亡过半的情况下，拼死抵抗，石头也掷光了。不久，东埠港口被攻破，北埠、三条柴、灶门等阵地相继失守。

余船生已经打得眼睛红了，打着打着，发现身边已经没有几个人，最后剩下两名战士，他们只能往另一个山头跑去。此时，海风特别的大，他只能弓着身子跑，不然海风会把他吹下岩崖，这样跑起来很困难，他恨不得能在胸口开个洞，让风穿胸而过，把迎面而来的阻力化解掉。

余船生到了三条柴，碰上了陈中发，陈中发已经受伤，他身边还躺着几个战士。

余船生上前扶他，陈中发从胸口抽出一面红旗，那是一面一直让敌人仇恨的红旗，这几年，这面旗一直飘扬在斜阳岛的最高处，就在刚才激战时，陈中发用生命守护着它。

陈中发将仅有一颗子弹的手枪交给余船生，说："你帮我报告经总指挥，我们是坚持到最后一口气，我要去见符营长了。"

"你要活下去，为我们报仇！"说完，他推开了余船生，带着那几个战士跳进了大海。

余船生满怀悲愤，眼含泪水，趁傍晚翻过了红义岭，找到了经飞，大家一同往羊咩洞的方向跑。

羊咩洞在岛的西北角，洞口有五丈宽，洞有十多丈深，洞底可见太阳，下洞只有一条羊咩能行的小路。洞里长有小树和青草，向岛这边有一个岩洞，约十多丈深，几丈宽，可容纳二百多人。洞内向海这边裂开了一道缝，但不到两尺宽，而且离海面还有百余米。

经飞早先和符震岳来过此洞，也将此作为农军和群众的最后避难所，因此提前在洞口捆上了粗大的麻绳。大家抓住麻绳迅速吊下去，最后只剩下经飞和梁四妹。

梁四妹把她和符结婚时的两个金戒子从手上取下，交给经飞，说："你赶快下去，我来把绳子砍断。"经飞让她先下去，她说："下面的人离不开你。你记得，给我和老符报仇。"

敌人越来越近，她用力把经飞推入洞中。

梁四妹用刀把绳子砍断，便想往海边跑，回头看了一下，又用力砍起那系绳子的老树，那树很结实，一刀下去，却无大损，她使劲砍，树枝抖动得厉害，树叶纷纷下落。

经飞听到，梁四妹每砍一刀，就念一句：

共产党，

组红军，

打土豪，

除劣绅，

废军阀，

莫容情，

阶级敌，

一扫清。

枪响了，梁四妹的腿中了枪，她没有停，又是一枪。她回头看了一下，双手抱住树枝，树倒了，她和树一起掉进大海。

敌人来到洞口，往下一看，什么也没看到，有人便往里探头，经飞向洞口开了一枪，吓得那人立马爬地，差点掉进海里，后来，有人向洞里打了几枪后才离开。

余船生记得，当年他们上岛时，符震岳曾经叫人到洞里取猪肉和酒，这里是他们储存东西的地方，可现在洞里什么都没有了，外面有敌人严密看守，无法出去，现在五十多人进到洞中，水都没得喝，更别说吃的。

深夜，敌人不再看守，余船生带领几个战士摸出洞，来到红薯地，想挖点红薯。没有任何工具，他们用手挖，十个手指出了血，却挖不到几个红薯。返回时，他在岩缝中找到了积水，可是没有东西装水，便脱下自己的棉衣去吸。回到洞中，将红薯让给妇女小孩吃，那件湿棉衣，传递了一遍，大家都只是湿湿嘴唇，到最后，还是湿的。

第三天夜里，经飞带三名战士冒险摸进敌人营地偷了一些饭菜，在返回时，不料被敌人发现，他打死了几个敌人。

等到天亮，敌人对洞内发起了猛烈的轰击，他们不断地往洞里掷手榴弹，打机关枪。经飞命令战士引导群众退到洞的深处，自己却在最前面阻击敌人。

连续的轰炸后，洞内空气已变得越来越稀薄，只有面向大海的那个几尺宽的缝有带着腥味的空气赶来，大家呼吸都有些困难，有些像离海的鱼，嘴都是微张着。

这几日，经飞的喉咙在冒烟，嘴唇在出血，一下子老了十岁。黄秀梅捧来一个瓦罐，瓦罐里还有一点水，经飞说，留给孩子们，他反身走到洞边，挖开一块浮泥，把头伏在地上，吸着泥土的湿气。

就这样，大家在洞里度过了七天七夜。敌人每天都在洞外一边往洞里开枪，他们向洞里喊话："你们不出洞，我们就要将岛上的群众杀光！"

第八天，敌人真的把老人和孩子拉到洞边毒打，惨叫声不断传到洞里，小梭鱼的叫声更大："爸爸救我！经叔叔救我！"

余船生真想冲出洞去和敌人拼命，可是，他知道，出去也和他们拼不了命。

他想起小时候听到的龙骨船的故事，那用龙骨做的船能够飞起来，当年，他还真见过龙骨船，老人们说，槐树做龙骨最好，槐树最结实，泡了海水也坏不掉。红松木做船板是一流的，不仅浮力大，而且能防虫。可是现在在这洞中，有什么都没用。

经飞拉着他走到临海的那道缝口，用沙哑的声音说："在洞里没吃没喝，再待下去是死，出洞也是死，死已是迟早的事，我们在岛上坚持战斗了五年，已给岛上群众造成了损失，现在不能再给乡亲们造成伤亡了。"

说到这里，他停顿了一会，说："你要想办法逃出去，找到组织汇报这里的情况。"

"你出去，我留下来。"

"他们现在就想抓我，我是没法走的了，你不是水性好吗，你可以从这里逃出去。"经飞指着那临海的缝。

阳光正好从那条缝射进来，外面的新鲜空气也随着阳光赶来，那里确实是生命生存的地方。进洞的第二天，余船生也想到过从这里开出一条生命通道，可是一分析，还是行不通，从这里出去，离地面有二十多米，离海面还有一百多米，而且，外面没有船接应，只要出去就会落入敌人魔掌。

"等下，我们帮你把绳子放好，你要在我们出洞时，从这里下去，你水性好，你就从这里游到涠洲岛去。"

经飞紧紧抓住余船生的手说："只要有一口气，就要坚持为党的事业斗争，决不叛党。"余船生点了点头。

经飞从身上摸出一样东西，很郑重地递到余船生手上，那是一面旗，是那面他从陈中发手中接过的旗，上面有战士们的鲜血。"你一定要把这面旗带出去，报告组织，我们这支队伍，没有辜负这面旗。"

当他俩回到人群中时，经飞立即向大家宣布："大家把武器全部毁了，我带大家走出洞。"

枪，本来是大家的命根子，平时，大家像对待自己的孩子一样，每天都要抚摸好多遍。现在，这枪不能留给敌人，大家拿着枪，最后再抚摸一次，用力砸向崖石。

大家不同意经飞出去，他是农军领导人，应留在洞里，待大家出去后再找机会来救他。

经飞说："岛上群众的生命比我的更重要，如果我的生命能换取大家的安全，我宁愿牺牲一百次。"

"农军出列！"

二十多个战士站成一排，黄秀梅挺胸站在前排，经飞走上前，握着她的手，把她从队伍中拉出来。

"你不是！"

"我就是！"

"给我出去！"谁也没想到，经飞会用那么强硬的语气说话，黄秀梅哭了起来，一个年纪较大的赶紧把她拉去一边。

经飞又拉出两个年轻战士。几个老人上来，把他们护在身边，真正像守护自己的孩子。

面对岛上百姓，经飞深深地鞠一个躬："乡亲们，感谢大家！给你们添麻烦了，是你们，让我们有勇气和敌人战斗了五年，我们要赢得真正的解放，不是央求人家网开三面，把我们解放出来，而是要靠我们自己的力量，把我们头上的枷锁打开，大家一定要想办法，生存下去。"

经飞带着大家走出洞，他走在最前面。

就在这时，余船生从洞缝中爬出，他没有立即跳进大海游走，而是躲在山顶树丛里。

他看见经飞走向敌人，手无寸铁的经飞却让敌人往后退了几步，走在他身后的百姓也是个个高昂着头。敌人把经飞和二十多个战士用铁线捆起来后，才放了无辜的老百姓。

余船生看到敌人把他们押向大船，上船后，经飞站在船头，目光仍望向斜阳岛。

就是这一望，却让敌人害怕，似乎他眼中的光还会点燃整个斜阳岛，似乎他还会一呼百应带领群众揭竿而起。两个壮汉抓住经飞的双肩，一个丧尽天良的用铁线穿透经飞的双手，鲜血顺着经飞的手流下来，滴到了船上。

眼看着船离岸越来越远，余船生跳入海中，他奋力向前游，他想再看经飞一眼。可是船越开越快，把他拉得越来越远，他却没有停止，继续往前游。

余船生的双眼早已模糊，他只能看到那船越来越小的影子。

——他看不到，敌人想用高官厚禄劝经飞投降，经飞蔑视的目光直射刽子手，说："呸！谁做你们的狗官！我的头可断，农民军绝不会投降！"

——他看不到，刽子手把经飞的衣服撕开，香火直烙他的身体。反复几次，把经飞折磨得死去活来，但这位刚强的男子汉始终没有向敌人低过头。敌人始终不能从他的嘴里得到一句有用的话。

——他看不到，十二月初的那个上午，寒风呼啸，天空沉沉，整个海城笼罩在一片恐怖中。从海城的中山路到西炮台刑场，长达五里的路上，布满了荷枪实弹的敌人，伤痕累累的经飞和二十多名农民军指战员，拖着沉重的镣铐，唱着雄壮的革命歌曲，从容不迫地走向刑场。路的两旁，聚集着悲痛的群众，大家都在为自己的子弟兵送行。

余船生游出几海里远时，又回望着斜阳岛。

　　他看到远处的斜阳岛，已被晚霞洒遍，像一个红红的火球。此时，他想起了五年前第一次上斜阳岛时，陈光里说过的，这里原来是海，这个岛是火山爆发后产生的。是的，火山要爆发，要改变那个旧世界，那是任何力量也阻止不了的。

　　余船生摸了摸腰上，那面旗还在。

冰雪来袭

一

金平乡党委书记刘涛正在开全乡安全生产工作会议。

安全生产工作实行行政首长负责制，按道理说，由乡长负责。那天，他也没事，乡长罗光明说，书记是第一负责人，去会上强调一下，更能体现安全生产的重要性。

刘涛想，确实也是，大年很快就要来临。年关，年关，老百姓过年，乡镇干部过关，刘涛一直这么认为。各项工程、农民工工资、社会维稳、走访慰问全都来了。上面说了，让群众过一个平安祥和的春节，这事关乎社会稳定大局，从社会稳定这个方面来说，党委书记必须得担起责任来。

乡镇工作开展有难度。而一个乡镇也就三四十号干部，说多不多，说少不少。本地有句俗语："人多好薅田，人少好过年。"刘涛发现，"薅田"时发现没有多少人。因为金平乡紧邻县城，离县城五六公里，坐公交车一块钱就进了县城。而七所八站还有几十号人，平时管理时，他们是属条条管，出了什么事，却是属地管理，乡镇又要负责了。

会上，分管企业的副乡长唐洪通报了今年四季度安全生产情况，乡长罗光明对做好春节期间安全生产工作做了详细的安排。刘涛觉得已经说得很全面了。等到罗乡长说，下面请乡党委书记刘涛作指示时，刘涛额头皱了一下，他多次说过乡镇书记不算什么，讲话不能说是指示，罗光明不知是习惯了，还是记不住，反正今天又在会上说了。

他感到无话可说，没话说还得说。刘涛当书记前，是县委办副主任，经常给县委书记写讲话稿，洋洋万言的讲话稿，一个晚上完成都没问题。于是自他当乡党委书记以来，再大的会，也没让秘书写过讲话稿，这种小会更别说了。

但今天刘涛开口就说："春风杨柳万千条，安全生产第一条。这项工作做不好，哭都没有眼泪。"之后说到为政之要，贵在力行，重在履事。做好今年的安全生产工作关键是要落实，落实落实再落实，务实务实再务实。要确定目标，强化责任抓落实。目标就是不能出生产安全事故。

刘涛刚想展开讲，电话响了，一看是县委办的电话，心里一惊，知道有事。平时乡镇书记们在一起聊天，就说，天不怕，地不怕，就怕县委办来电话。于是他马上接通电话，小声说了句他在开会，对方说："刘书记，你听着就行，早上发生一起车祸，你们乡死了一个人，尸体已经运到火葬场，你赶快安排人员去做家属工作。"

真是怕什么就来什么。

刘涛附着乡长罗光明的耳朵小声说了几句，罗光明和分管副乡长唐洪出了会场。

主席台上就只有刘涛一人。

他便又若无其事、激情满怀地继续作起报告来。

作为乡党委书记，他也是什么大风大浪都见过的人了，于是又说了要完善制度，健全机制抓落实；要密切协作，形成合力抓落实。他要求厂矿企业，七站八所，进行全面自查，谁出问题谁负责。

二

散会后，刘涛回到办公室，他还是惦记刚才车祸的事。人命关天，现在提倡的是以人为本，落实到最基层，每个环节不可小觑。

刘涛刚摸出电话，罗光明的电话就打进来了，他听了罗光明的电话才知车祸发生地点在黄沙镇。刘涛说："有什么事你看情况处理吧。"他认为乡长罗光明处理事情还是很得力的。

从刚才罗光明的电话中得知，这是一起要上报国务院的重大交通事故。

根据生产安全事故造成的人员伤亡情况，事故一般分为四个等级：1. 特别重大事故，是指造成30人以上死亡，或者100人以上重伤的事故；2. 重大事故，是指造成10人以上30人以下死亡，或者50人以上100人以下重伤的事故；3. 较大事故，是指造成3人以上10人以下死亡，或者10人以上50人以下重伤的事故；4. 一般事故，是指造成3人以下死亡，或者10人以下重伤的事故。

清晨7时，一辆客运中巴撞断黄沙大桥护栏，掉入洮江。车上共有人员12人，死亡11人，幸存1人。其中湖南乘客9人，本地3人——司机、售票员和一名乘客（这唯一的一名本地乘客就是金平乡的）。

好在当天天气冷，人们起得晚，车上坐的人少。要是往日，这种中巴车起码坐够三四十人，司机才发车。要是这样，出的事故，就不只是上报国务院，而是国务院也要来人调查了。

当时，罗光明与副乡长唐洪在赶往火葬场的车上。车是罗光明自己开。现在金平乡政府只有一个司机，给书记刘涛使用。

在乡镇，书记、乡长各为党政"一把手"，但罗光明经常说自己是"二把手"。但大家喜欢把罗光明称作"罗拍板"。"罗拍板"这名字还有个来历。

那年，抗洪救灾，罗光明连续奋战在洪灾一线一个星期，现在乡里的水库，大都是二十世纪六七十年代人们战天斗地建成的。现在过了四十多年了，基本上已经是病危水库。由于财政困难，一直没有得到很好的维修，都在"带病运行"。每当雨季来临，乡里必须安排人员守住每个水库。一旦水库库容超过危险水位，必须强行打开闸门放水。可当地的老百姓不理解，说你把水放干了，我们今年的粮食还种不种，哪个敢讲这雨今天下了，明天还有没有下。因此，这边放开，那边又去闸上，而且扛着锄头想要跟你干。乡干部只好守在堤坝上，碰上解决不了的，就找乡长。罗乡长也是好多天合不上眼。好不容易去县城开个会，顺便回了家，谁知刘涛突然打来电话，叫他晚上九点回乡里开班子会，说研究如何安排分发救灾物资。

罗光明说："明天早上开会不行吗？"

"不行！我说了算。"刘涛说。

"就你能拍板。"罗光明有些气。

罗光明很不情愿地赶到乡政府。

罗光明来到会议室，班子领导都已到了。但会还没开，却听到刘涛在说笑话。

刘涛见罗光明已经坐下，说："不好意思，下回开会定时间，你来拍板。"

于是，大家都笑着叫罗光明"罗拍板"。

罗拍板让唐洪和县委办通了电话，弄清了前因后果。他立刻报告了刘涛。

在人们以为这是一起交通事故的时候，谁也没想到这是天灾。

一切都像往常，那天，开车的林师傅也像往常一样开着车。他开车是以稳和慢而出名，别人急得要命，他的车速总在60km/h以内。有人说师傅快点，他回答："赶鬼赶鬼，开那么快赶去见鬼。"害得别人不敢再催。

就是这么一个严谨的司机把车开进了洮江。

后来，根据唯一幸存的售票员小李诉说，车子一上桥面，林师傅就说，坏了坏了，刹不住车了。果然，车子像在玻璃上一样，滑向桥栏，小李当时站在门边，跃进江中保住一命，其他人员，在那冰冷的江水中失去了生命。

罗光明赶到火葬场已是十一点三十分，火葬场里很是冷清，没有一点混乱感。一问才知，原来县政府已经做了安排，湖南方面的死者已经安排拉去湖南，分别在三个地方。

在这个火葬场的就是本地两个死者，而且，其中一个是中巴司机林师傅，本身也要负责，因此比较好处理。

死者家属早就到了火葬场，当政府办工作人员带着他们去见死者家属时，罗光明一眼就认出了她，她是月塘村的唐桂生的老婆。他不相信，那么巧，还是希望搞错了，于是壮起胆子，掀开白单子看，真的是唐桂生。

三

月塘村确实有一个塘，那也算是一个小二型水库。

此处地形有些奇特，东西两面是山，中间是一片千亩平地，当地百姓称这坪为狮子坪，那两座山就是两只狮子，传说两只狮子来这坪上戏珠，而珠已化成那塘清水，也就是月塘——一百多亩的水库。

大家都说，这是一块风水宝地。当年，刘涛把这块宝地变成了金平乡工业园区。

早在洮阳县规划县城工业区时，刘涛就开始规划金平乡工业园区，而且连接洮阳县城南工业区。由于这里离县城近，不到五公里，地价比城郊低，具有很强的优势。

前年，刘涛调到乡里，好不容易从福建引进一家投资上亿的深津弘瑞有限公司。说实话，公司实际投资也就六千多万。

月塘村离乡政府近，地也很平坦，听到刘涛说这块是风水宝地，因此林守利相当满意。可是当地群众却是搬着门坎要价。尤其是唐桂生，他闹得最凶。他家在整个红线图上有三亩地，他说他要办养猪场，也算是农业企业，为什么不支持本地人办企业，而让外地人来，然后坚持不出让土地。

刘涛叫罗光明去他家做了工作，罗光明先是叫唐洪去的，唐洪被他骂了出来。他老婆像个泼妇，提着尿桶说，谁来就泼谁。罗光明之后又去，唐桂生白天躲着不见，晚上再去，却被他放出的狗追了好远。

气得罗光明想让林守利出钱解决。他把这想法和刘涛说时，刘涛认为这样不行，他决定自己出面。他叫月塘村村干部唐良生先跟唐桂生说，他要去他家喝酒。

那天他提了两瓶特酿，五十三度，步行来到月塘村。月塘村是一个有二百多座古民居的村落。刘涛曾查阅过月塘村唐家族谱，得知该村始建于元朝末年，中兴于明清，族谱上还有诗云：

　　　启迹桑村从此乡，先人择处有月塘。

　　　群峰簇拥青山排，古村亭台绿荫庄。

　　　江水一湾如带抱，石桥三拱似弓张。

　　　读书万卷田千亩，耕读传家世泽长。

　　刘涛从这诗中觉得月塘村应该是一个有历史、明事理的村，而不是蛮不讲理的。他认为做通工作还是有余地的。唐良生就在村口等他，但刘涛不让他陪着去，他要单刀会唐桂生。

　　来到唐桂生家。刘涛本来想拿出乡党委书记的派头，直接说，中午我俩把这两瓶喝了，你喝得过我，你的地我不要，别处找地，你喝不过我，给我老老实实把地交出来。但想想后，刘涛没说，而是叫唐桂生陪他看房子。

　　唐桂生家的房子是三进三开间建筑结构，一进为门楼，二进为正房，中为堂屋和香火台，两侧是厢房，三进为厨房。层层错落，进进逐高。窗楼格扇均有雕刻极致、精巧玲珑的雕花。这些窗花构思巧妙，技法精确而富有变化。

　　刘涛说："桂生，你家祖上一定有当官的。"

　　唐桂生很是吃惊，说："是啊。我家先祖唐斐然，乾隆年间在赵州府隆平县任知县多年，官比你刘书记大多了。功成名就后回乡建房，并修建了村前那座高8米、长20多米的三孔拱桥。没有这座桥，村民们去州里（也就是现在的县城）要绕5里多路呢。"

　　"当再大的官，不为老百姓做事也不是好官。你家先祖值得我们学习。"刘涛说。

　　这下倒是起了作用，唐桂生叫老婆杀鸡。

　　两人酒杯一端，喝了起来，喝的是刘涛带来的酒。唐桂生平常喝惯了"水鼓冲"（土酒），哪是刘涛的对手，喝到唐桂生舌头打圈，他答应了："书……书记，我……我不扶墙，我服……服你，我……我听……听你的！"

喝了酒出来，到了村口，村干部唐良生竟然在村口等着他，问："刘书记，工作做通了没有。"刘涛说："可以了，谢谢你，良生，辛苦你了。"唐良生说："应该的，应该的，我刚到村里收了几个土鸡蛋，你拿回去给孩子吃。"刘涛收下了，还说："这个好，现在很难买到。我小时候，在外婆家长大，外婆煮的土鸡蛋，我连皮带壳一起吃的，你看，我现在这体格，没得说的。"唐良生在一边陪着笑。

之后，深津弘瑞有限公司很快就建了起来，选定吉日8月8日，请来蒋县长参加投产仪式。

大红绸布从办公楼上吊下来，喜庆的氛围很浓，大白天的，林守利还让人从浏阳河运回了烟花放了起来。整个过程，蒋县长十分高兴，当着林守利的面对刘涛说，深津弘瑞有限公司不只是金平乡的重点企业，也是县里的重点企业，要求相关部门重点保护。

仪式后大家便一起参观生产线。

只见工人开着铲车，铲起木头，木头便被塞进机器，机器将其打成木片，木片进入传输带，再进入加工设备中，不一会儿，出来的就是一块接一块的复合木板，木板很快叠合，十块为一组，叉车开过来，装上木板开到货车边，将木板装上了货车。

"你们这样生产，我们县森林不得被你们砍光？"蒋县长笑着说。

"报告县长，我们用的都是边角废料，而且来料是周边几个市县。"林守利回答。

"那也不经搞啊！"

"我们马上发展种树。"

参观结束，林总邀请蒋县长吃午餐，蒋县长拒绝了说他还要回县城开会。大家兴高采烈地欢送蒋县长离开，来到公司大门，蒋县长的车却出不了大门。

上百人围住深津弘瑞有限公司大门，说深津弘瑞有限公司生产有污染，工厂在上头，村子在下游。今后，村子没有干净水喝。

眼看，好事就要变坏事。县长铁青着脸，林守利也无可奈何。

刘涛走到大门口，面对满是怒气的群众，大声说："我是乡党委书记，大家相信我。"

"不信！厂里给了你多少钱！"

刘涛说："你们可以举报我，我没收企业一分钱，如果收了，让纪委处理我。今天，县长来我们这里，是对我们乡工作的重视，你们让县长走，有问题找我。"

村干部唐良生不知从哪里冒出来，还气喘吁吁的，说："你们不要乱来！县长在这里，还乱来！"

"你和他们穿一条裤子的！"

刘涛说："你们让县长先走，我在这里保证，如果公司污染到你们，到时我和你们一起上访。"

月塘村村民让县长的车先走了，刘涛和他们进了公司，然后一起算起账来。

"深津弘瑞有限公司每年给我们提供八百万的税收，给我们解决一百多人的就业问题，你们村的水泥路就是他们赞助修建的。现在，办企业也必须讲环保。我们对深津弘瑞有限公司的要求是废水、废气零排放。公司是经过市县环保部门进行环评后才上马的。"刘涛说得十分诚恳，来的人也便不那么激动。

"我们听刘书记的，他也是为了金平的发展。"人群中有人说。刘涛看见是唐桂生。

村民终于散开。

四

当罗光明打电话告诉刘涛，死者是唐桂生时，刘涛又想起这事。这个唐桂生，当年刘涛认为可以发展一下，让他来当村干部，为乡政府做点工作，谁知却不幸走了。

唐桂生老婆说，那天也怪，唐桂生不知听谁说，湖南永州的马蹄价格好，便早早地起来，去赶第一趟班车，他不去就没事，不起那么早，赶不上第一趟班车也没事了。

唐桂生老婆的思想工作倒也好做，只是提出赔偿安葬费，不能火葬，要求把尸体运回村里土葬。

罗光明没向刘涛汇报就答应唐桂生老婆的要求了——这次又主动"拍板"了。说给火葬场一千块钱手续费，唯一条件就是用火葬场的车，把唐桂生的遗体运回月塘村。

接到"罗拍板"电话，刘涛认为这样处理很好。但刘涛还不太放心，就又交待罗光明，跟车到村里再回来，以免中途变卦。

刘涛想不到他这样要求"罗拍板"，"罗拍板"心里就有气，作为一乡之长，急难险重，冲在前面，确实应该。以前，有些这类的事自己打个电话让司法所、派出所去处理。现在这些部门也早收到上面直管。一是指挥起来有些难，二是上面也强调慎用警力，所以没有发生重大冲突，是不能动用警力的。

而自己却没法再推。

"罗拍板"觉得自己这个乡长当得也是有些窝囊。

罗光明在乡长这个位子上也有五年了，这对于乡镇领导来说也是比较长的了。在乡镇当领导奋斗也就是那么几年，如果当不了书记，也就难以往上升。当上书记，无论能否上升，也能到县局当个局长，如果书记也当不了，弄不好，回到县里最多只能当局党组书记，安排不好的话，只能当个副局长。

平时，有些气也只能放在心里，没地方发。就像今天，本来和他没有一毛钱关系的事，偏偏就牵连得紧。

而车子到了村里，还真被拦住进不了村。

五六个六十多岁的老头站在村口，说农村有个习俗，村民在外断气是不能进村的。

唐桂生老婆号啕大哭，在地上打滚。地上有雪，于是她的身上、头发上，白白点点，更加增添了惨状，让人看了有些可怜。

那几个堵在村口的人仍是不理，而跟车来的殡仪馆的人见是这样，也要丢下尸体走人。

罗光明下车，点上一支烟，狠狠地抽了一口，他递上烟，和那几个老头说好话。老头不理，说这是他们村里的事与乡政府没有关系。罗光明先是打村干部唐良生电话，唐良生说在县城买年货，听说是这种事后，就说很难找到车子，赶不回。罗光明想骂人，突然想起了他的同学唐荣生也是这村的，现在在市教育局，于是打通电话，把事情说了。

唐荣生答应跟自己父亲说一下，父亲在村里还有些威望。而一问才发现，他父亲正是刚才拦住不让进村的其中一人。

唐荣生还是发挥了作用，说现在时代不同了，老规矩也要改改。村里答应给尸体进村，但不能把灵堂设在村子公堂里，只能放唐桂生家中。

这样的结果，唐桂生老婆也满意了，她用感激的目光看着罗光明。

罗光明却在完成此事往回开车时打给刘涛，刘涛在电话里听出了他的怨言，他说是不是过了年辞职下海算了，何必总受这些气。前不久，永州就有个乡长辞职，自己创业去了。

那天晚上，刘涛专门到罗光明办公室座谈，他向罗光明解释，自己当时的意愿确实是为了工作，刘涛还诚恳地说，过了年，自己向组织部门反映一下，自己调回县城，让罗光明接替自己当书记。罗光明也在这种交心的谈话中说，其实自己虽然在乡长这个职位上干了很长时间，对一些上面事了解不够的，还是跟刘涛共事学到了不少。现在，两人在一条船上，能一起很好地过河，也就够了。

那晚，两人关了门在办公室谈一个多小时，回到房间，刘涛有些头痛，打电话问罗光明有没有这种感觉，罗光明说也是。可能是烤碳火太久，有些一氧化碳中毒了。刘涛说，还好他们俩没有大矛盾，不然矛盾解不开，再谈久点，金平乡就要提前换届了。罗光明听了，笑了起来。

刘涛想起一个定律：少说话会更威严，不揽权会更有权，无亲属会更亲切，勤交心会更同心。

五

刘涛办公室后窗外就是一片田野。

田野一片雪白，这正是丰年的预兆。但天空阴沉得很。大片大片的雪花，从昏暗的天空中纷纷扬扬地飘落下来。山川、田野、村庄，全都笼罩在白蒙蒙的大雪之中。而且雪没有停止的迹象。

刘涛又走出办公室，站在走道看了看院子。

自古以来，官不修衙，金平乡政府院子是个老院子，这几年刘涛从上面争取资金，修建了文化站和干部公寓楼，建了个篮球场，使院子变宽，变整洁了。

院子里的雪已经被过往的行人车辆弄得残败不堪，但花池里的雪保留完好，保存最好的还是院中的大樟树上的雪，白雪将树枝压得很低很低，树枝几乎要压到停在下面的车子了。树下只有两台车，一台是刘涛的工作用车，另一台是谁的，由于天气问题，外面灰蒙蒙的，看得也不太清，就不知道了。

刘涛知道，会议开完，乡干部会很自觉地各自去做自己的工作。很多人的午餐就是在村干部家解决的。这政府大院里，可能就剩他和办公室二三个人了。

看了一会儿，外面的风也是特别的刺骨，刘涛回到办公室，把门虚掩着。

刘涛正想利用这个空闲，完成一篇已经构思很久的文章——《乡镇发展既要解近忧又要谋长远》，文章题纲已经拟好了，准备分三段来写，一是乡镇工作只有解近忧才能为更好发展作保障，二是乡镇只有谋长远才是真正的科学发展，三是结合本乡镇工作如何做到既要解近忧又要谋长远。

在众多人眼中，乡镇书记都是三年一届，大家都想在任期内作出点看得见、摸得着的东西，谁也不会考虑在任期内做完成不了的事。当年开党代会时，有人提出，报告要有创新，全面否定上任做的。刘涛没有同意。他客观地认为，上届党委所提出的农业富乡和党建活乡还是很好的，应该继续发展。尤其是农业，原来发展的几个品牌如香瓜、大蒜、葡萄、金槐四大产品还要继续坚持，而对本届党委提出的新要求就是工业强乡，把企业引进来，使财税增加，也就行了。上任书记不知从谁那里得知这些，碰到刘涛时说："老弟，你是个有前途的人，以后有用得着老哥的地方你就说。"还真是用到了，乡镇敬老院的维修，老书记还是想办法给了钱。老人们就认为刘书记关心老年人，是个好书记。

刘涛想了想这些，于是敲击电脑写起文章来。

有人敲门，来人是深津弘瑞有限公司负责人林守利。林守利是福建人，来这里已经两年了，刚开始，刘涛隐隐约约有些担心，这些商人，在一个地方，把资源用完，马上转移。没想到林守利竟然把老婆孩子也一同带来了，住在县城，两个小孩也在那读书，而且他老婆又生了第三个。刘涛开玩笑说要乡计生站的去收他的社会抚养费，他不同意，说自己的户口还在福建泉州。刘涛说现在最爽的是他们这些老板，什么好处都让他们占了。

刘涛见是林守利，就笑着说："你来了！"

"我是来拜访你的。"

林守利坐下来说："我过两天回泉州过年了，这里太冷了，我们泉州暖和。拿两盒茶叶给你尝尝。"说完，把一个小袋放到沙发上。

"你客气什么。我还准备年前慰问你们几家企业呢！"

"说不定我明天就走，不过我们公司李副总要大年二十八才离开。"

"林总，你们种植计划什么时候实施？我们乡好些人在问，有个别村也在种树。"刘涛又想到了他既要解近忧又要谋长远的事了。

"前几天还和蒋县长联系，他引荐林业局唐局长和我们对接。"

刘涛知道，现在这些老板见县长，比他这乡党委书记容易得多，林守利这样说，也是告诉自己，要对他高看才是，也真应了蒋县长说的那句话，深津弘瑞有限公司不仅是金平乡的重点企业，也是县里的重点企业。

林守利从刘涛脸上看出了点什么，好像有一丝不快，就又说："刘书记，你有没有什么亲戚做木材生意的？为我们公司提供木片，我可以优惠啊！"林守利又向刘涛投来了"鱼饵"。

"没有人做。"刘涛不吃这一套，他想，如果那样，自己就会被他牵扯，以后处理事情就不会那么容易了。"过年了，你们没有拖欠供货商的钱吧？"

"我们大公司，正规得很。"

之后，两人不聊这些，却聊起了县城规划来，林守利说："你们县城也是奇怪，明明有三条河，完全可以沿河发展，建成一个亲水的水上城市，可不知是谁做的规划，偏偏要去铲平小山开发。原来的城中公园没有了，而且，现在搞的小区连棵树都没有。"

"还不是利益关系，那些地方在老城，目前价值高。往外发展一下子难有人接受。"刘涛说。

"这是缺乏长远眼光，如果你去当县长，肯定不会这样。"林守利说。

"我哪会有那种机会。"刘涛喝了一口茶。

"一定会!"林守利说，"我在你这里发展，肯定等得到。"

刘涛没有再说什么。

曾经在班子会上，有人说，为了深津弘瑞有限公司，乡里出了很大的力，据企业办主任观察，公司的生产销售都很好，过年了，让公司表示一下，乡镇穷，以往福利总比别的乡镇差，现在有深津弘瑞有限公司，也不要挂块腊肉吃白饭啊!刘涛想开口说说这事，但又不知从何开口，想想也就算了。

六

事情的发展就是超乎人们的想象。

深津弘瑞有限公司说出事就出事了。

唐桂生死的那天下午，天空下起了更大的雪，整个晚上都在下。南方空气中水分太足，雪的重量就不一样。而南方建筑、电线、水管也不曾考虑过防冰冻。

第二天，新建不久的城南华达加油站倒了，损失重大。有人说加油站的名字没取好，华达华达，不就是哗啦一声倒啦。

刘涛还庆幸第一天专门开了安全生产会议，并作了强调。各企业各村委都来了人，乡企业办又组织人员进行了检查，应该是没问题了。但想想还是慎重一点好，便和罗光明商量，各自带队进行安全检查并进行年终慰问。罗光明去几个雪灾严重的村委，深津弘瑞有限公司以及几家企业由刘涛自己带队去。

就在这天，刘涛没想到深津弘瑞有限公司也有一个厂棚倒塌了，当时建厂房根本就没考虑过要承受这么重的压力。下了两天雪后，棚顶上就积了厚厚的雪。负责安全的李副总也发现了这个问题，提出了除雪办法，在厂房里烧火提升温度来化雪。林守利不同意，说公司是一级防火单位，消防工作很重要，这样违规操作，要是让消防队知道了，不被重罚才怪。

那天晚上，厚厚的积雪把厂棚压倒了。倒下的厂棚偏偏砸断了旁边的甲醛管道，造成了甲醛泄漏。深津弘瑞有限公司生产的中纤板就是一种高密度复合板，其中，用得多的化学物品就是甲醛，生产车间，人一进去，就被甲醛气味辣得人睁不开眼睛。

林守利却以为厂棚倒塌甲醛泄漏没事，不仅没上报乡政府，还想偷偷地维修好了事。他认为甲醛流入地下，慢慢地就稀释了，如今天在下雪，县乡政府干部忙于救灾，不会把注意力放到这里，因为前天公司就已经停工放假，都说过了二十四，长工不理事，大家都回去过年了。

福建人林守利不知道这里是喀斯特地貌，表面是土地，下面却是岩石，水渗下去流到哪是人不能控制的。他不知道当地有首歌谣：好个金平垌，水在地下拱，晴得三天工，男女不得空。意思是平时下大雨，也是难得见有多大积水，水都流入地下了。

那天安全生产检查，刘涛把深津弘瑞有限公司放在最后去。

就在他们准备去的时候，刘涛接到老婆电话，说儿子上午和她顶嘴，跑出去一天没回来了，叫他赶快回来找。而且在电话里还埋怨他，说他总不管儿子，整天就是工作工作，再不管，儿子都废了。

作为一个乡镇干部，尤其是乡镇领导，确实很少有时间管小孩。每天忙得心力交瘁，回到家，恨不得躺下不动。好多年了，刘涛从没完整地看过一部电视剧，电影院的门在什么方向也不知道。至于儿子，有时半个月也见不到一面。晚上回家十一二点，儿子早睡了，早上起床时，儿子又上学了。去年开学，他正好在家，老婆让他带儿子报名，他还带着往城关小学方向走，儿子说他已经读初中了，还去小学干什么。

而且，上面有规定，乡镇干部不能走读，要在乡镇住。金平乡还人性化点，分成两个班，轮流住夜。有的乡镇太死板，一周住四天，搞得两公婆离婚的都有。

儿子与老婆顶嘴是为了上网的事，本来家里有网络，因为寒假，老婆怕儿子沉溺网游，特意去广电网络公司把网络停了，家里就不能看电视、不能上网。可是，那些黑心网吧竟然让未成年人上网。老婆怕儿子学坏，从网吧把儿子拉了出来，儿子认为她这样做，让他没面子了，就离家出走。

现在天已将晚，还不见回来，便打电话叫刘涛去找。刘涛与林守利通了电话，叫林守利加强安全检查，不要出事。林守利正好为厂里的事着急，本来今天就要回泉州的了，却在处理甲醛泄漏。下午接到通知，说刘书记过来检查，正不知如何汇报是好，现在听说不来了，倒是松了口气。在电话里学着洮阳人的口气大声说："刘书记，您老人家放一百二十个心，我们是大公司，不会出问题的。"

当晚，刘涛和几个家人找遍了县城，就是找不到儿子。其实，刘涛对儿子还是很有感情的。记得，儿子两岁大的时候，一听到自己回家的脚步声，就早早在门口等待，而且还提来了拖鞋。如今，儿子已上初中，正是叛逆期，可能由于父爱的缺失，孩子的叛逆更为明显。有资料说，儿子在青春期，父亲的教育更加重要。刘涛一边找儿子，一边在心里作检讨。

所有的网吧都搜索完了，不见儿子身影。将近深夜12点，刘涛担心孩子被人绑架了，又找了在公安局的朋友，朋友说，不会被绑架，要是绑架了，现在还不给你打电话啊，应该还是去上网了。现在有些私人网吧，开在自己家里，不是熟人带着进去，根本进不去。你儿子有可能在那种地方，那地方管吃管住。

此时，他希望儿子回到家中，他也不希望儿子成何大器，能平安最好。而且，他在心里想，自己能否不再在官场打拼，过平常人的日子。

一切都不在自己的想象中。那一晚，天气特别的冷，用寒冷刺骨来形容还有些简单。想想孩子流落在外，好歹难料，刘涛眼泪都流下来了。

第二天凌晨，孩子从即将天亮的街道往回走，清晨昏暗的路灯把他的影子拉得很长，显得他更加的孤单。刘涛迎上去，他没有骂孩子，也阻止老婆骂孩子，而是伸手抚摸着儿子的头，把儿子揽到胸前。

刘涛好想回家休息几天，好好陪陪老婆孩子，然而电话又响了。

深津弘瑞有限公司出大事了。

七

月塘村村民又围攻了深津弘瑞有限公司，要求公司赔偿，还打伤了一个副总。

林守利也吓坏了，直接把电话打给了刘涛。

刘涛接到电话后脱口而出——我喊你老爷了。"我喊你老爷"是刘涛的口头语，手下人办不了事或是给他惹事，他就会说："我喊你老爷了。"如今惹事的这个林守利老爷真的是个大老爷。

刘涛让乡长罗光明赶紧带人先去。

原来那天早上，月塘村人发现田里的泥鳅死了，井里的鱼也死了。他们没有任何犹豫，几十个人直接就围攻了深津弘瑞有限公司。

两年来，月塘村有几个人一直没有放弃对深津弘瑞有限公司的索赔计划，只是找不到一个名正言顺的理由。现在这个事实出现，他们已经不需要任何借口。

深津弘瑞有限公司只有几个看守人员。而分管生产的李副总正带人维修安装甲醛管道。听到大门口有吵闹声，他便带了几个人赶到了门口。

"你们这帮奸商，还让不让我们活了！"村民一开口就大骂起来。那李副总本来也烦，他也是福建人，也想回家过年，林守利要他把管道维修好才给走，他现在不仅走不了，还被这帮人辱骂，便也发起火来。

"你们这帮刁民，我们公司给了你们那么多好处，你们还在这里闹，我打110，叫人来抓你们。"

"你们放毒，我们老百姓的命就不值钱啦！"

"我们是合理合法的企业，你们给我滚！"李副总也爆了粗口。

"我们要进去看，你们肯定在乱排污！"村民们敲得铁门咣咣响。

李副总叫保安拿来了防暴器械。这一来，月塘村村民被激怒了，竟然从附近的村民家扛来了铁锹，砸开了公司大门。

村民冲了进去，李副总想去阻拦，被推倒在地。而后，月塘村村民发现厂房倒塌，管道断裂，又返回，到公司大门，把公司招牌给砸了。

罗光明赶到时村民正在砸公司招牌，然后轰拥着要去砸办公室。

罗光明见状赶紧打电话，让派出所过来维持秩序。

派出所来后带走了三个带头闹事的人。其他人员也就回了村。

还有十天就过年，外出打工的人也回来了，这个村的村民和其他村村民不一样，村民会做泥水工、刮腻子，这几年县城房地产开发很快，他们的活也就做不完。他们平常就在县城打工，和正常人一样上下班，现在过年停工了，人就相当集中。

当村民发现深津弘瑞有限公司污染水源，到公司维权时人被抓了的消息传到村里时，村里大乱，大家七嘴八舌地讨论找人，有人说找律师告深津弘瑞有限公司和乡政府，有人说找记者进行曝光。

刘涛知道，这事的发展，控制不了了。事已如此，只有向县里汇报，请求支援解决。

刘涛立即向蒋县长汇报，蒋县长说，现在市政府要求，县里全部力量确保湘桂线畅通。现在县里已经抽不出人了，乡里事情先自己想办法解决。

当时，刘涛心里有些不快。想当初，蒋县长说深津弘瑞有限公司不仅是乡里重点企业，也是县里重点企业，现在出事了，就不是县里重点企业了。

几年后，刘涛无事上网，发现仍有许多南方冰冻灾害信息：2008年1月刚好是中国传统春节之际，全国各地的民工、学生以及回乡过年的人都拥至车站，但是汽车都无法上路，回家过年的人只能乘坐火车，在车站一等就是七八天，迫切回家的人们在无法预知车辆通行的无奈之下逐渐变得烦躁和喧嚣起来。然而车站的工作人员夜以继日的疏导和国家领导人的关怀，给在露天候车的人们增添了几许温暖，在冰天雪地里人们相互温暖的那些故事让人感动。各地抢修公路的捷报不断传来。

那段时间，本市成为人们最为关注的地方，从1月13日开始冰雪灾害使本市多县电力供应中断八天之久，十一个县市区、三百万人口的正常生活受到严重影响。当通电的时候，全市几乎一片欢呼。

这个铺天盖地的自然大灾难让回家的中国人体会到了彻骨的寒意，在车站候车回家的人体会到了原来大家并不陌生，真的是一家人，都在相互鼓励、相互温暖，在灾难当前，大家能看出政府的巨大责任感和执政为民的情怀，灾难让世界看到了民族的性格基因，看到了中国人民团结奋进和坚强勤奋的优良传统。虽然冰雪已经过去，可是冰雪里的温暖依然还在，在寒冰里中国人抱得更紧了。

此时，刘涛才理解，当时县长身上的担子确实比自己更重，真的没有办法再来处理乡镇的事。

八

一晚没睡、疲惫不堪的刘涛驱车赶往深津弘瑞有限公司。

本来乡政府到深津弘瑞有限公司路程不到一公里，平常走走路也就二十多分钟。但此时是非常时刻，争取早一分钟，事态就不会扩大，好多时候，就是因为公务人员拖延时间，未能及时化解矛盾，之后发生过激冲突，使公务人员最后陷入被动的局面。

一上车，就听到车载音响唱出一句：一个是鬓发染白霜，一个是皱纹上额头。平时因为刘涛喜欢在车上听音乐，司机总是把刘涛爱听的碟放在里面，车子一发动，音乐就出来了。可今天刘涛不再喜欢这白霜、不再喜欢这皱纹上额头。本来额头就展不开了。

刘涛叫司机关掉音响。他看着前方的狮子坪，那块让他拥有无限创业激情的地方。这几年，已经小有规模，办起了食品加工、木材加工、铁合金、包装等方面的企业十多个。其间的酸甜苦辣没人能体会得到。本来该好好地享受成功的喜悦了，谁知这场冰雪来袭，搅乱了他的好梦，打乱了他的生活，是否还影响他的前程，那就难说了。

再看那两头"狮子"——银装素裹，倒是威风了很多。它们盯着坪上的一座座建筑，好像有些埋怨它们抢占了地盘，随时准备扑上去，撕咬几口。"狮子"如果真要下手，肯定会从深津弘瑞有限公司开口，谁让它抢夺自己的外衣呢。

不容刘涛多想，汽车"叭"的一声，把他拉回了现实。

短短的路程，偏偏车子出了问题。

车子开出乡政府，对面来了一辆农用车，那车子开得很慢，而且见了刘涛的车，几乎停了下来。但留下的路面也不太宽了。

为赶时间，司机也不知危险，加大油门开过去。谁知，雪地很滑，车头刚超过农用车，车尾却甩了过去，撞上了农用车车头。

农用车司机吓得脸已变色，他可能知道，自己把这农用车卖了，也赔不起这乡政府小车的损失。

刘涛一见这阵势，赶忙下了车，左右看看。司机下来还想凶几句，刘涛赶忙制止，叫农用车司机走。那农用车司机不知说什么好，开着车走了。

刘涛坐着尾部被撞坏的车到深津弘瑞有限公司，那大门口的人比去年投产时闹事的人还多。深津弘瑞有限公司的大门紧闭，里面的保安神色紧张。

"罗拍板"也无可奈何地站在那里。

"你们有什么要求，选五位代表，我们进去谈。"大家没想到刘书记说的第一句话就是这样，原以为他会先和大家说好话，几个起头的人还想趁机提要求，谁知他根本不问为什么。于是大家一下怔住了。

在场的月塘村村民马上选出五位代表，村干部唐良生马上过来，也要进去。刘涛不想让他去，就说你在这里做村民工作，我们和代表们谈。

深津弘瑞有限公司的林守利在大门里面，却不知如何是好。刘涛说："去，把会议室空调开好。"

大家又说："你们是和公司穿一条裤子的，我们不相信。"

刘涛便说："我也是刚知道此事，深津弘瑞有限公司只要有损害你们的行为，我也不会放过他们。我是金平乡的书记，不是哪家企业的书记。"

话音一落，掌声来了。林守利脸色有些难看。

大家来到深津弘瑞有限公司会议室，此时，在空调的作用下，会议室暖和起来了，大家进去后心也不那么急了。

刘涛扫了一眼来的五人，见他们个个面露不屑，也就黑了脸。

大家都不再作声，好久，有一个人嘟哝一句："老百姓死活你们就不管啦！"

"谁说不管！我们书记、乡长都来了，还说不管！"刘涛拍起桌子来。

刘涛知道，自己只有先在阵势上压住他们，他们才不会蛮不讲理。

"你不是说过，公司生产要是污染我们村，你要带我们上访。"不知是谁说出了刘涛最怕听到的话。

大家把目光全聚集在刘涛身上。刘涛也没忘记。但此时，他并不是由他们牵着鼻子走。

"我是说过这个话，今天，我就是来解决问题的。如果解决不了，我和你们再去上访。首先，我声明，这个事件，深津弘瑞有限公司要负责任。"

村民听到刘涛这样说，也就不吵了。林守利听了，只有点头。

"现在，你们把问题提出来，看能不能解决。"

问题很快提出来了——第一是要派出所放人；第二是解决目前吃水问题；第三是解决今后吃水问题。他们不再相信，以后的水质有保障。

深津弘瑞有限公司林守利皱起了眉头，眼睛望向刘涛。刘涛说，这要求合理，因为事发有因，派出所应该放了被抓的人。

林守利说："他们打伤了我们李副总，不能放。现在是法治社会，到底还讲不讲法治。"

刘涛瞪了他一眼，"这事你们错在先，你们自己负责。"

林守利不再作声。

于是，刘涛继续说："公司明天开始，给月塘村安装自来水。我定个时间，五天完成。水费由厂里负责。"

"他们开了水龙头不关怎么办。"林守利问。

"现在不讨论这个问题，到时再说。"刘涛又有些不满地又瞪了林守利一眼。

"那这几天我们喝什么？"有村民问。

"还是由深津弘瑞有限公司负责。"刘涛说。

"刘书记，我们实在没办法，买矿泉水给他们也不够用啊。"

确实也是，几百人的村子。刘涛低头想了一会儿说："好，我叫消防队给你们送水，上午一次，下午一次，你们组织人来提水。"

"太谢谢书记了！"村民代表、林守利异口同声地说。

刘涛也是刚才一急才想到这主意，还不知道行不行。金平乡与县消防队早结成军民共建单位，一直没求过他们。于是，刘涛打通了队长电话，队长答应得爽快，说："你们叫报社报道一下。"

于是，叫唐洪赶快和企业组的同志们，做好进村送水相关准备工作，至于报道问题，刘涛还没想好角度，也就不想叫记者了。但还是让办公室秘书拿相机去拍照，写篇报道给报社。

九

回到乡政府，办公室来说，县委办刚才来电话，说从今天起，全体干部投入到救灾中，任何人不能请假，而且要进行督查。刘涛决定召开班子会议，统一统一思想。

先是分管政法工作的党委委员传达了县里维稳工作精神。刘涛经常批评分管政法的党委委员说话没有条理，今天还是打断几次才听明白他的意思。

分管农业的副乡长说今年春天种的树冻死了，还有新办的万头猪场老板说猪冻得没办法了。分管计生的副乡长说，是不是趁过年，去几家拖欠社会抚养费的家中收钱。分管民政的副乡长说现在上面提供了一些救灾物资，有米、油、棉衣，要求年前送到群众手中，已经打了村干部电话，都说没有运费，找车也难，不来领，问过年后行不行。分管后勤的副乡长说食堂是不是停业，两个请来的工人说要回家，明天就是旧历二十四，长工都不理事了。

企业组组长唐洪还在月塘村处理村民吃水问题，没有参加会议，刘涛让罗光明说说这项工作。罗光明便把自己和刘涛处理唐桂生和深津弘瑞有限公司甲醛泄漏的事在会上说了一遍。

刘涛听完后，说："今年不同往年，我们每个乡干部都要有政治敏感性，尤其是班子领导，现在我们全体干部都要在岗，住夜不得请假。我要亲自查夜。现在所有工作都要围绕救灾展开。第一，救灾物资必须全部送到位。第二，高度关注五保户、贫困户，慰问金慰问品要交到手上。第三，重点人员要严防死守。第四，食堂要保证就餐，每天补助三十元。"

说着说着，停电了，空调没了，会议室冷了许多。大家也知道，外面更冷，就还不想起凳。刘涛说："大家不是都想成功吗？成功很简单，成功人士就做三件事——第一是别人不愿做的事，第二是别人不敢做的事，第三是别人做不到的事。我们现在就做着这三件事，我想大家离成功不远了。"这一说大家都笑了。

通过向相关部门了解，知道电线结冰，比擀面杖还要粗，拉断了电杆。停电后就是停水，好多暴露在外的水管都爆了，没爆的里面结冰早不能通水了。

晚上，刘涛和大家在食堂吃饭。今天，他破例和几个人喝了几杯。还让食堂拿出了他最喜欢吃的椿芽来。这椿芽是刘涛的最爱，但只是清明前后才有得采摘。

今天喝酒，一是天气太冷要暖暖身子，二是要慰劳几个给月塘村送水的乡干部。

唐洪一帮人，进到村里，挨家挨户叫大家去村头接水，很多人都不大情愿，唐洪又把村干部找来。又挨家挨户做工作，并且帮一些家中确实没有劳动力的提水送去。天气虽然寒冷，可一干体力活，竟又出了汗，头发上就结成了白白的霜。有个老干部，原来是从副乡长退下来的，由于劳累，患了感冒。

深津弘瑞有限公司也安排人员买来水管，也在加紧安装，估计到每家每户还得三天。

仍然有人提出要深津弘瑞有限公司给予赔偿，唐洪等人给他们做工作，说："这次事故后，你们也用上了自来水，公司水厂有柴油发电机，可以自己发电抽水，县城今天停电了，水也停了。你们以后不用再去挑水了，而且不用交水费，我们用水还要交水费呢。"群众想想，也就不说了。

当晚，由于停电，吃完饭大家那也没去，在食堂围着一盆炭火，接着又玩起了成语接龙游戏。

输一盘贴一张纸，刘涛在贴了三张纸的时候，接到组织部部长电话：刘涛，赢了没有？

"赢什么？"听到这没头没脑的话，刘涛觉得奇怪。

"玩游戏啊！"

"你到我们乡里了？"

"刚才进去了，你们那个门卫很负责，不让我进，我说找你才让进去，在窗外看到你啦！贴了三张纸，还行，坚守岗位。我还要去其他乡镇，不打扰你了。"

刘涛才知道，县委县政府已经开始真正督查了——不是画个符，吓吓大家。而且，这督查的规格也是升级了。今天，县里的督查由县委常委、组织部部长和县委常委、纪委书记各带一个队，对全县十八个乡镇进行督查，而且查主要领导是否在岗。有个乡镇书记回县城不在乡镇，还自称在乡镇，组织部部长让他用座机回电，回不了，一下就露馅了。

谁也想不到，没过一天，大家的手机也没有办法打出去了。

十

常遇困境说明你在进步，常有压力说明你有目标。刘涛早上起来，在自己的笔记本上写下这句话。

现在的生活已经全部被打乱。他也不再去想家中的情况，他也不去想自己的升迁。他想到今天，要安排人员，去路上疏理交通，还要安排人员去敬老院送米和方便面，还要安排人去几个村委送发电机。

雪下了才六天，许多人家中竟然没有米了。

这倒不是老百姓故意装出来为难政府。现在农村基本上都自家买一台小型打米机，没米时，就开动机器打上一点，因此，家中也不会存上多少米。尤其，马上就要过年，大家都等打过年米，有的也是这几天等外出打工的回来，打上糯米，好打糍粑呢，这下好了，停电，弄得真的连饭也吃不上了。

刘涛与罗光明商量，决定从民政办拿出资金购买几台发电机，又找到农机局要来柴油，农机局局长是金平乡人，答应给三万块柴油卡。

国道322线可是"起大花"了。当年，刘涛他们看不到电视上是如何报道这场雪灾了，没电，看不了电视。

金平乡境内就有国道二十三公里。

现在整个国道都是车，为了等道路畅通后有油启动，车子熄了火，车上的人可真是受了罪。路边群众做起了生意，烧开水卖，煮蛋卖，乡政府安排人员查看是否有趁火打劫之事，同时，有得急病的也护送到乡卫生院。

乡里的车也没办法开往县城，只是往村里跑，与外界联系就靠乡政府那台座机，曾经也一度停过，县里命令抢修，才不至于通讯中断。

其间，省里各厅局也来了人对口支援，还送来了一批收音机，是乡干部坐摩托车去县城领回来的。每个村送去几台，让他们收听新闻，知道党中央、国务院，各级党委、政府正在合力救灾，没有忘记他们。刘涛说："书记、乡长也留一台，及时收听灾情，这是工作需要，应该不算截留救灾物资。"

东江村告急：村里三百多名群众没了吃的。

这是东江村村干部俸大姑摔得鼻青脸肿来乡政府报告的。

俸大姑是个年近六十的汉子，起了这么个名字，是只有瑶族才有这样的叫法，刘涛第一次见到名字也以为是个女的。

俸大姑脚上扎着草把子，手上拿着棍子，极像影视中二十世纪三四十年代讨饭的。刘涛当场把那个村的蹲点干部叫来骂了个狗血淋头。骂之前还是那句话——我喊你老爷了。

上级一再要求，不能让一个群众在雪灾中饿死冻死，刘涛也是逐一过问情况，更要求乡干部进村入户了解灾情。这个蹲点干部当时也是赶往江东村，但进村道路已经没了，摩托车打滑上不去，就没有进村了，回来就想当然地报了平安。

东江村在高山上，是一个瑶族同胞居住的村，平时靠渡河才能到乡政府，而外出的公路则是需要跨过黄沙镇进入县城，绕过县城才到乡政府。冰雪后，渡船早不能用了，而那边公路建设一直是乡政府工作的一大心病。根本没办法修通——因为要经过别的村，要占用别村的土地，而那个村是黄沙镇的。金平乡做不通工作。现在，一场雪灾让矛盾马上显现出来了。

当时，发电机无法送到时，刘涛就问蹲点干部村里情况如何。蹲点干部说了谎，说少数民族住山上，年年大雪，早习惯了，有腊肉吃呢。

现在倒好，出现这样的事。如果饿死、冻死了人，他这个乡党委书记也就当到头了。

这回，刘涛立刻决定"出大王"了——让乡长罗光明坚守乡政府，联系上级指挥各村救灾。自己带着副乡长唐洪、蹲点干部以及另外一名干部，骑三辆摩托车，每辆车搭一个人，装一袋米一桶油向东江村出发。

这几年，乡镇交通工具有所改变，乡镇也有五六台车，刘涛一直坐一辆小车，多年没坐过摩托车了，他坐上唐洪的摩托车后座，虽然戴着手套，穿着大衣，但仍感到寒冷刺骨。

这两天，刘涛手机都没用过，虽然乡政府发电机装好后，每天晚上七点至九点发两个小时电，但移动机站因为停电没信号。车过县城时，刘涛让唐洪停下，发现手机有信号，刘涛打了县委书记的电话，把东江村情况汇报后，请求给予支援。

之后，他又打了老婆电话，老婆第一句话就说："你还晓得有个家啊！"

家里也是没水没电，老娘、老婆、儿子三人在家，连个劳力都没有，老娘七十多岁，儿子十三岁。用水要从江里提，厕所早臭不可闻了。因为当年少钱，买房时夫妇俩算来算去，才买了个七楼。只会拿教鞭的瘦小的老婆天天提水上七楼，确实辛苦了。他老婆说，他儿子这几天倒还听话，帮她做了点事。

当刘涛说除夕可能不回家时，他老婆哭了。刘涛赶忙挂了电话，催促唐洪开车赶往东江村。

十一

东江村的海拔更高，这里的雪更厚。摩托车也只能在山下停下来。

其实公路离村也不到五公里，瓶颈也就三公里——是黄沙镇李家村的地。刘涛他们各人扛着米油，行走在雪地上。

在这六人中，刘涛虽然官大，但个子却是最小的，俸大姑见刘涛扛着油有些吃力，就说给他一起来扛。刘涛见俸大姑已经扛了一袋米，而且年龄比自己大，便不答应。

五公里的路，跌跌撞撞走了两个多小时。路上，雪已成冰，很滑，刘涛他们也像村干部一样，用稻草捆了鞋子，走到一半的时候，刘涛还是摔了一跤，还好用手撑住了，不然腰肯定会出问题，现在是手肘脱了皮，生痛。到达东江村已经是晚上七点多，大家见来了乡干部，而且是乡党委书记，都非常激动，说共产党的干部又回来了。听到这话，倒是感动了刘涛。

到了山上，才知，村里就是"703861部队"了（70是老人，38是妇女，61是儿童）。真正的劳力只有十二个人，还要把近六十岁的村干部俸大姑算在内。年底了，本来外出打工的年轻人也该回来了。可是他们为了多赚几个钱，买票买到过年前几天。谁知广东那边也是雪灾，根本坐不上车，回不来了。现在村民出一次山都很困难，难怪连吃的也没有了。

虽然连吃饭都有困难，但乡党委书记来了，他们竟然杀了头羊。

"村里的生活确实贫困，"俸大姑说，"说来说去还是那条路。解放六十年了，全县只有我们村不通路，还靠肩挑背驮，成本就比别人大。"村里人看不到希望，也就更没信心了，能往外走的就往外走，连他自己也是这样想这样做的。去年就在县城租了房子，自己老婆带孙子读书，希望他们不再回来。

刘涛感到无地自容。这些瑶民的祖先，当年因为受到欺压，才逃到这山上，现在民族平等，他们又要离开祖辈生存地。二十一世纪了，一个乡党委书记还能看到所辖村民因为不通路而不能安居，他想，说什么也要修好这条路。

"刘书记，我们也知道，乡政府也帮我们想了办法，但李家村不归你管啊！"

"都归共产党管！"刘涛激动起来，"明天我就叫人开铲车来推路！"

第二天一早，刘涛手机响了。这里不知从哪里飘来的信号，是县委办主任："刘书记，你在哪？"

"我在东江村。昨天就来了，什么事？"

"你能冲在最前线，很好。就是要你去东江村，县委陈书记安排，今天市里专门有直升飞机去东江投送救灾物资，你在那里组织好。"

没想到昨天给县委陈书记的一个电话竟然起了大作用。东江村村民过年不怕了。刘涛想，这也是解决一时之难，其实对东江村来说，他们真正需要的还是路。

刘涛问俸大姑："这里手机信号为什么好？"俸大姑说："你到山顶去看看，我们这里虽然离县城远，但地势高，看得到县城，只要县城有信号就过得来。"

东江村村民第一次看到直升飞机，大家比过年还兴奋。因为在大山上，平地还很难找，就选中村边的田里。直升机机翼刮起田里的雪飞舞，打在看热闹的村民脸上，大家却不觉得冷。调皮的小孩还故意迎雪奔跑。

方便面、矿泉水、米、油，而且还有卷筒纸。村民问这些纸有什么用，刘涛说是用来擦屁股的，村民笑着说他们的屁股没那么娇气。

但大家都十分感谢刘书记。

刘涛此时更是升腾起为百姓做事的荣誉感，同时也产生了愧疚感。他看看手机还有信号，就又拨通了县委书记的电话。

平时，不到万不得已，乡党委书记是不会随便打县委书记的电话的，即使打电话，也是报喜不报忧。大家都知道，乡镇党委书记的升迁都掌握在县委书记手中。但通过在东江村的见闻，刘涛铁定了心，个人荣辱不算什么。刘涛想起了六个字——此时、此地、此身。所谓此时，就是现在做的事情，立即做起来，不要拖延到以后；所谓此地，就是从你所处的岗位做起，为国家为人民作贡献，不要等到别的地方；所谓此身，就是自己应该而且能够做起的事情，就要勇于承担，不要推给别人。

县委陈书记调来时间不长，得知东江村解放六十年，还未通车，也很震惊。考虑到这场雪灾不知何时停止，目前应该早日打通救灾通道，县委陈书记当场表态，与政法委和黄沙镇书记联系，同时派出工作组到场。叫刘涛准备修路机械，先开一条便道，好运送救灾物资。

多年难题迎刃而解，刘涛便联系修路队伍，可是各路专业修路的队伍早已被叫到各地抢修去了。刘涛想，这事是不是又要流产了？便拿出手机，想从中找找，有没有合适的人。

"深津弘瑞有限公司不是有铲车吗？"唐洪说。

一句话点醒了刘涛，真是"手中牵着牛，还到处找牛"。深津弘瑞有限公司有两台铲车，现在公司停工，正好可以拿来用，那天本来想说，让公司解决点福利，幸好没说，现在用来为东江村百姓谋点福利，才是最佳选择。

林守利已经回到福建泉州，但接到刘涛电话也没推辞，只说目前加油比较困难，刘涛说乡里有救灾柴油，就是因为东江村不通路，柴油没有发下去，现在正好用上。

铲车开过来，黄沙镇书记和乡村干部也到了，大家现场办公，铲车开进了东江村，只用了两天时间，路的雏形已经有了。越野车也是可以开进去了。

十二

也是在大年的头一天，刘涛突然接到电话到市里开会，问发通知的人会议内容，说不知道。一同去的还有县交警大队大队长。平常很少有这样业务互不交叉的两个部门同时去市里开会，刘涛猜测，会不会是造成唐桂生死亡的那次重大车祸。于是又问大队长，大队长也不知会议内容。

到会议地点，那是本市最好的酒店，进会场前，还进行了安检，这是以往没有的程序，进了会场，见与会者都是一脸茫然，知道大家也不知会议内容。后来有人来召集大家去到一个大厅，排好队后，才说，等会有中央首长接见大家，大家都是从基层选出来的救灾先进代表。

等首长出来时，才知是最高首长。平时大家只是在新闻联播上见到。当首长的手握住刘涛的手后，刘涛深深感到党中央对冰灾问题的重视，对群众的关怀，对基层工作的重视。此刻，刘涛觉得，乡镇工作的艰辛不再算什么。就在昨天，首长还去到冰灾一线看望慰问灾区群众。

下午，刘涛就又赶到乡里。

明天，就是大年了。

果然，县委、县政府要求乡镇领导不要放假，要到群众家过年。本地有句俗语，哪怕在别人家吃一年，也要回自己家过个年。刘涛想，这恐怕是他这辈子过的一个特殊年了，应该也是最有意义的一个年。

刘涛马上决定到东江村俸大姑家过年。打电话给俸大姑后，俸大姑非常高兴，说："我们家今年来贵人了，明年要走大运了。"

刘涛安排蹲点干部采购一些过年物资，提前送到俸大姑家。蹲点干部为将功补过，很高兴地接受了，并且也说自己不回家过年了，也去村里过年。

蹲点干部离开没多久，刘涛接到县委办电话：县委陈书记今年也进村和群众过年，说刘涛前几天奋战在一线，工作扎实，就定在金平乡过年。

这是一个令人兴奋的消息。刘涛找来罗光明、人大主席，三人商量如何做好这件事。一是吃饭问题。碗筷不一定够，还是得从乡政府食堂带碗筷去。二是菜的问题。经过雪灾，东江村已经没有多少农产品了，可以去另外几个村买点带过去。三是俸大姑自己说做不出什么好的口味，建议先让乡里的厨师提前去准备几个。四是安全问题。东江村的群众基础比较好，应该没有问题，可是也难免会有难缠的，让相关负责人今天去排查一下，确保万无一失。五是有人提议还可以带几个烟花去，喜庆，但又怕陈书记说太张扬。于是大家就这个问题讨论了一番，后来决定先带去，陈书记同意就放。六是定参加的人员。书记、乡长肯定要去，人大主席在乡政府值守。

县委陈书记、县政府蒋县长、常务副县长、县委办主任都来到了东江村，一下来了四个县委常委，这是谁也想不到的。刘涛在村口等，县领导一到，都高兴地来握他的手，说他这手最高首长摸过，有福气，他们也要沾沾光，还问他这两天没洗手吧。弄得刘涛不好意思了。

刘涛陪县领导先去慰问了几家贫困户，送了几个红包。之后大家围坐在火塘前，熊熊的炭火，照得大家的脸红扑扑的，可屋子的灯光不是太亮，因为是临时用发电机发的电，马力不够大。

刘涛见县委办主任阴着脸，往外走出去看了好几次。因自己陪县委陈书记聊天，不好离开。刘涛有些摸不透，以为是自己安排得不好。就在县委办主任第三次出去时，刘涛便跟着出去问："主任，今天有什么事？"县委办主任说："电力公司怎么搞的，现在还没来电。"两人往远方的县城方向看了看，确实还是黑黑的。刘涛说："还是准备吃年饭吧，都快八点了。"

就在大家准备端起杯子时，堂屋顿时亮了起来。原来，供电系统已经恢复。

"就是要让群众过个亮堂年！洮阳、洮阳，永远朝阳，哪能除夕夜一片漆黑啊！"陈书记深情地说。

原来早在前几天，县委就给电力公司下了死任务——要求一定要在除夕夜恢复供电。现在县委提出的目标终于实现了。

此时，村子里响起了欢呼声。

刘涛这时才敢问："陈书记，我们带了几个烟花，你看，可以放吗？"

"放！放！让大家看看，我们乡村也是焰火满天！"

烟花点起，焰火冲上天空，天空亮堂起来，大地热闹起来，寒冷似乎已不存在了。

后　记

　　我的写作和我的工作经历有关。1988年自师范毕业以来，就开始写作，算起来也有三十多年，自己写了多少从来没有认真地统计过。前不久，一位朋友在整理旧书时，说，看到一篇我发表在1994年《广西文学》的小说，我说真的不知道，他有心把刊物给了我，我确实是第一次见到。那一年我刚好从全州一所中学调到县委宣传部工作，当年通讯不发达，也就没收到样刊了。在此之前，我也在《广西文学》发表过作品，样刊和稿费却寄到了县文化馆，是好心的朋友专程给我送到了学校，那稿费竟然比我一个月工资还多。

　　我的写作历程可分为三个阶段。第一阶段是我在中学当老师期间。那是一所山区中学，去一趟县城都很困难，于是，我便在不到五平方米的房间里不断地写作，说是房间，其实是一个厨房，学校修建一排小屋，本来是用来作厨房的。当年，我们一批年轻人被分到这里，因没地方住，就拿来作住房，里面就只能摆上一张小床、一张桌子，转身都很困难。越小的空间却能扩大人的想象，在此期间，我写了一大堆东西，有的能发表，有的就是写给自己看。也许因为发表了一些作品，我从学校调到了县委宣传部，成了一名新闻干事，这也就进入了我写作历程的第二阶段。

这一阶段，因为工作原因，我写作的内容大都是新闻报道，年年都是《广西日报》广西电台《漓江日报》《桂林日报》等媒体的优秀通讯员。我偶尔才写一点小说、散文。在宣传部十年，从干事到副部长，走遍了全县的山山水水，接触到各种类型的人和事，有一些创作冲动，但很少下笔。再之后去了乡镇当了乡长，而后又当了乡党委书记，天天都在考虑如何发展经济，如何招商引资，如何征地拆迁，如何确保稳定，自然没有静下心来创作，但所有的经历都是创作最好的素材，每当我与文友谈到这些时，他们总会说，写出来，是好东西。多年后，以这些经历为原型，创作了《冰雪来袭》《夷襄渡》等一批乡镇题材的作品。

从2010年到2019年，我到区直机关工作了近十年，写了许多领导讲话稿及其他公文，一大堆文字没有什么是属于自己的。我突然想到自己曾经是一位文学爱好者，偏离轨道太久了，于是便想调到广西作协工作，重新拾起往日的爱好。我没想到顺利实现了愿望。

这就开始了我写作历程的第三个阶段。我试图恢复一些文学的想象力，开始在键盘上敲起一些文字，但仍然觉得有些陌生，于是去寻找熟悉的人和事。

我长期生活在一个小县城里，自然对这个地方格外熟悉，却觉得没有什么东西向外人描述，向外人炫耀。尽管那里有湘山寺、湘山酒、真宝鼎、天湖、禾花鱼、红油米粉。

而离开这个地方多年后，我却又时时关注这个地方，总想去找回那逝去的人和事。

于是，再次把目光投向这座广西边城。

这里地处湘桂交界，古地名叫零陵，与舜帝有关。此后又名洮阳、清湘、湘源，唐代，一个叫全真法师的修建了湘山寺，有"楚南第一禅林"之称，后来，州以僧为名，叫全州。范成大、柳宗元、黄庭坚、宋之问、徐霞客等，都来过此地，并留下了诗词和文章。

在全州，老人们见到陌生人，常常拱手询问："您老贵姓？""贵庚？""在何处贵干？"或者说"在何处高就？"话中带有古雅。即使到乡下，也会看到门前的对联是自家书写，也会碰上下围棋的高手。

全州人的性格，"正"与"刚"，与屈原代表的"虽九死而未悔""吾将上下而求索"的楚文化，有着地域的关联，历史的传承，与传统儒家文化重大义、重气节、重人格的精华更有着精神上的一致性。因此，产生了记录这些熟知的人与事的冲动。

于是写了《清湘人事》系列,《雪衣画眉》《水上白光》《伴月楼主》《砮岩乌鹭》等。

我想，只要用心用情安心地去写作，也会向读者展现自己所发现的真善美。

房永明

2022年12月12日